Stefan Barz

Die Schreie am Rande der Stadt

KBV

MIX
Papier aus verantwortungsvollen Quellen
FSC® C083411
FSC
www.fsc.org

Originalausgabe

www.kbv-verlag.de
E-Mail: info@kbv-verlag.de
Telefon: 0 65 93 - 998 96-0
Umschlaggestaltung: Ralf Kramp
unter Verwendung von © Roedie - stock.adobe.dom
Lektorat: Volker Maria Neumann, Köln
Druck: CPI books, Ebner & Spiegel GmbH, Ulm
Printed in Germany
ISBN 978-3-95441-585-4

Die traurige Wahrheit ist,
dass das meiste Böse
von Menschen begangen wird,
die niemals entschieden haben,
ob sie gut oder böse sein wollen.

Hannah Arendt

Prolog

30. August 1933

Er hatte von grünen Wiesen geträumt und von Bäumen, die in den blauen Himmel ragten und zum Wandern durch die herrliche Natur einluden. Als er die Augen öffnete, war immer noch tiefschwarze Nacht. Er suchte nach dem Lichtschalter, fand ihn aber nicht. Dann bemerkte er, dass er nicht mehr in seinem Bett lag. Er musste rausgefallen sein. In unnatürlicher Haltung saß er auf dem Boden. Als er ruckartig aufstand, rammte er seinen Kopf gegen die Decke, noch ehe er aufrecht stehen konnte. Benommen sackte er wieder zu Boden.

Wo war er?

Plötzlich hörte er Schritte. Und Stimmen, die ihm fremd waren. Stimmen von lachenden Männern. Aber dann erkannte er eine Stimme, die er irgendwo schon einmal gehört hatte.

Die Erinnerung kam zurück.

Er war gerade nicht zu Hause.

Er war in der Hölle.

Wie lange schon, hatte er vergessen.

Wie lange noch – er hatte keine Ahnung, wann er jemals wieder in den Himmel ragende Bäume und grüne Wiesen sehen würde. Die Vorstellung, dass es jetzt für immer so bleiben würde, trieb seinen Puls in die Höhe. Er atmete zu schnell. Die Luft war ohnehin schon zu dick in dieser kleinen Kammer, in der er seit gestern eingesperrt war.

Er zwang sich, langsamer zu atmen.

Ruhig atmen!

Das hier war ein Albtraum, der irgendwann vorbei sein musste.

Ruhig atmen.

Er wollte überleben. Dafür brauchte er genügend Sauerstoff. Er versuchte sich daran zu erinnern, für welches Unrecht er diese Strafe hier erdulden musste. Eigentlich hatte er nichts getan, was dieses Martyrium rechtfertigte.

Sie würden nach ihm suchen, und bald würde man ihn befreien.

Er hörte wieder Schritte. Zwei oder drei Personen liefen draußen umher.

Und dann hörte er auf einmal diese Schreie, die ihn daran erinnerten, dass er nicht allein war in der Hölle.

1. Kapitel

26. April 1993

Die Schreibtischlampe warf ein schwaches Licht in das Arbeitszimmer seines Vaters, das gegen die einsetzende Dunkelheit nicht viel ausrichten konnte und ihn daran erinnerte, dass es in diesem Haus kein Leben mehr gab. Es war zu dunkel und zu still. So kannte Martin Tesche das Zuhause seiner Kindheit nicht. Er war noch nie allein hier gewesen. Ohne seinen Vater war das Haus unheimlich.

Neben dem rotbraunen Mahagoni-Schreibtisch, der sicher noch viel wert war, lag auf dem Boden eine liberale Wochenzeitung – ungelesen, allerdings schon drei Wochen alt. So hatte er das Arbeitszimmer vorgefunden. Es sah aus, als würde sein Vater jeden Augenblick wiederkommen.

Aber er würde nicht mehr wiederkommen. Sie hatten Johannes Tesche letzte Woche beerdigt, hier in Kommern. Er war mit 78 Jahren kurz und beinahe schmerzlos an einem Herzinfarkt gestorben. Eigentlich ein Tod, wie man ihn sich für seine Angehörigen, die man liebt, nur wünschen konnte. Sein Vater hatte einen Weltkrieg überlebt und war von Krankheiten und Unfällen verschont geblieben. Er hatte es verdient, von dieser Welt zu gehen, ohne leiden zu müssen. Wenn der Tod nur nicht so plötzlich und unerwartet gekommen wäre.

Und nun war es Martins Aufgabe als einziger Erbe, das schöne Haus aufzulösen. Es war ein frei stehendes Einfamilienhaus mit einer schützenden Backsteinfassade. Martin sah durch das Sprossenfenster im Arbeitszimmer auf den verwilderten Garten. Sein Vater hatte sich nie besonders um das Gartengewächs gekümmert. Er fühle sich wohl, wenn die Natur um sein Haus herum ein bisschen ihrer eigenen Wege gehen könne, hatte er mal gesagt. Das Grundstück grenzte an den Wald, das war der Grund, weswegen sein Vater das Haus überhaupt gekauft hatte. Er hatte den Wald geliebt, und als Aita, seine Labradorhündin, noch gelebt hatte, war er jeden Tag stundenlang spazieren gegangen. Die Vorstellung, dass bald andere Menschen hier leben würden, erzeugte Unbehagen, aber Martin hatte pragmatisch entschieden, dass er das Haus verkaufen würde. Für sich und Melanie war es einfach zu groß, und die Bonner Zeitung, bei der er arbeitete, war zwar aus der Eifel erreichbar, aber die Strecke war einfach zu weit, um sie jeden Tag zwei Mal zu fahren. Martin lief durch den Flur des Obergeschosses, die Holztreppe hinunter, sah sich noch einmal das Schlafzimmer, sein Kinderzimmer und im Erdgeschoss die Küche und das Wohnzimmer an. Das Haus seines Vaters war immer noch dasselbe.

Nur verlassener.

Aber das war es nicht, was sich so verändert hatte. Es war vielmehr der Klang. Als würde ein fast unmerkliches Zischen und Rauschen und Dröhnen die Stille des Hauses hier am Waldrand zu durchbrechen versuchen.

Martin hatte die Redaktion heute früher verlassen, um von Bonn aus in die Eifel zu fahren. Vorgestern hatte er mit der Auflösung begonnen und Hunderte von Büchern sortiert: insbesondere natürlich Werke der Weltliteratur, Gesamtausgaben von Goethe, Schiller, Mann, Kafka und so weiter. Sein Vater hatte sich als Germanistikprofessor an der Universität Bonn zwar auf Literatur des 20. Jahrhunderts spezialisiert, aber er hatte sich natürlich immer wieder durch die gesamte Literaturgeschichte gelesen. Martin erinnerte sich an keinen einzigen Tag in seiner Kindheit, an dem sein Vater kein Buch in der Hand gehabt hatte. Daneben fanden sich viele Bücher zur Geschichte, Politik und Philosophie, die Martin selbst behalten wollte, dann einige Werke, die er an Antiquariate verkaufen konnte, und Taschenbücher, die wertlos waren und an die Tafel für Bedürftige verschenkt werden konnten.

Er ging zurück ins Arbeitszimmer. Den Stapel mit Kladden, die er in einem Schrank gefunden hatte, legte er auf den Mahagonitisch, schlug das erste Büchlein auf und überflog einige Seiten. Das waren alte Tagebücher.

Martin schlug die Kladde sofort wieder zu. Die Tagebücher seines Vaters waren privat, sie gingen ihn nichts an. Sein Blick fiel auf den Einband. *1933* war dort handschriftlich vermerkt worden. Das Jahr, das in Deutschland alles verändert und die Welt in eine unvergleichliche Katastrophe geführt hatte. Wie mochte sein Vater diese Zeit erlebt haben?

Martin schlug die Kladde wieder auf und las die ersten Seiten. Sofort war er gefangen von dem, was sein Vater dort schrieb. Er rieb sich mit der Hand über die Koteletten und fuhr sich dann über die kurzen, dunklen Haare. Das machte er immer, wenn er auf ein Thema stieß, das ihn interessierte. Die Handschrift seines Vaters konnte er gut lesen. Die Tagebücher stammten aus der späten Jugend seines Vaters. Ein kurzer Blick auf die ersten Seiten genügte, dann war ihm sofort klar, dass er die Sachen behalten würde. Nicht in erster Linie, weil ihn die intimen Gedanken seines Vaters interessierten. Solche seltenen Zeitdokumente waren ein besonderer Schatz. Und als Journalist interessierte er sich für Dokumente aus vergangenen Zeiten, von denen er sich neue Erkenntnisse erhoffte – und vielleicht neue Geschichten, die er schreiben konnte.

Er sah auf die Uhr. Halb neun am Abend. Für heute reichte es. Melanie wartete bestimmt schon. Martin Tesche packte die Tagebücher in einen kleinen Karton und machte sich auf den Heimweg.

* * *

Der nächste Tag verlief zunächst routiniert, nur dass Martin noch die zusätzliche Arbeit bewältigen musste, die gestern liegen geblieben war. Dazu gehörte eine Geschichte über den Alltag von Krankenhauspflegern, einige kurze Berichte über die letzte Stadtratssitzung und die Planung weiterer Reportagen. Er kam erst nach 20 Uhr nach Hause, aber da seine Frau Melanie heute ihren Chorabend hatte, spielte es keine Rolle, da niemand auf ihn wartete.

Martin aß eine aufgebackene Tiefkühlpizza, öffnete einen Acolon-Wein, dann setzte er sich bequem hin und blätterte in drei ausgewählten Tagebüchern seines Vaters. Schließlich entschied er sich wieder für die Lektüre des Jahres 1933 – in diesem Jahr war sein Vater aus Deutschland geflohen, weil er mit den Sozialdemokraten sympathisierte und es für seinesgleichen gefährlich wurde. Erst nach dem Krieg war er zurückgekehrt. Früh schon hatte sein Vater dem kleinen Martin erzählt, was in Deutschland damals passiert sei und warum er das Land verlassen habe. Als Martin noch zu jung war, um die politischen Zusammenhänge zu verstehen, hatte sein Vater ihm erzählt, dass damals ein böser Zauberer in das Land gekommen sei und alle Menschen verhext habe. 1933 – das Jahr des Hexers …

Martin schlug das Tagebuch auf und las:

1. März 1933

Gestern für das Abitur gelernt, den Faust noch mal gelesen und endlich auch die Mathematik begriffen. Ich will es schaffen und Literaturprofessor werden, immer noch. Aber was bedeutet die neue Zeit, in der wir jetzt leben, für meine Zukunftsplanung? Wird freies Denken bald noch erlaubt sein?

Der Reichstag hat gebrannt. Die Kommunisten sollen es gewesen sein. Ich habe das keinen Moment geglaubt. Hitler und seine Schreckgespenster waren es doch selbst. Ich schreibe hier kein Buch für die Nachwelt, muss aber doch meine Erschütterung niederschreiben.

Martin war fasziniert von der Authentizität dieser Worte. Das hier war nicht vergleichbar mit den Geschichtsbüchern, die er bisher zum Thema gelesen hatte. Das Tagebuch zeigte doch, dass sich die großen geschichtlichen Ereignisse nicht einfach nur unter Hitler, Hindenburg und Mussolini abgespielt hatten, sondern auch bei den Individuen, beim einfachen Volk. Und dass Johannes Tesche selbst ein Teil dieser großen Geschichte gewesen war, die bis zu ihm, Martin, nachwirkte. Hier bekam er einen viel tieferen Einblick in das, was sein Vater gefühlt und gedacht hatte, als er von der Welle der Machtergreifung Hitlers überrollt worden war – als junger Mensch, der Pläne hatte und sich plötzlich, über Nacht, in einer Zeit wiederfand, die alles infrage zu stellen schien.

Martin wusste natürlich eine Menge über seinen Vater und seine Vergangenheit. Johannes Tesche floh zunächst nach Dänemark, später schaffte er es dann in die USA, wo er bis zum Ende des Zweiten Weltkriegs blieb und sich mit Gelegenheitsjobs durchschlug. Im Krieg hatte er nie gekämpft, auch nicht gegen die Deutschen. Er sei froh gewesen, dass er im Krieg nie einen Menschen habe töten müssen, hatte er immer wieder mal gesagt. Johannes Tesche war kein Mitläufer gewesen, er hatte von Anfang an gegen das Nazi-Regime rebelliert und war mit gerade mal achtzehn Jahren im Exil auf sich allein gestellt gewesen – dafür hatte Martin seinen Vater bewundert. Für ihn war Johannes Tesche immer ein Held gewesen, weil er sich nicht hatte gleichschalten lassen.

Martin schenkte sich noch ein Glas Wein ein und las weiter, bis er zutiefst erschüttert die Kladde zuschlug und die Welt nicht mehr verstand.

Kurz darauf kam seine Frau Melanie zurück.

»Hallo Schatz, wie war dein Abend?«, fragte sie und gab ihm einen Kuss.

Martin umarmte seine Frau stumm, streichelte ihre glatten, blonden Haare und fragte nach ihrem Abend. Melanie erzählte von den Schwierigkeiten, die der neu einstudierte Mozart-Kanon »Cantate Domino« bereitet habe, und von einem schwierigen Kundengespräch, das sie heute Nachmittag in der Bank, in der sie arbeitete, geführt habe.

Martin nickte immer wieder, hörte aber kaum zu und sagte schließlich, dass er müde sei.

* * *

Am späten Vormittag des nächsten Tages traf sich Martin Tesche in einem Café mit einem Philosophiedozenten, der eine Praxis für Lebensberatung eröffnen wollte. Martin wollte ein Portrait über den Mann schreiben. Er zeichnete das Interview mit einem Diktiergerät auf, und der Philosoph redete viel zu lange. Als das Interview nach fast zwei Stunden endlich beendet war, blieb Martin noch allein im Café sitzen, bestellte sich zum Mittagessen einen Salat und holte das Tagebuch aus seiner Tasche. Er las noch einmal die Seite, mit der er seine Lektüre gestern beendet hatte, als könnte er nicht glauben, was da stand.

17. September 1933

Die Flucht nach Dänemark ist mir tatsächlich gelungen. Diese grausame Diktatur. Ich sollte mich glücklich schätzen, dass ich noch lebe. Aber die Gespenster lassen mich nicht einfach los. Manchmal kommt es mir vor wie ein böser Traum, und dann wache ich auf und realisiere, dass mein Freund nun wirklich tot ist. Vor gerade einmal zwei Wochen haben wir ihn alle im Wald begraben, um die Leiche spurlos verschwinden zu lassen, und niemand hat ihn bisher gefunden.

Einige glauben an einen Unfall. Einige glauben, er ist untergetaucht. Aber niemand ist bisher auf die Idee gekommen, dass er ermordet worden sein könnte. Mord, die Todsünde der Zivilisation. Mord an einem Freund. Und doch weiß ich, dass es richtig war.

Ich vermisse Gerda.

Immer wieder las Martin diese eine Zeile:

Niemand ist auf die Idee gekommen, dass er ermordet worden sein könnte. Was hatte das zu bedeuten?

Mord an einem Freund. Und doch weiß ich, dass es richtig war.

Diese Worte gingen Martin immer wieder durch Mark und Bein. Sein Vater war ein Mörder?

Martin las die letzte Seite noch einmal.

Dass sein Vater den Mord selbst begangen hatte, ließ sich nicht eindeutig aus dem Tagebucheintrag feststellen. Aber es ließ sich auch nicht ausschließen.

Eine Erinnerung stieg in ihm auf. Er war ungefähr sechs Jahre alt und ging mit seinem Vater an einem Sommertag im Wald spazieren. Plötzlich sahen sie auf dem Weg einen Vogel liegen, dessen Flügel so verletzt war, dass er nicht fliegen konnte. Sein Vater nahm das Tier behutsam auf den Arm, und sie liefen zum Tierarzt, der den Vogel versorgte und bei sich behielt. Am nächsten Morgen erkundigte sich sein Vater telefonisch nach dem Tier, und dann teilte er Martin mit, dass der Vogel am Morgen gestorben sei. Martin hatte angefangen zu weinen und gesagt, dass alles umsonst gewesen sei, aber sein Vater hatte ihm gesagt, dass es nicht umsonst gewesen sei, denn der Vogel habe noch einen Tag länger gelebt, und jeder Tag, den man lebe, sei wertvoll.

Jetzt bröckelte das Bild von seinem Vater, den er immer so bewundert hatte. Der sich für andere einsetzte, nach hehren Werten lebte, der bei vielen Menschen so beliebt gewesen war.

Martin trank seinen dritten Kaffee, dann fuhr er in die Redaktion, schrieb zwei Artikel und machte für heute pünktlich Feierabend.

Beim Abendessen weihte er Melanie in das ein, was er in dem Tagebuch gelesen hatte. Sie hörte ihm ruhig zu und fragte: »Und was glaubst du?«

»Ich kann mir nicht vorstellen, dass mein Vater je einen Menschen getötet hat«, sagte Martin.

»Ich mir auch nicht«, sagte Melanie.

Dann verzog Martin sein Gesicht wie jemand, der im nächsten Moment in Tränen ausbricht, und schließlich platzte es aus ihm heraus, und er heulte dazu wie ein Kind: »Aber er schreibt eindeutig, dass er eine Leiche beseitigt hat. Die Leiche eines Freundes. Mein Vater, Melanie. Mein Vater vergräbt doch keine Menschen im Wald!«

Melanie stand auf und nahm ihren Mann sanft in den Arm. Schweigend durfte er sich ausweinen. Als er ruhiger wurde, streichelte sie seinen Kopf und sagte: »Das Tagebuch hat dich sehr erschüttert, nicht?«

»Ja«, flüsterte Martin.

»Du solltest nachforschen, es lässt dir ja sonst doch keine Ruhe.«

Melanie hatte recht. Melanie kannte es von Martin, dass er als Journalist oft bis spät am Abend über seine Reportagen, an denen er schrieb, nachdachte und ihr von seinen Geschichten, an denen er arbeitete, erzählte. Sie war eine geduldige Zuhörerin und akzeptierte es, dass Martin nicht abschalten konnte, wenn er für ein Thema brannte.

»Wie soll ich das anstellen? Ich kann ihn ja wohl kaum mehr fragen«, gab er zu bedenken.

»Du bist doch der Journalist, Martin. Es müssen sich doch in den Tagebüchern weitere Hinweise finden lassen, ob Johannes diesen Mord wirklich begangen hat oder ob er nur darin verwickelt war. Und was wirklich passiert ist.«

Martin nickte. »Und vielleicht finden wir in den Büchern auch Hinweise auf andere Menschen, die darüber etwas wissen könnten.«

»Wir?«

»Ja, wir. Hilfst du mir dabei, Melanie? Wir könnten uns die Tagebücher aufteilen und gemeinsam darin lesen.«

»Wenn du das möchtest und du mir vertraust, dass ich in das Leben deines Vaters eintauchen darf, helfe ich dir gerne. Lass uns gleich damit anfangen.«

* * *

Gegen Mitternacht hatten sie vier Tagebücher durchgelesen. Hinweise auf den Mord gab es kaum, nur immer wieder einzelne Einschübe wie *heute Nacht wieder von dem Toten geträumt, ich kann seine toten Augen nicht vergessen* oder *ich denke weniger an diese Nacht, aber ganz vergessen kann ich es nicht.* Aber keine Hinweise auf den Täter oder auf das Opfer.

Verdammt, dachte Martin, wenn er sich so vage zu der Tat äußerte, konnte man das auch schon fast als Bekenntnis werten. Wollte sein Vater nicht mehr dazu schreiben, weil ihn das Gewissen so quälte? Oder weil er Angst hatte, dass die Tagebücher gefunden werden und ihn belasten könnten?

An anderer Stelle schrieb er: *Es ist kaum vorstellbar, dass man fast 19 Jahre jung ist und das Schlimmste, was einem im Leben passieren kann, schon hinter sich hat.*

Melanie hatte schließlich festgestellt, dass ein Name immer wieder auftauchte: Gerda. An einer Stelle erwähnte Johannes sogar ihren vollen Namen: Gerda Steinjans.

»Dieses Mädchen scheint ihm damals viel bedeutet zu haben«, sagte sie. »Hat er dir je von ihr erzählt?«

»Nein.«

»Sie hatten wohl eine innige Beziehung«, sagte Melanie. »Wie alt war dein Vater 1933?«

»Achtzehn ...«

»Hier schreibt er: *Gerda, wo bist du gerade? Ich muss immerzu daran denken, wie du in der Nacht, als wir in der Höhle waren, deine Unschuld verloren hast.*«

Martin musste schmunzeln. »Mein Vater war also auch mal jung ... Melanie, was tun wir hier? Wir lesen im Tagebuch meines alten Herrn, wie er mit achtzehn ein Mädchen zur Frau gemacht hat.«

»Vielleicht lebt sie noch«, sagte Melanie.

»Ja, vielleicht«, stimmte Martin zu. »Und mit ein bisschen Glück sogar noch in der Stadt, in der mein Vater damals gelebt hat.«

»Ruf doch morgen früh bei der Auskunft an und frag, ob es eine Gerda Steinjans in Wuppertal gibt«, fuhr Melanie fort.

»Ja, und dann? Soll ich dann einfach hinfahren und sagen: Entschuldigen Sie, mein Vater, der vor zwei Wochen gestorben ist, hatte Ihren Namen vor sechzig Jahren in einem Tagebuch erwähnt. Und übrigens: Wissen Sie, ob ein gewisser Johannes Tesche 1933 einen Mord begangen hat?«

»Du wirst das Gespräch schon feinfühliger führen können. Aber sie ist vielleicht die Einzige, die dir die wahre Geschichte zu dem Mord erzählen kann.«

»Schatz, ich weiß nicht ...«

»Ich weiß, du hast Angst. Die hätte jeder an deiner Stelle. Aber wenn du es nicht versuchst, wird dir die Geschichte auch keine Ruhe lassen. Oder?«

Martin sah seine Frau liebevoll an und streichelte ihr Knie. »Nein, wird sie wohl nicht.« Er gab ihr einen Kuss. »Ich überleg's mir. Und jetzt lass uns schlafen gehen.«

* * *

Natürlich musste Martin es sich nicht überlegen. Das war ihm sofort klar, als er am nächsten Morgen aufstand. Melanie hatte völlig recht. Er hatte gar keine Wahl, weil ihn zwei Motive antrieben: Als Sohn konnte er es nicht einfach auf sich beruhen lassen, ob und inwieweit sein Vater vor sechzig Jahren in einen Mord verwickelt war. Und als Journalist hatte er im Laufe seines Berufslebens eine so instinktive Neugier entwickelt, dass er gar nicht anders konnte, als einer Geschichte nachzugehen, wenn er auf eine gestoßen war. Und das hier *war* eine Geschichte, die sich hinter den Tagebüchern seines Vaters verbarg. Trotz der Angst, etwas über seinen Vater zu erfahren, was er vielleicht gar nicht wissen wollte, hatte Martin die Hoffnung, dass es zur bestmöglichen Wendung kommen würde: Er würde herausfinden, dass sein Vater kein Mörder war und es eine gute Erklärung für das gab, was er in seinen Tagebüchern gefunden hatte – und er würde am Ende vielleicht sogar eine Geschichte dazu erzählen können. Er zog sich an und fuhr ohne Frühstück zu seiner Zeitung.

In der Redaktion arbeitete er nur am Vormittag und rief nebenbei die Auskunft an. Tatsächlich gab es den Namen Steinjans mehrmals in Wuppertal, und tatsächlich hieß eine der Personen, die ihm die Dame von der

Telefonauskunft nennen konnte, Gerda mit Vornamen. Neben der Telefonnummer konnte ihm auch ein Straßenname mitgeteilt werden: Im Vogelsholz 114. Auch wenn Martin sich nicht sicher sein konnte, dass es sich tatsächlich um dieselbe Gerda Steinjans handelte, die im Tagebuch seines Vaters erwähnt wurde, hatte er das untrügliche Gefühl, einen Volltreffer gelandet zu haben. Der Name Steinjans war nicht ganz alltäglich, der Name Gerda passte eher zu einer älteren als zu einer jüngeren Frau, und dass sie in Wuppertal lebte, war auch ein Indiz, dass es sich um die Frau handelte, die sein Vater gekannt hatte. Martin beschloss, gleich vor Ort der Sache auf den Grund zu gehen, anstatt diese Gerda Steinjans zunächst anzurufen. Er hatte Sorge, am Telefon abgewimmelt zu werden. Dann meldete er sich beim Ressortleiter ab, um auf Recherchetour zu gehen, ohne schon genau zu sagen, worum es ging. Er hatte sich als Redakteur einen gewissen Status erarbeitet, sodass er es sich leisten konnte, sich so davonzuschleichen. Er sagte seinem Vorgesetzten nur, dass er einer brisanten Story auf der Spur sei, aber dem Informanten bisher größte Verschwiegenheit zugesichert habe. Ein Teil seiner Angaben stimmte ja sogar. Dann setzte er sich in seinen Vectra, fuhr auf die Autobahn in Richtung Köln und dann weiter nach Wuppertal.

Die Fahrt dauerte eine gute Stunde. Unterwegs hatte er sich an einer Raststätte einen Straßenplan von Wuppertal besorgt. Er war nur ein Mal dort gewesen, und zwar als Student. Den Vater hatte es, soweit Martin wusste, nie in seine Geburtsstadt getrieben. Stattdessen war Johannes Tesche in der Eifel sesshaft geworden, und als Martin ihn mal gebeten hatte, mit ihm nach Wuppertal zu fahren, um ihm die Stadt zu zeigen, in der Johannes Tesche aufgewachsen war, hatte dieser nur abgewehrt und erklärt, dass Wuppertal keine schöne Stadt sei, völlig verdreckt und heruntergekommen, und dass man sich den Weg sparen könne. Martin war dann irgendwann mal allein nach Wuppertal gefahren. Die Schwebebahn machte diese Stadt interessant, aber ansonsten wusste Martin auch nicht, was er von Wuppertal halten sollte. Viele Häuser in der Talachse, die er während seiner Schwebebahn-Tour gesehen hatte, waren grau, aufgewertet wurde die Stadt hingegen von den vielen grünen Hügeln.

Heute führte es ihn in den Stadtteil Ronsdorf, wie er dem Plan entnehmen konnte. Ronsdorf lag am Rande der Stadt, weitab von der Talachse, eine Kleinstadt in der Großstadt mit vielen bergischen Schieferhäusern. Hier sah es ganz anders aus, als er die Stadt in Erinnerung hatte. Die Straße Im Vogelsholz lag auf der Mitte eines Hügels. Vor einem alten Fachwerkhaus mit der Nummer 114 hielt Martin an, stieg zügig aus und drückte auf die Klingel, um es sich nicht noch anders zu überlegen.

Eine Frau mit gepflegten, grauen Haaren öffnete die Tür. Sie musste Mitte siebzig sein und hatte ihre Schönheit über all die Jahre bewahrt. Als sie Martin sah, hielt sie sich erschrocken die Hand vor den Mund.

»Johannes!«, flüsterte sie. »Mein Gott, Johannes!«

Martin nickte verlegen. »Ich bin sein Sohn.«

Die Frau sah ihn immer noch entgeistert an.

»Sind Sie Gerda Steinjans?«

Die Frau atmete tief ein und aus, um sich wieder zu fassen. Dann nickte sie. »Entschuldigen Sie, junger Mann. Sie sind der Sohn von Johannes Tesche? Sie sehen Ihrem Vater so unheimlich ähnlich. Sie sehen genauso aus wie er.«

»Ich muss mich entschuldigen, dass ich so mit der Tür ins Haus falle ...«

»Wie geht es ihm?«, unterbrach ihn Gerda Steinjans.

»Er ... er ist kürzlich verstorben.«

»Oh ...« Sie blickte zu Boden. »Mein Beileid, junger Mann.« Dann sprach sie eher zu sich selbst: »Er hat also all die Jahre überlebt ...«

»Ja, das hat er. Sie haben also lange nichts mehr von ihm gehört?«

Sie schüttelte den Kopf. »Nein, seit ... vielleicht seit dem Krieg? Nein, schon viel länger. Aber es war notwendig, dass er untertauchte ...«

Martin witterte eine Chance. »Ich weiß. Soll ich Ihnen erzählen, wie es ihm ergangen ist?«

Gerda Steinjans stand mit nachdenklichem Blick im Türrahmen. Dann sagte sie: »Kommen Sie rein, Herr Tesche. Möchten Sie einen Kaffee?«

* * *

Martin sah sich in dem gemütlichen Wohnzimmer mit den vielen Holzbalken, die wie altehrwürdige Säulen aus den Wänden ragten, um, während Gerda in der Küche verschwand. Auf dem Parkettboden lag ein blau gemusterter, orientalischer Teppich, der sofort ins Auge fiel. An der Wand hinter dem Sofa hing ein abstraktes

Bild von einem Künstler, den Martin nicht kannte. Grüne und rote Farben gingen ineinander über in Formen, die für Martin nichtssagend waren. Kurz darauf kam Gerda Steinjans mit zwei Tassen und einem Teller mit Plätzchen zurück.

»Warum sind Sie noch gleich hergekommen, junger Mann?«

»Mein Vater hat Sie mehrmals in seinen Tagebüchern erwähnt. Er schien Sie sehr gemocht zu haben, aber er hat nie von Ihnen erzählt. Ich dachte ... ich dachte ... ich weiß auch nicht, ich bin noch ganz durcheinander von seinem Tod. Vielleicht will ich einfach noch etwas über ihn wissen, auch, um die Erinnerung wachzuhalten. Und ich dachte, vielleicht haben Sie ein Recht darauf, von seinem Tod zu erfahren, wenn Sie ihm mal wichtig waren. Ich könnte Ihnen von ihm erzählen und Sie mir von ihm. Ich möchte mich einfach noch ein wenig mit ihm beschäftigen. Ich denke, man nennt das Trauerarbeit, verstehen Sie?«

»Was könnte ich Ihnen denn von ihm erzählen, was Sie nicht wissen?«, fragte Gerda Steinjans in einem Tonfall, den Martin schwer einordnen konnte.

Er redete weiter: »Es ist schwer zu glauben, dass er nicht mehr da ist. Er hatte einen Herzinfarkt. Es kam so plötzlich. Er war immer gesund.«

»Er war ein guter Mensch«, sagte Gerda Steinjans. »Sie sehen aus wie er. Ich habe viel Zeit in meiner Jugend mit ihm verbracht. Wir waren enge Freunde. Und dann ist er vor den Nazis ins Ausland geflohen. Er war im Herzen Sozialist.« Sie reichte Martin den Teller mit Keksen.

»Ich weiß«, sagte Martin. »Davon hat er viel erzählt. Ich war immer stolz darauf, dass er kein Mitläufer war. Er hat alles richtig gemacht und sich schon 1933 abgesetzt, zunächst nach Dänemark, dann in die USA.«

»Hat er es also in die USA geschafft?«

»Sie hatten wirklich keinen Kontakt mehr, seit er geflohen ist?«

»Nein, ich wusste, dass er raus aus Deutschland musste, und ich wusste, dass es ein Abschied für immer sein könnte, auch wenn ich immer gehofft habe, ihn irgendwann noch mal wiedersehen zu können.«

»In Amerika hat er sich mit verschiedenen Gelegenheitsjobs durchgeschlagen, bis der Krieg zu Ende war. Und er hat seine erste Frau dort kennengelernt, Linda.«

Gerdas Blick wurde kurz starr, dann lächelte sie ihn an. »Reden Sie weiter!«

»Sie sind nach dem Krieg zusammen nach Deutschland gekommen, haben geheiratet, während mein Vater Germanistik in Frankfurt studiert hat. Aber die Ehe hat nicht lange gehalten. Linda hatte Heimweh nach Amerika und ging ohne meinen Vater zurück. Nach dem Studium hatte mein Vater eine Stelle an der Frankfurter Uni, dann bekam er eine Professur in Bonn, heiratete meine Mutter und kümmerte sich viel um mich, als sie an Krebs starb – da war ich zehn Jahre alt. Nebenbei engagierte er sich immer wieder politisch, forschte über Kriegs- und Nachkriegsliteratur, schrieb ein Buch über Paul Celan, und als er emeritiert wurde, schrieb er weiter Bücher und genoss es, in der Natur spazieren zu gehen. Er lebte bis zu seinem Tod in der Eifel.«

»Ja, das kann ich mir vorstellen, dass er sich in der Eifel wohlgefühlt hat.«

»Er ist in seiner Jugend auch viel gewandert, nicht?«

»Ja …« Gerda Steinjans wirkte für einen Moment geistesabwesend, als würde sie sich in Erinnerungen verlieren.

»Er hatte eine Wandervogel-Gruppe«, fuhr Martin fort. »Waren Sie auch dabei?«

»Der Wandervogel war damals hochbrisant«, sagte Gerda Steinjans. »Ja, ich war auch dabei. Wir waren nur eine kleine Gruppe. Ihr Vater, ich, dann noch Georg, Friedrich und … wie hieß der andere noch gleich?« Sie dachte nach. »Jetzt habe ich den Namen vergessen … Sie wissen, was der Wandervogel war?«

»Eine Wanderbewegung. Jugendliche, die die Natur wiederentdeckten …«

Gerda Steinjans lächelte. »Damals war das eine sehr populäre Bewegung. Die Städte wurden immer dreckiger. Überall Fabriken und Schornsteine. Auch hier in Wuppertal. Aber zum Glück hatten wir ja immer viel Natur drumherum. Sie sind nicht von hier, oder?«

»Nein.«

»Wissen Sie, dass Wuppertal eine der grünsten Städte Deutschlands ist? Wir wollten raus aus der Stadt, die Natur genießen, die wir hier in so vielen Ecken haben. Wir waren als Schüler begeistert von der Romantik, lasen mit Vorliebe Gedichte und Romane von Eichendorff, Tieck, aber auch von Hermann Hesse. Natur war für die Wandervögel nicht nur eine Umgebung, sondern ein Zuhause. In den Wäldern fühlten wir uns frei und glücklich. Alles war weit weg. Die Stadt, die Sorgen und …«

»Und was?«

Gerda Steinjans stockte, rührte in ihrem Kaffee und fuhr fort: »Ach nichts! Wir machten auch Musik in der Natur, sangen derbe Volkslieder. Johannes spielte dazu auf seiner Waldzither. Wir waren nicht einfach eine Wanderbewegung. Wir entwarfen eine eigene Lebensart. Wenn wir draußen in der Natur waren, spürten wir eine grenzenlose Freiheit. Obwohl Nazi-Deutschland gerade begonnen hatte und die Menschen in unsichtbare Ketten gelegt wurden. Wir glaubten, das könnte uns nichts anhaben, und lebten unser eigenes Leben. Streiften gesellschaftliche Konventionen ab wie Kleider. In den Wäldern konnten wir sein, wer wir sein wollten.«

»Das war der nationalsozialistischen Bewegung wohl ein Dorn im Auge …«

»Das können Sie laut sagen. Die Nazis haben versucht, alle Jugendbünde in die HJ einzugliedern. Was wir aber nicht mit uns machen ließen. Wir dachten damals noch, dass wir uns so einfach gegen die Ideen Hitlers wehren konnten. Wir waren sehr naiv.«

Martin hatte das Gefühl, dass jetzt der richtige Zeitpunkt gekommen war, um mehr über den Vorfall aus dem Tagebuch zu erfahren. »Wurde Ihre Bewegung gewaltsam zerschlagen?«

Gerda Steinjans lächelte amüsiert. »Nein, Herr Tesche, dafür waren wir eine zu kleine Gruppe. Unsere Ideen passten zwar nicht mit dem völkischen Wahn zusammen, aber letztendlich waren wir zu unbedeutend für die Nazis.«

»Aber die HJ trat doch schon aggressiv auf? Es gab nie Auseinandersetzungen mit denen?«

»Wir wurden von denen schon mal provoziert. Mehr nicht.«

Hatte der Mord, der in dem Tagebuch erwähnt wurde, mit dieser Wandervogel-Bewegung zu tun? Gab es vielleicht einen tödlichen Konflikt mit der Hitlerjugend? Martin fuhr fort: »Das ging ja für einige in dieser Zeit nicht so glimpflich aus. 1933 gab es doch regelmäßig Straßenkämpfe zwischen roten und braunen Jugendlichen. Gerade auch hier in Wuppertal.«

»Ja, in Wuppertal hatten es die Nazis anfangs schwer. Sehr sozialistisch geprägt, unsere Stadt …«

»Manche Straßenkämpfe endeten auch tödlich, habe ich gehört«, warf Martin ein.

»Davon habe ich auch gehört.«

»War mein Vater mal in so einen Kampf verwickelt?«

»Nicht dass ich wüsste. Er kämpfte lieber mit Worten als mit Fäusten.«

»Sind Sie sicher …?«

»Was wollen Sie eigentlich?«, fuhr Gerda Steinjans ihn plötzlich an. »Irgendwas führen Sie doch im Schilde. Ich fühle mich gerade wie in einem Verhör. Sie verschaffen sich hier Eintritt, lassen mich vom Wandervogel erzählen, dann plötzlich reden wir über Straßenkämpfe und Tote. Was soll das?«

Martin antwortete nicht, fuhr sich mit der Hand durch die Scheitelfrisur und blickte beschämt zu Boden. Sie hatte ja recht. Eigentlich stand es ihm nicht zu, einfach als Wildfremder in ihr Haus einzudringen und sie in ein Gespräch zu verwickeln, ohne dass sie wusste, worauf er hinauswollte. »Es tut mir leid, Frau Steinjans, ich hätte es Ihnen gleich sagen sollen. Ich bin hergekommen, weil ich eigentlich nur eine einzige Frage an Sie habe. Es ist wichtig für mich, darauf eine Antwort zu finden.«

»Und die wäre?«, fragte Frau Steinjans, die immer noch aufgebracht war.

Martin holte tief Luft, dann fragte er: »Hat mein Vater 1933 einen Menschen getötet?«

Gerda Steinjans stellte ihre Tasse ab. Sie starrte ihn mit weit geöffneten Augen an. »Wie kommen Sie darauf?«, flüsterte sie.

»Ich habe in den letzten Tagen sein Haus ausgemistet und seine Tagebücher gefunden. Darin deutet er an, dass er in einen Mord verwickelt war.«

»Nein ...«

»Vielleicht war er auch selbst gar nicht der Täter, sondern hat nur Beihilfe geleistet. Seine Worte sind nicht eindeutig. Er hat nie mit mir darüber gesprochen. Ich habe zufällig in seinen Tagebüchern geblättert, weil ich fasziniert von dem Einblick in die damalige Zeit war, und dann fand ich plötzlich diese Andeutung.«

»Sie waren fasziniert von dieser Zeit? Junger Mann, Sie wissen doch gar nichts. 1933 war alles andere als faszinierend. Es war der Beginn eines finsteren Tals, aus dem es zwölf Jahre kein Entkommen gab. Wir dachten anfangs, wir könnten trotzdem noch frei sein, aber eigentlich waren wir es nie. Und wie kommen Sie dazu, die Tagebücher Ihres Vaters zu lesen? Tagebücher sind privat, egal, ob der Verfasser noch lebt oder nicht. Was wissen Sie noch über mich?«

Martin fühlte sich wie ein kleiner Junge, der etwas ausgeheckt und dabei ein Geheimnis entdeckt hat, das er gar nicht erfahren durfte. »Bitte, Frau Steinjans, wissen Sie irgendetwas darüber? Irgendwas muss doch damals passiert sein? Und wenn Sie so eng mit meinem Vater befreundet waren, hat er Ihnen doch sicher etwas erzählt. Ich muss wissen, ob mein Vater ein Mörder war. Ich muss!«

Gerda Steinjans legte sanft die rechte Hand auf seinen Arm. »Martin, viele waren damals Mörder, weil sie all das zugelassen haben. Aber Ihr Vater war es ganz sicher nicht. Er hat sich dem System von Anfang an entzogen. Und jetzt lassen Sie die Vergangenheit ruhen, lassen Sie Ihren Vater ruhen. Behalten Sie ihn so in Erinnerung, wie Sie ihn kennen. Ich brauche jetzt ein bisschen Ruhe. Gehen Sie bitte!«

Martin Tesche nickte. »Danke. Für den Kaffee und für Ihre Offenheit.«

* * *

Gerda Steinjans sah dem jungen Mann nach, wie er in sein Auto stieg. Sie blickte aus dem Fenster, aber anstelle der Schieferhäuser und der grünen Hügel sah sie die Bilder ihrer Erinnerung. Zuerst kämpfte sie noch dagegen an, konnte sich ihnen aber nicht entziehen. Wie ein Sturm brausten ihr die Bilder entgegen und legten das Laub frei, unter das sie diese Erinnerungen all die Jahre begraben hatte. Mit der Gleichgültigkeit, die sich in der langen Zeit eingestellt hatte, war es nun vorbei. Vor ihr erschien die Vergangenheit.

Vier junge Menschen im Wald. Nein, es waren fünf! Sie selbst und vier hübsche Jungen.

Einer mit einem Instrument in der Hand.

Ausgelassene Stimmung.

Das Gesicht von Johannes hatte sie jetzt klar vor Augen. Sein weiches, glattes Gesicht mit dem schönen Kinngrübchen.

Georgs rundliches Gesicht mit den roten Backen und dem fast schwarzen Haar. Nur Henris Gesicht blieb in der Erinnerung verschwommen.

Sie nahm die Tassen vom Wohnzimmertisch, in ihrer zitternden Hand entglitt ihr das Geschirr und fiel krachend zu Boden.

Als sie die Scherben einsammelte, überkamen sie erneut die Tränen.

Der Sommer 1933 war zurückgekommen. Der Sommer, in dem die Liebe und der Tod in ihr Leben traten.

2. Kapitel

5. Juni 1933

Gerda, Johannes, Georg, Friedrich und Henri liefen mit leichten Schritten den Weg im Ronsdorfer Wald hinunter in Richtung Gelpetal. Es war ein warmer Sommertag, und die dicht bewaldeten Talhänge spendeten angenehmen Schatten. Kurvige Wege, moosgrüne Flächen und kleine Holzbrücken, die über Bachläufe führten, ließen die Jugendlichen immer wieder vergessen, dass Wuppertal eigentlich eine Industriestadt mit unzähligen Fabriken war. Hier im Wald war Wuppertal anders. Die Luft fühlte sich auf der Haut sanfter an, die Gerüche von Stauden und erdigem Boden waren kein Vergleich zu dem Gestank aus den Schornsteinen, das Zirpen der Grillen und das Zwitschern der Vögel bereiteten ihnen gute Laune und gaben ihnen das Gefühl, selbst ein Teil des Waldes zu sein. Hier blieb die Zeit einfach stehen, hier vergaßen sie, dass sich Wuppertal von dem politischen Umbruch im Land noch nicht erholt hatte, was die fast täglichen Straßenschlachten zwischen Kommunisten und Nationalsozialisten bezeugten.

Jeder von ihnen trug einen Rucksack. Mal lief Johannes voran, dann überholte Gerda ihn, dann preschten Henri, Friedrich und Georg nach vorne. Seit ihrer Kindheit waren sie befreundet. Gerda und Georg waren früher Nachbarn in Barmen gewesen, über ihn kannte sie auch die anderen. Friedrich und die übrigen Jungs besuchten das Realgymnasium in Barmen, Gerda die St.-Anna-Schule in Elberfeld. Mit der Jugend hatte sich jeder von ihnen zu einem Individuum mit eigenen Träumen entwickelt: Friedrich, der Bücherwurm, würde wohl mal die Buchhandlung seines Vaters übernehmen, und nebenbei hoffte er, selbst eines Tages Bücher zu schreiben und ein berühmter Schriftsteller zu werden. Auch Georgs Eltern wünschten sich, dass ihr Sohn mal den Betrieb seiner Eltern, eine Bandwirkerei, übernehmen würde, doch Georg wollte seit seiner Konfirmation Pfarrer werden. Gelegentlich hatte er Komplexe, weil er ein paar Kilo zu viel auf dem Leib trug, und tröstete sich damit, dass er ganz für die Gemeinde leben könnte, falls er kein Mädel abbekommen sollte. Henri war wie ein Blatt im Wind. Er war immer für irgendetwas zu begeistern, jedoch änderte sich das alle paar Wochen. Im Moment interessierte ihn gerade die phänomenologische Philosophie, aber er wusste noch nicht, was er damit mal anfangen sollte. Gerda war mit ihren fünfzehn Jahren die Jüngste, sah aber deutlich älter aus und war nicht auf den Mund gefallen. Auch Gerda träumte davon, mal zu studieren, vielleicht Architektur. Was sie alle verband, war die Liebe zur Natur, die sie mit ihrer Wandervogel-Gruppe auslebten, die Johannes anführte. Johannes war der Älteste. Achtzehn Jahre war er alt, aber eigentlich war er schon als kleines Kind erwachsen geworden, als sein Vater starb. Wie Friedrich interessierte er sich leidenschaftlich für Literatur, aber er las die Werke der Weltliteratur anders als Friedrich: Während Friedrich die Sprache der Dichter einfach genussvoll in sich aufsaugte, analysierte Johannes Romane, Dramen und Gedichte und versuchte, sie auf eine Weise zu interpretieren, wie es noch niemand vor ihm getan hatte. Sein Ziel war es, einmal Literaturwissenschaftler zu werden.

Es war das Jahr, in dem nichts mehr so sein sollte, wie es mal gewesen war. Ein neuer Reichskanzler regierte Deutschland mit einer Wucht, wie es keiner vor ihm getan hatte. Wie eine gigantische Welle überflutete er das Land und wollte alles mitreißen, und die Wandervogel-Gruppe versuchte, dem standzuhalten und sich in den Wäldern des Bergischen Landes ihre Freiheit zu bewahren, indem sie sich zwischen den Fichten, Tannen und Kiefern des Waldes vor dem unheimlichen Treiben in den Städten versteckte. Gerda und die Jungs hatten von Anfang an geahnt, dass sich das Leben unter Hitler ändern würde. Aber trotz oder gerade wegen dieser Widerstände, die sich ihnen in den Weg stellten, spürten sie eine grenzenlose Lebenskraft.

»Stehen geblieben, Hans Giebenrath«, rief Friedrich zu Georg.

»Nimm dich in Acht, Demian«, konterte Georg.

Es war gerade ein beliebtes Ritual unter den jungen Männern, mit Zitaten und literarischen Namen von

Hermann Hesse um sich zu werfen. Friedrich stöberte in jeder freien Minute im Laden seines Vaters und schwärmte den anderen von Neuentdeckungen vor – und einige Zeit zuvor war Hesse so eine Neuentdeckung gewesen. Friedrich hatte sie alle angesteckt: Mit *Unterm Rad, Demian* und auch dem *Steppenwolf*. Vor allem Friedrich mochte Hesses besonderen Blick auf die Natur und auf die menschliche Seele. Friedrich war wohl selbst auch ein kleiner Steppenwolf, mochte es oft nicht, in Gesellschaft zu sein – außer mit dem Wandervogel. Mit seiner schmalen Gestalt und der dünnen Brille sah er dem Dichter Hesse sogar ein bisschen ähnlich.

Plötzlich verließ Gerda den Weg, rannte eine Senke hinab, sprang über einen moosbewachsenen Baumstamm, der quer auf ihrem Weg lag, und warf ihren Rucksack ab. Ihre blonden Zöpfe baumelten dabei wild umher, und sie lachte in ihrem typischen Ton, von dem man nicht wusste, ob er zu einem Kind oder einer Frau gehörte.

»Lasst uns hier eine Rast machen«, sagte sie, holte eine Decke aus ihrer Tasche und zog sich die Schuhe aus.

Die vier anderen liefen ihr hinterher und setzten sich zu ihr. Johannes packte seine Waldzither aus und legte den tropfenförmigen Korpus seines Instruments auf den Schoß. Die Waldzither war etwas größer als eine Mandoline und für Wanderungen handlicher als eine Gitarre. Den Resonanzkörper schmückte unter dem Schallloch ein romantisches Schattenbild mit einem Mann, der sich in adliger Kleidung vor einer Frau verbeugte, um sie offenbar zum Tanz aufzufordern. Georg und Henri blätterten im Liederbuch, Friedrich legte sich teilnahmslos auf den Rücken.

»Hier, das ist gut«, sagte Georg.

Johannes schlug die Saiten an und stimmte mit Georg ein: »Sabinchen war ein Frauenzimmer, dabei so tugendhaft / sie diente treu und redlich immer bei ihrer Dienstherrschaft.«

»Auf solche braven Mädchen stehst du also, Johannes?«, neckte Gerda ihn.

»Das Blut zum Himmel / spritzte, Sabinchen fiel gleich um ...«

»Das wird ja immer schöner«, lachte Gerda.

Plötzlich legte Georg die Hand flach auf die Saiten und hob die andere zur Warnung. Alle verstummten. Zwischen den Bäumen drüben am Weg marschierte eine kleine Gruppe der Hitlerjugend vorbei. Sie schienen sie nicht zu beachten. Als die HJler weitergingen, sprang Johannes auf und parodierte ihren Gang. Dabei machte er Furzgeräusche. Gerda kicherte.

»Vorsicht, Johannes, sie sind noch in Sichtweite«, flüsterte Georg.

»Na und?«, erwiderte Johannes. »Ich lass mir von diesen Braunhemden doch nicht die Stimmung verderben.«

»Wie lange wir uns wohl noch frei als Wandervögel bewegen können?«, fragte Georg. »Die wollen uns am liebsten verbieten und alle in die HJ schicken.«

»Mich kriegen die da nie hin«, sagte Johannes.

»Mich auch nicht«, bestätigte Friedrich.

»Und mich auch nicht«, kokettierte Gerda.

»Na, und wenn schon«, meinte Henri. »Am Ende können wir doch nichts dagegen machen. Wir können doch trotzdem weiter unseren Spaß haben. Und unsere Freundschaft wird es schon nicht zerstören, wenn wir demnächst alle so rumlaufen müssen wie die.«

»Ja, und dann singen wir alle das Horst-Wessel-Lied«, lachte Johannes, legte die Waldzither wieder an und sang so schräg wie möglich: »Die Fahne hoch! Die Reihernden fest geschlossen / SA massakriert / mit ruhig festem Schnitt / Kam'rad'n, die Rotfront und Reaktion erschossen / Marschier ohne Geist / und unsereins reihert mit!«

»Man könnte ja meinen, da singt einer von uns«, ertönte plötzlich eine Stimme hinter ihnen. Da standen Josef Holzmann und zwei andere HJ-Burschen, die sie noch nie gesehen hatten. »Nur im Text bist du noch ein bisschen unsicher, Johannes! Es heißt nicht *die Reihernden,* sondern *die Reihen.*«

»Den Text kann ich sehr gut!«, entgegnete Johannes.

»So, dann könnte man ja unterstellen, dass du ihn mit Absicht verballhornt hast.«

»Ich hätte nicht gedacht, dass du das Wort Verballhornung kennst!«, giftete Johannes ihn an. »Aber es freut mich, dass du meine Verballhornung erkannt und offenbar sogar verstanden hast.«

»Nimm dich in Acht, Johannes, nimm dich in Acht! Sonst holen wir dich!«, sagte Josef Holzmann und drohte mit dem Zeigefinger.

»Du machst mir Angst, Holzmann!«, rief Johannes. »Siehst du, wie ich zittere?«

Dann schlug er ein paar schiefe Akkorde auf seiner Waldzither an.

»Nimm dich in Acht!«, wiederholte Holzmann und verschwand.

Lachend schüttelte Johannes den Kopf. »Diese Uniformträger. Vor denen muss man doch keine Angst haben.«

»Da wäre ich mir nicht so sicher. Mein Vater sagt, das wird kein gutes Ende nehmen mit Hitler«, antwortete Georg.

»Ach was, in einem Jahr ist der Spuk vorbei. Dieses Affentheater machen die Deutschen doch nicht lange mit. Du siehst doch, wie schwer es die Braunen hier in Wuppertal haben«, sagte Johannes.

»Ich weiß nicht… ich will die alte Republik zurück«, meinte Georg.

»Die wird schon bald wiederkommen. Lasst uns das Thema wechseln. Will jemand etwas essen?«, schaltete sich Henri ein und verteilte Äpfel.

3. Kapitel

28. April 1993

Als Martin Tesche am Abend in Kommern eintraf, war er unruhig. Er fühlte eine pikante Mischung aus Erleichterung, Angst und Abenteuerlust. Dass sein Vater ein Mörder sein könnte, hatte sich nicht bestätigt – konnte bis jetzt aber auch nicht zweifelsfrei widerlegt werden. Gerda Steinjans hatte so gut wie nichts darüber gesagt. Und doch hatte sie eine Tür geöffnet. Mit der Begegnung am heutigen Tag hatte Martin einen Einblick in das Leben seines Vaters bekommen, der ihm bisher verwehrt geblieben war.

Doch die Vorstellung, dass sein Vater ein dunkles Geheimnis haben könnte, passte einfach nicht in das Bild, das Martin von ihm hatte. Das war so absurd, als würde er gerade erfahren, dass sein Vater in Wirklichkeit ein Geheimagent gewesen war. Wenn er an seinen Vater dachte, hatte er zuerst immer den Mann vor Augen, der emsig am Schreibtisch seines Arbeitszimmers saß und arbeitete. Als Professor hatte er wenig Zeit gehabt, immer bereitete er Vorlesungen vor oder schrieb Aufsätze. Dennoch durfte Martin jederzeit in sein Arbeitszimmer kommen, wenn er etwas von ihm wollte. Nur die Vormittage am Sonntag gehörten allein Vater und Sohn. Dann gingen sie oft zu zweit wandern. Sonntags war immer Zeit dafür, denn in die Kirche gingen sie nicht. Als Martin mal mit acht Jahren fragte, warum andere Kinder ihre Kommunion feierten und er nicht, sagte sein Vater: »Weil wir nicht an Gott glauben.« Und als Martin fragte, woher sein Vater so sicher sei, dass es Gott nicht gebe, antwortete dieser: »Glaubst du denn, wenn es einen Gott gäbe, hätte er zugelassen, dass sechs Millionen Juden von Hitler vergast wurden? Oder kannst du dir einen Gott vorstellen, der zu schwach war, um gegen Hitler etwas zu unternehmen?« Für ein Hirngespinst müsse man keine Kommunion feiern. Und ein guter Mensch werde man nicht, indem man Hostien esse, sondern indem man Gutes tue und Böses unterlasse – sofern man in der Lage sei, Gut und Böse zu unterscheiden.

Aus der Bibel hatte Vater ihm trotzdem manchmal vorgelesen, als er klein war, weil er ihm gerne Geschichten vorlas. Überhaupt hatte er ihm viel vorgelesen, zunächst Klassiker von Erich Kästner und Astrid Lindgren, dann griechische Mythen und schließlich auch mal Auszüge aus *Faust* und *Wilhelm Tell*. Sein Vater war ein Mann gewesen, der feste Prinzipien vertrat und dabei immer ein guter Mensch sein wollte. Nur an seine Gefühle wollte er niemanden heranlassen. Martin erinnerte sich nicht daran, seinen Vater jemals weinen gesehen zu haben. Nicht einmal, als Martins Mutter gestorben war.

Der heutige Tag kam ihm unwirklich vor. Unglaubwürdig und unwirklich kam ihm das vor, was er getan hatte. Er war einfach zu einer Wildfremden gefahren, deren Namen er zufällig in einem Tagebuch entdeckt hatte, er hatte plötzlich in ihrem Wohnzimmer gesessen und sich mit ihr über seinen Vater unterhalten. Der Kaffee, den er dort getrunken hatte, die Kekse, die er gegessen hatte – alles kam ihm nicht real vor. Unwirklich erschien es ihm auch immer noch, dass sie über einen Toten gesprochen hatten, über Johannes Tesche, der jetzt einfach nicht mehr da war. Das konnte doch alles nicht wahr sein. Und was hatte er am Ende Neues erfahren? Eigentlich nichts. Glaubte man Gerda Steinjans, hatte es in der Vergangenheit seines Vaters keinen Vorfall gegeben, bei dem jemand ums Leben gekommen war. Aber sein Vater hatte ihn mehrfach im Tagebuch erwähnt. Musste es deshalb wahr sein? Hatte nicht schon ein antiker Philosoph dem geschriebenen Wort misstraut? Sokrates? Oder Platon? Das war doch eigentlich auch egal, wer es war. Jedenfalls bestand eine nicht unwesentliche Wahrscheinlichkeit, dass die Erwähnung des Todesfalls im Tagebuch seines Vaters auf einer Tatsache beruhte, nämlich der Tatsache, dass tatsächlich um das Jahr 1933 herum jemand ums Leben gekommen war und dass sein Vater irgendetwas damit zu tun hatte.

Tagebuchschreiben war gemeinhin ein Akt der Selbstvergewisserung, überlegt Martin. Und wenn das so war, dann ergab es einfach keinen Sinn, dass sein Vater etwas in ein Tagebuch schrieb, das nicht wahr war.

Er dachte an Gerda Steinjans … Sie war mit einer außergewöhnlich natürlichen Schönheit gesegnet. Sie sah gut zehn Jahre jünger aus, als sie war, sie war groß und schlank und hatte einige Falten, aber schöne Proportionen im Gesicht, sodass die faltige Haut in den Hintergrund trat. Mittellange, gewellte, graue Haare, strahlende Augen und einen fröhlichen, neugierigen, offenen Blick sowie eine Art, einem Menschen einige Sekunden zu lang in die Augen zu blicken. So schön waren Frauen im Alter sonst nur, wenn sie Geld für Schönheitseingriffe hatten.

Ja, sie war für ihr Alter immer noch schön – und so selbstbewusst. Sie verstand es, Gespräche zu lenken. Martin hatte das natürlich mitbekommen: Gerda Steinjans war vorhin mehrmals ausgewichen, hatte das Thema gewechselt oder abgeblockt. Martin war sich ziemlich sicher, dass sie mehr wusste, als sie gesagt hatte. Und er musste herausfinden, was sie verschwieg, das war gar keine Frage.

Aber als Journalist wusste Martin auch, dass es wenig erfolgversprechend war, Gerda noch einmal ins Blaue hinein zu besuchen, ohne Anhaltspunkte zu haben, dass sie ihm etwas verschwieg. Er musste weiter recherchieren, um ihr zu zeigen, dass er mehr wusste.

Er erinnerte sich plötzlich daran, dass er als Kind in einem Buch gelesen hatte, wie alte Menschen in vielen Naturvölkern ausgesetzt oder mit deren Einverständnis getötet wurden, weil sie von der Gruppe nicht mehr versorgt werden konnten. Darüber hatte er sich fürchterlich empört. Sein Vater hatte daraufhin gefragt, ob er etwas über das Leben dieser Gruppen wisse. Als Martin verneinte, forderte ihn sein Vater auf, sich genauer darüber zu informieren, und zitierte einen Satz aus

Goethes Drama *Torquato Tasso:* »Was wir verstehn, das können wir nicht tadeln.«

Er wollte verstehen, was damals passiert war …

* * *

Martin parkte seinen Wagen vor dem Haus seines Vaters, um sich noch ein wenig umzusehen. Das, was die alte Steinjans heute preisgegeben hatte, konnte doch noch nicht alles gewesen sein. Er kam sich fast wie ein Dieb vor, als er im Haus nach Spuren der Vergangenheit suchte.

Martin hatte nun alle Schubladen ausgeräumt und den Inhalt nach drei Stapeln sortiert: brauchbar, vielleicht brauchbar und unbrauchbar. Auf dem letzten Stapel waren alte Arztrechnungen, Souvenirs, entwertete Sparbücher und alles andere Profane gelandet. »Vielleicht brauchbar« waren Adressbücher, Fotos aus der jüngeren Vergangenheit. Auf dem Stapel der Kategorie »brauchbar« befanden sich ältere Fotos, ein Wandervogel-Notenbuch sowie Postkarten und Briefe.

Zunächst blätterte er sich amüsiert durch das Liederbuch, das aus harmlosen Volksliedern und leicht schlüpfrigen Liebesliedern bestand. Dann überflog er die Postkarten und Briefe, und am späten Abend hatte er eine Spur gefunden.

* * *

Georg Abel saß am Fenster und schaute in den Park seines Pflegeheims auf den Elberfelder Höhen, als die Pflegerin die Tür öffnete.

»Herr Abel, Ihr Besuch ist da«, sagte sie mit sanfter Stimme und bat Martin einzutreten.

Abel schaute die beiden fragend an.

»Herr Tesche«, erinnerte ihn die Pflegerin.

Georg Abel gab einen lallenden Laut von sich, während dicker Speichel aus seinem Mundwinkel rann. Martin wusste von der Pflegerin, dass Georg Abel aufgrund seines Schlaganfalls schwer zu verstehen war. Aber Martin hatte genau verstanden, was der alte Mann gerade gesagt hatte: »Johannes!«

»Guten Tag, Herr Abel«, begrüßte Martin den Fremden höflich. »Johannes ist mein Vater. Ich bin Martin Tesche.«

»Ja, Johannes …«, wiederholte Georg Abel.

»Kann ich Sie für zehn Minuten allein lassen?«, fragte die Pflegerin.

Georg Abel nickte langsam. Auch Martin nickte.

»Johannes …«, sagte Georg Abel noch einmal und flüsterte: »Wie geht es Johannes?«

Martin musste sich sehr anstrengen, ihn zu verstehen.

»Mein Vater ist vor knapp drei Wochen gestorben. Es tut mir leid, Ihnen das mitzuteilen.«

Georg Abel sagte etwas, das wie »zäh« klang. Dann kurze verlegene Stille, die schließlich von Martin durchbrochen wurde: »Herr Abel, weswegen ich hier bin: Ich kümmere mich um den Nachlass meines Vaters. Und ich habe etwas gefunden, das wohl mal Ihnen gehörte.«

Martin drückte ihm das Liederbuch, das mit den Jahren weich und bräunlich geworden war, in die Hand. *Was die Wandervögel singen* stand in altdeutscher

Schrift auf dem Titelblatt. Martin blätterte die erste Seite auf.

»Sehen Sie: Hier steht Ihr Name drin. Mein Vater hätte sicher gewollt, dass Sie es nun zurückbekommen. Es war nicht leicht, Sie ausfindig zu machen.«

Martin hatte es dennoch geschafft. Georg Abel war in Wuppertal kein Unbekannter: Bis zu seiner Emeritierung hatte er Theologie an der Kirchlichen Hochschule Wuppertal gelehrt, und durch einen Anruf an seinem Lehrstuhl hatte Martin herausfinden können, dass Abel nun in einem Heim lebte.

Martin lächelte künstlich, um die Sympathie von Georg Abel zu gewinnen. »Sie waren zusammen mit meinem Vater in einer Wandervogel-Gruppe, nicht? Das war in den Dreißigerjahren, oder? Mein Vater hat mir hin und wieder davon erzählt.«

Das Lächeln fiel Martin schwer. Er kam sich ein wenig wie ein schäbiger Witwenschüttler vor. Es war nicht fair, zu einem fremden Mann zu gehen, um ihm Informationen zu entlocken. Aber es war nun eine Woche her, dass ihn die Tagebücher so aufgewühlt hatten, und Martin fand keinen tiefen Schlaf mehr.

Wieder sprach Georg Abel in Lauten, die Martin nur mühsam dechiffrierte: »Was hat er noch erzählt? Von damals?«

Abels Gesichtsmuskeln zuckten plötzlich nervös. Es schien dem alten Mann nicht zu gefallen, über die Vergangenheit zu sprechen.

Martin versuchte weiter zu lächeln. »Nicht viel! Ich hatte manchmal das Gefühl, dass mein Vater nicht gerne über diese Zeit sprach. Über dieses dunkle Kapitel deutscher Vergangenheit. Aber soweit ich weiß, war er ja auch kein Mitläufer. Sie alle aus der Wandergruppe nicht, oder? Mein Vater, Sie, Gerda …«

»Gerda«, nuschelte Georg Abel heraus und lächelte. »Gerda und Johannes …«

»Was meinen Sie?«, fragte Martin. »Gerda und mein Vater?«

Die Antwort hörte Martin ganz klar: »Liebe.«

»Sie meinen, Gerda Steinjans und mein Vater waren ein Liebespaar?«

Georg Abel lächelte. Er tat Martin leid. Der Mann sah wirklich schwer mitgenommen aus von seinem Schlaganfall. Plötzlich veränderte sich sein Gesicht, es wurde ganz ernst. Georg Abel strengte sich wieder an, etwas zu sagen. Martin konnte es nicht genau verstehen, aber es klang wie »Keller!.«

Es klopfte, und die Pflegerin trat ein. »Zeit für Ihre Medikamente, Herr Abel! Ihr Besuch sollte nun gehen.«

4. Kapitel

24. Juni 1933

Georg Abel schnitt den Kuchen an und sah in den Himmel. Der Nachmittag des 24. Juni war sonnig und warm, auch wenn die ersten Unwetterwolken anrückten. Seine Geburtstagsgäste saßen gut gelaunt im Hinterhof der Bandwirkerei Abel. Johannes hatte seine Waldzither ausgepackt und präsentierte ein selbstgedichtetes Ständchen:

»Siebzehn Jahr' ist der Schorsch nun alt,
sitzt nur zu oft im Bergischen Wald!
Sinniert dort über dies und das,
denn die Theologie macht ihm viel Spaß!
Die Firma muss wohl ein anderer übernehmen,
dafür sollte Schorsch sich schämen!«

»Na, noch ist die Hoffnung nicht aufgegeben«, lachte Georgs Vater und applaudierte.

»Wenn der Herr Führer nicht demnächst sowieso die Theologie verbietet und meine Pläne zunichtemacht«, warf Georg bissig ein.

»Warum sollte er das tun?«, hörten sie eine helle Männerstimme fragen. Es war Konstantin, der sich unbemerkt unter die Gäste gemischt hatte. Seine quakende Stimme passte nicht so richtig zu seinem kräftigen Körper.

»Weil ein gewisser Adolf H. nun einmal Spaß daran hat, alles zu verbieten und unser Leben komplett umzukrempeln«, antwortete Johannes verächtlich.

»Na, na, übertreib mal nicht«, entgegnete Konstantin und strich sich lächelnd über den dunkelbraunen Schnurrbart. »Hitler ist der Kirche gegenüber sehr wohlgesonnen.«

»Kennt ihr euch eigentlich schon?«, fragte Georg und sah abwechselnd zu Johannes und Konstantin. »Das ist mein Cousin Konstantin.«

»Alles Gute zum Geburtstag, mein Lieber«, sagte Konstantin und setzte sich an den Tisch. Dann nahm er eine Schachtel aus der Tasche, fingerte einen Zigarillo heraus und bot auch Johannes und Georg einen an. Sie nahmen dankend an und ließen sich Feuer geben. Konstantin wirkte auf den ersten Blick immer ein wenig arrogant, aber er hatte gute Manieren, das musste man ihm lassen, fand Georg.

»Starker Stoff«, sagte Johannes.

»Starkes Instrument«, sagte Konstantin. »Eine Cister?«

»Ja, zumindest aus der Familie der Cistern. Eine Waldzither.« Johannes reichte ihm das Instrument.

Konstantin nahm es entgegen und musterte es. »Wird es wie eine Gitarre gestimmt?«

»Nein, es wird auf einen C-Dur-Akkord gestimmt.« Johannes holte sich die Waldzither zurück, schlug die leeren Saiten an und begann dann, einzelne Töne dazu zu spielen.

»Ah, so kann man also Harmonien und Melodie gleichzeitig spielen. Die einzelnen Töne fügen sich in das Ganze ein.«

Johannes sah ihn interessiert an. »Du verstehst also was von Musik?«

Konstantin zuckte lässig mit den Schultern. »Ich habe vier Semester Cello an der Folkwangschule studiert. Aber letztes Jahr habe ich aufgehört.«

»Ach, warum denn?«

Langsam blies Konstantin den Rauch in die Luft. »Nutzlose Kunst. Mir war einfach nicht mehr klar, wofür ich Musik machen will. Für mich alleine? Was zählt schon der Einzelne … Für ein größeres Orchester? Schon eher. Ich liebe es, Teil eines Ganzen zu sein. Aber wofür? Wofür macht ein Orchester heute noch Musik? Nützt es letztendlich dem Volk als Kulturgemeinschaft? Ich konnte mir diese Frage nicht klar beantworten, und deshalb habe ich damit aufgehört. Ich habe Größeres vor, als Musik zu machen.«

Georg konnte regelrecht beobachten, wie in Johannes Bewunderung für Konstantin aufstieg. Das kam nicht oft vor, dass ausgerechnet der rebellische Johannes von anderen Menschen beeindruckt war.

»Ich kann immer noch nicht verstehen, wie ein begnadeter Musiker wie du einfach das Studium schmeißen konnte und sich seitdem mit Gelegenheitsarbeiten durchschlägt«, schaltete sich Georg wieder ein.

»Lieber Cousin, du bist jetzt gerade siebzehn, ich bin gut zehn Jahre älter als du! Irgendwann wirst du das verstehen. Und es tut sich was bei mir. In ein paar Wochen trete ich eine neue Stelle an, die mir Perspektiven bietet.«

Johannes spielte dazu einen dreifachen Tusch. »Gratuliere!«

»Danke, danke, Maestro«, lächelte Konstantin.

»Was ist das denn für eine Stelle?«, fragte Georg neugierig.

»Ich weiß jetzt endlich, was ich will«, sagte Konstantin und pustete den Rauch bedeutungsvoll in die Luft.

»Mach es nicht so spannend«, sagte Georg.

»Ich will Beamter werden. Bei der Polizei.«

»Bei der Polizei?«, fragte Johannes.

»Und da hast du jetzt eine Stelle in Aussicht?«, fragte Georg.

»Nicht direkt«, sagte Konstantin.

»Sondern?«, fragte Georg.

»Immer mit der Ruhe, das erfahrt ihr schon, wenn es so weit ist. Und jetzt entschuldigt mich, ich habe noch etwas vor.«

»Und warum ausgerechnet zur Polizei?«, fragte Johannes.

»Ich glaube, dass unser Land gerade sehr stark wird. Aber wir müssen viel tun, damit das auch so bleibt. Und da braucht es Kräfte, die sich allem entgegenstellen, was unser Land schwächen könnte.« Konstantin drückte seinen Zigarillo aus und verabschiedete sich.

Johannes sah im hinterher. Dann drehte er sich zu Georg um und sagte: »Dein Cousin ist ganz sympathisch, wirklich. Zumindest auf den zweiten Blick. Und so kultiviert, das gefällt mir. Jeder kultivierte Mensch ist wertvoll in dieser Zeit.«

»Ich glaube, er versteht unter Kultur etwas anderes als du, Johannes«, sagte Georg. »Und jetzt lasst uns in die Werkhalle gehen. Ich habe gerade ein paar Regentropfen abbekommen.«

5. Kapitel

15. Mai 1993

Das Lagerfeuer knisterte gleichmäßig und sprühte wunderschöne Funken in die Dunkelheit. Der Geruch des brennenden Holzes erinnerte Martin an all die Jahre, in denen sein Vater mit ihm und den Nachbarjungen Erik und Björn zwei Tage im Sommer auf der Wiese des Landschulheims verbracht hatte. Das Zelt hatten sie in sicherer Entfernung zum Feuer längst aufgebaut, nun saßen die drei Jungen auf einem Baumstamm und hielten ihr Stockbrot über die Flammen. Johannes Tesche stand plötzlich auf, um noch ein bisschen Brennholz zu sammeln. Martin sah seinem Vater nach, wie er hinter den Bäumen verschwand, und Martin überkam dabei so eine intensive Freude über so einen Vater, der sein Kind nicht schlug wie Björns Papa, der sich Zeit nahm, um seinem Sohn und dessen Freunden Jahr für Jahr ein unvergessliches Wochenende zu bescheren, und der ihnen beibrachte, wie man Feuer machte, Fleisch grillte und die Sternenbilder am Nachthimmel suchte. Getrübt wurde dieser Stolz schließlich, als sein Vater immer länger wegblieb.

»Der kommt schon gleich wieder«, wollte ihn Erik beruhigen.

»Der will uns doch nur wieder veräppeln«, sprach auch Björn ruhig auf ihn ein.

Schließlich sprang Martin vom Baumstamm auf und taumelte zu den Bäumen.

»Papa?«, fragte er zögerlich.

Keine Antwort.

Das Feuer war inzwischen erloschen, nur die Glut spendete noch ein schwaches Licht.

Ohne Feuer war die Nacht kalt.

»Papa?«, rief Martin jetzt laut in die Nacht hinein, während Eriks und Björns Stimmen weiter versuchten, ihn zu beruhigen.

»Paaapaaaa!«, schrie Martin panisch, halb wahnsinnig vor Angst.

Stille. Unendlich lange Stille.

»Martin!«

Papas Stimme. Endlich. Gott sei Dank.

Martin atmete erleichtert auf.

»Hier bin ich doch«, sagte Johannes Tesche ruhig. »Ich habe doch gesagt, dass ich nur kurz Holz suche.«

»Es kam mir aber vor wie Stunden«, weinte Martin.

»Du übertreibst!«, antwortete sein Vater sanft.

»Hast du denn Holz gefunden?«, fragte Martin zaghaft.

»Ein bisschen«, antwortete sein Vater und hielt mit der linken Hand ein paar Äste hoch. Auch in der rechten Hand hatte sein Vater noch Holz, aber als er näher kam, sah Martin, dass es der Stiel einer Axt war.

Martin wunderte sich, wie jung sein Vater plötzlich aussah. Der Mann war immer noch sein Vater, wirkte aber viel jugendlicher. Jetzt sah Martin, dass die Axt voller Blut war. Das dunkle Rot zog hoch bis zum Arm seines Vaters, und auch das Gesicht von Johannes Tesche war blutverschmiert.

Martin schrie.

»Was hast du denn? Ich bin doch immer noch dein Vater!«

Martin rannte vor seinem Vater weg und hörte, wie er ihm hinterherrief: »Martin! Es gibt für alles eine Erklärung, Martin!«

Martin schrie so laut auf, dass er von seiner eigenen Stimme geweckt wurde. Er saß senkrecht im Bett, Melanie schlief friedlich. Dann stand er auf, holte sich ein Glas Wasser und setzte sich ins Wohnzimmer.

Er starrte auf die dunkle Wand. Zwei Wochen lag sein Besuch bei Georg Abel nun zurück. Das Einzige, was er herausbekommen hatte, war, dass Gerda Steinjans damals eine Liebesbeziehung mit seinem Vater hatte. Na und? Was ging es Martin an, mit wem sein Vater seine ersten Erfahrungen gemacht hatte, lange bevor er seine Mutter kennenlernte?

Martin machte sich eigentlich nichts aus Träumen. Aber die letzten Worte hallten noch nach: »Es gibt für alles eine Erklärung!«, hatte ihm sein Vater gesagt. Beziehungsweise sein Unterbewusstsein.

Um eine Erklärung zu finden, musste er erst einmal das Unerklärte sortieren. Warum hatte Gerda Steinjans ihm nichts von der Liebesbeziehung erzählt? Sie hatte es ihm vorenthalten. Warum? Es wäre doch nichts dabei gewesen, das zu erzählen. Entweder war es ihr einfach peinlich, und es hatte keine Bedeutung. Oder es stand in einem größeren Zusammenhang von Ereignissen, die mit dem Tagebucheintrag zu tun hatten und über die sie lieber schweigen wollte. Und was hatte der alte Herr Abel am Ende noch gesagt? *Keller?* Es konnte nichts bedeuten – oder sehr viel. Gab es ein Geheimnis im Keller? Wie sagte man so schön: eine Leiche im Keller?

Zwei Wochen lang hatte er jetzt darauf gewartet, dass sich die Unruhe in ihm legen würde. Erfolglos. Er musste wieder aktiv werden. Er konnte die Vergangenheit nicht einfach ruhen lassen, denn er musste dafür sorgen, dass diese schrecklichen Albträume, in denen er seinem blutverschmierten Vater begegnete, aufhörten.

6. Kapitel

29. Juni 1933

Das sanfte Grollen der Schwebebahn wurde langsam lauter, bis schließlich der Zug über Henri und Johannes hinwegglitt, während sie mit dem Rücken auf der Mauer am Barmer Wupperufer lagen. Schon als Kinder hatten sie sommers hier gelegen, um den Moment der vorüberfahrenden Schwebebahn zu erfassen.

»Wie ein Fisch«, sagte Henri. »Sie sieht aus wie ein Fisch, wenn sie so über uns schwebt. Als wären wir Meeresschnecken, die vom tiefen Grund aus einen riesigen Fisch beobachten.«

»Eher wie ein Aal«, korrigierte Johannes. »Wenn du sie schon mit Fischen vergleichst, dann nimm den Aal.«

»Na gut, vielleicht auch ein Seeungeheuer«, setzte Henri noch mal an. »Der Behemoth.«

»Du meinst Leviathan«, korrigierte Johannes ihn erneut. »In der Bibel ist Behemoth das riesige Landtier und Leviathan das Seemonster, nicht umgekehrt.«

»Ja, das Monster, das alle verschlingen will.«

»Wie unser neuer Staat.«

»Genau! Aber nicht mit uns!«

»Nein, nicht mit uns«, bestätigte Johannes. »Wir bringen den Leviathan zu Fall! Wir schwächen ihn, indem wir einfach nicht mitmachen!«

Wieder rauschte eine Schwebebahn über ihre Köpfe hinweg.

»Vielleicht sieht die Schwebebahn auch aus wie ein fliegender Wurm«, gab Henri zu bedenken.

»Fliegender Wurm. Henri, aus dir wird nie ein Phänomenologe, wenn dir nur solche Worte einfallen, um den Moment zu beschreiben.«

Plötzlich sprang Henri auf, stand auf der Ufermauer und drückte sich die Hände in die Hüften.

»Ich will auch gar nicht mehr Phänomenologe werden!«

»So, was denn?«

»Schauspieler!«

»Schauspieler?«, fragte Johannes.

»Ich hab dir doch erzählt, dass ich neulich mal bei dieser neuen Theatergruppe vorgesprochen habe. Bei den *Senfkörnern.*«

»Neulich? Das ist doch eine Ewigkeit her.«

»Wie auch immer! Jedenfalls …« Henri machte eine Kunstpause.

»Jedenfalls?«, fragte Johannes ungeduldig.

»Jedenfalls hab ich die Rolle des Soldaten!«

»Des Soldaten?«

»Im *Reigen* von Arthur Schnitzler. Ich spiele den Soldaten, der von dem Mädchen verführt wird. Verstehst du? Ich hab die Rolle!«, jubelte Henri.

»Gratuliere!« Johannes stand auf und umarmte seinen Freund.

Henri trat zwei Schritte zurück, hob die Hand zum Soldatengruß und sagte: »Eine Dirne will den Soldaten, also mich, verführen, und ich sage immerzu: ›Aber um zehn muss ich in der Kaserne sein.‹«

Beide lachten.

»Und? Kriegt sie dich denn?«

»Wer?«

»Na, die Dirne!«

»Ach so! Das wird noch nicht verraten. Du siehst dir das Stück doch an, oder?«

»Schnitzlers *Reigen* … Sag mal: Ist das nicht eigentlich verboten worden?«

»Ja, schon. Aber das stört die *Senfkörner* wohl wenig. Wir führen das Stück ja ganz frei nach einem gewissen Herrn Schnitzler auf, aber unter einem ganz anderen Namen. Den lieben Nazis wird es allerdings nicht gefallen.«

»Haben die nicht vor ein paar Wochen hier auf dem Rathausplatz auch Werke von Schnitzler verbrannt?«

Henri zuckte mit den Schultern. »Keine Ahnung. Frag mich lieber, welche Bücher die nicht verbrannt haben. Die haben doch alles ins Feuer geworfen, was denen zu schwer zum Lesen war.«

»Genau!«, lachte Johannes. »Aber sag mal, Henri: Wenn du jetzt neben der Schule noch mit der Schauspielerei anfängst – dann hast du doch auch noch Zeit, mit uns zu wandern, oder? Du kommst uns doch jetzt wegen deiner Soldatenrolle nicht abhanden?«

»Keine Sorge, ich bleibe euch treu«, versicherte Henri.

»Versprochen?«

»Versprochen!«

»Na, dann lass uns mal nach Hause wandern!«

Sie sprangen von der Mauer und zogen los in Richtung Innenstadt, während Henri amüsiert Schnitzler zitierte und Johannes den Führer parodierte.

Plötzlich hörten sie Geräusche und wirre, schreiende Stimmen, die aus einem Irrenhaus zu kommen schienen. Johannes rannte in die Richtung, aus der die Laute kamen, und zog Henri mit sich. Sie überquerten den Barmer Rathausplatz und liefen durch den Torbogen des östlichen Seitenflügels. Einige Meter entfernt entdeckten sie zwei Jungen, die auf einen dritten, der am Boden lag, wild eintraten. Der Junge, der attackiert wurde, war schon übel zugerichtet worden. Die Nase hatten sie ihm schon blutig getreten, und sein rechter Arm war unnatürlich verdreht.

»Das sind die Roten«, flüsterte Henri. »Und der da auf dem Boden, das ist doch Josef Holzmann.«

»Ja, der ist es«, bestätigte Johannes.

Henri schnaubte verächtlich. »Der hat es doch nicht anders verdient, oder?«

Johannes antwortete nicht.

»Oder?«, wiederholte Henri. »Lass uns weiterziehen!«

»Einen von den anderen kenne ich auch«, sagte Johannes. »Das ist Fritz Lohfink, einer von den Kommunisten. Die liefern sich ständig Kämpfe mit der HJ.«

Wie im Theater sah sich Johannes das Geschehen an. Es kam ihm unwirklich vor. Was war hier nur los? Die Welt war so friedlich gewesen in all den Jahren. Er war 1915, mitten im großen Krieg, zur Welt gekommen, aber kannte den Krieg nur aus Erzählungen seiner Mutter. Auch die schlimme Inflation hatte er nur vage in Erinnerung, er wusste kaum noch, dass er mal unter Hunger gelitten hatte. Eigentlich war alles immer gut gewesen. Und jetzt, seit dem Regierungswechsel, war eine große Unruhe in die Welt gekommen. Ständig Straßenkämpfe. Rot gegen Braun. Menschen, die plötzlich mitten in der Großstadt, mitten im normalen Alltag um ihr Leben fürchten mussten. Die Welt war verrückt geworden.

»Die bringen ihn um«, sagte Johannes plötzlich. Er lief auf die Schläger zu und brüllte: »Aufhören! Sofort aufhören! Wollt ihr ihn tottreten?«

»Ach, der Johannes!«, sagte Fritz Lohfink süffisant. »Sieh mal einer an! Hast du jetzt etwa auch die Seiten gewechselt wie so viele gerade? Hast du dich mit diesem braunen Dreck beschmutzt?«

»Ich verachte die HJ genauso wie ihr. Aber als ich gerade aus der Entfernung gesehen habe, wie zwei Kerle auf einen Wehrlosen am Boden eintreten, dachte ich, ihr beiden wärt die Hitlerjungen und der andere da wäre der Kommunist oder ein Jude.«

Das hatte gesessen.

»Nimm das zurück!«, brüllte Fritz Lohfink. Schneller als Johannes reagieren konnte, stürmte Fritz auf ihn zu und rammte ihm die Faust gegen die Rippen. Johannes strauchelte zurück, rang nach Atem und krümmte sich vor Schmerzen, doch bevor Fritz zu einem zweiten Schlag ausholen konnte, stand er wieder aufrecht und brachte Fritz mit einem Fausthieb ins Gesicht zu Fall. Während sich der andere Rote, den Johannes und

Henri nicht kannten, um Fritz kümmerte, hatte Henri dem verletzten Josef Holzmann auf die Beine geholfen und mit einem Vorsprung das Weite gesucht. Johannes sprintete nun hinter den beiden her, auch Fritz war wieder aufgestanden und nahm mit seinem Kumpel die Verfolgung auf. Johannes, Henri und Josef rannten blind durch die Straßen der Stadt, bis sie hinter der Werther Brücke das Gefühl hatten, ihre Verfolger abgehängt zu haben.

Außer Atem lehnten sie sich ans Brückengeländer. Josef Holzmann stützte mit der linken Hand seinen schmerzenden Arm.

»Der ist gebrochen«, stellte Henri fest.

»Ich weiß. Aber das muss man im Kampf aushalten«, antwortete Josef Holzmann, dem man die Anstrengung anhörte, sich zusammenzureißen. Dann sah er Henri und Johannes direkt an. »Danke! Danke, dass ihr mir geholfen habt. Ich hätte nicht gedacht, dass ihr auf meiner Seite steht.«

»Wir sind auch nicht auf deiner Seite«, empörte sich Henri.

»Bilde dir nichts darauf ein«, stimmte Johannes zu. »Uns kriegt ihr mit euren primitiven Soldatenspielchen nicht. Wir haben dir nur geholfen, weil wir uns nicht mit ansehen konnten, wie zwei Feiglinge einen armen, kleinen Hitlerjungen zusammentreten, der sich nicht wehren kann. Aber das Schlimme ist ja: Du und deine Nazi-Schläger, ihr macht sonst das Gleiche mit anderen Menschen. Ihr seid so erbärmlich, und ich hoffe doch sehr, dass ihr und euer Hitler bald wieder weg vom Fenster seid. Verschwinde jetzt!«

»Na dann«, presste Josef Holzmann hervor und ging.

Henri sah ihm noch eine Weile nach, dann sagte er zu Johannes: »Das ist doch unfassbar. Vor ein paar Jahren noch sind wir alle auf die gleiche Schule gegangen, wir haben alle unbekümmert miteinander in der Pause gespielt. Und jetzt haben sich solche erbitterten Fronten gebildet. Eine Gruppe gegen die andere.«

»Ja, als bräuchten sie diese Kämpfe, um der Langeweile des Friedens zu entgehen.«

»Früher oder später werden die uns auch vor die Wahl stellen. Hitler will alle Jugendverbände auflösen und zur Hitlerjugend verschmelzen. Auch den Wandervogel.«

»Wenn ich das Wort schon höre. Hitlerjugend. Der Typ ist doch größenwahnsinnig. Aber wir lassen uns unsere Freiheit nicht nehmen«, sagte Johannes feierlich und legte seinen Arm um Henri.

»Nein, wir lassen uns die Freiheit nicht nehmen«, wiederholte Henri.

7. Kapitel

17. Mai 1993

Martin hatte nach seinem Volontariat zwei Jahre lang bei einem berüchtigten Boulevardblatt gearbeitet und gelernt, dass der Zweck manchmal die Mittel heiligte. Alle möglichen Tricks hatte er in dieser Zeit kennengelernt, wie man Menschen zum Reden bringen konnte. Diese Tricks waren meistens ganz legal, vielleicht auch mal in einer Grauzone, aber rechtlich meist unbedenklich. So hatte er den Einfall mit der Fälschung gehabt. *Quid pro quo*, sagte der Lateiner: Wenn er etwas gab, würde er vielleicht etwas bekommen – auch wenn das, was er mitgebracht hatte, nicht echt war.

Als er die hübsche alte Frau um die Ecke kommen sah, saß Martin schon fast eine Stunde im geparkten Auto. Er beobachtete, wie sie mit ihrer Einkaufstasche die Straße entlanglief und dann geduldig ihre Haustüre aufschloss. Als sie drinnen war, wartete er noch einmal eine halbe Stunde. Dann klingelte er.

Gerda Steinjans öffnete und sah ihn mit großen Augen an. »Sie?«

Dann sprach niemand ein Wort.

Nach einer gefühlten Ewigkeit sagte sie schließlich: »Ich dachte im ersten Moment schon wieder, dass Johannes da steht.«

»Ich möchte noch einmal mit Ihnen reden«, sagte Martin Tesche mit fester Stimme.

Gerda Steinjans seufzte. »Aber ich habe Ihnen doch schon so viel erzählt. Eigentlich alles, was ich Ihnen sagen kann.«

»Ich habe in einer Schublade meines Vaters noch etwas gefunden, was ich Ihnen gerne geben möchte.« Martin zog einen Umschlag aus der Tasche. »Johannes hat Ihnen damals einen Brief geschrieben, den Sie offenbar nie bekommen haben, warum auch immer. Aber weil er an Sie adressiert ist, sollten Sie ihn auch bekommen.«

Gerda Steinjans starrte den Umschlag an und schien zu überlegen, ob sie ihn haben wollte oder nicht. Schließlich bat sie Martin herein und machte einen Kaffee. Als sie mit zwei Tassen aus der Küche kam und sich zu Martin setzte, nahm sie den Brief in die Hand.

»Wäre es in Ordnung für Sie, wenn ich ihn jetzt lese?«

»Natürlich«, sagte Martin. »Bitte nehmen Sie es mir nicht übel, dass ich ihn auch schon gelesen habe. Sie wissen ja, dass ich seinen Nachlass verwalte und mir alles ansehen wollte, bevor ich es entsorge.«

Zögerlich öffnete Gerda den Umschlag und zog den Brief hervor. Plötzlich reichte sie ihn Martin. »Martin, würde es Ihnen etwas ausmachen, mir den Brief vorzulesen?«

»Ich? Wieso?«

Gerda legte ihre Hand auf Martins Knie. »Auch Ihre Stimme erinnert mich so an Johannes. Wissen Sie, ich hätte nie gedacht, dass Johannes so spät noch mal in mein Leben tritt. Ich habe ihn seit sechzig Jahren nicht gesehen, und nun halte ich plötzlich einen Brief von ihm in der Hand, den er mir geschrieben hat. Es würde mir viel bedeuten, wenn Sie ihn mit Ihrer Stimme lesen. Sie kennen den Inhalt ja sowieso schon. Und es würde ihn noch mal für einen Moment zum Leben erwecken.«

Martin fühlte sich dabei überhaupt nicht wohl. Aber was sollte er ihr sagen? »Na schön, wenn ich Ihnen damit einen Gefallen tue, lese ich ihn gerne«, log er und nahm den Brief zur Hand.

»Liebe Gerda,
was sind das für verrückte Zeiten, in denen wir leben? Unser Land wird immer mehr zum Gefängnis, nur unser Wandervogel gab uns für eine Weile noch die Freiheit, die wir so brauchen. Und jetzt? Du und ich, Gerda, nur du und ich, wir werden irgendwann wieder freier sein, und dann werden wir unser Leben ganz so gestalten, wie wir es wollen. Du weißt, ich muss jetzt untertauchen, und noch kannst du überlegen, mit mir zu kommen. Wer weiß, ob nicht irgendwann dein Leben auch in Gefahr ist, wenn du das ganze Spiel der Nazis nicht mitmachst. Ich verstehe es aber, wenn du hierbleibst. Irgendwann sehen wir uns wieder, und dann werden wir zusammen sein. Hoffentlich schon ganz bald. Und dann werden wir alles vergessen, was gewesen ist. Ich werde zu-

rück nach Deutschland kommen, wenn Hitlers Spuk vorbei ist (ich hoffe ja immer noch, dass Sozialisten, Kommunisten diese Schreckensregierung bald stürzen werden). Und wenn sie noch weiter anhält, dann lasse ich dich bald wissen, wo ich bin, und du wirst zu mir ins Ausland kommen. Vielleicht nach Dänemark, vielleicht auch nach Amerika. Und dort werden wir eine gemeinsame Zukunft aufbauen. Vergiss mich nicht, geliebte Gerda, so wie ich dich nicht vergessen werde.
In Liebe,
dein Johannes.«

Gerda Steinjans hatte die Augen geschlossen, während Martin den Brief vorlas. Als sie sie wieder öffnete, rollten Tränen heraus.

Martins Gewissen meldete sich kurz, aber er schob es schnell beiseite, denn jetzt kam es drauf an. »Mein Vater stand Ihnen näher, als Sie mir gesagt haben, nicht?«

Gerda weinte und nickte. »Wir haben uns sehr geliebt. Er war meine erste große Liebe. Dabei war ich erst fünfzehn.« Dann sah sie ihn an und sagte: »Das muss komisch für Sie sein, dass ich, als fremde Frau, Ihren Vater mal geliebt habe, oder?«

»Das ist schon in Ordnung für mich«, antwortete Martin ruhig. »Wirklich! Ich kann nicht über das urteilen, was mein Vater gemacht hat, lange bevor ich geboren wurde.«

»Wann wurden Sie geboren, wenn ich fragen darf?«

»Natürlich dürfen Sie. 1953. Mein Vater hatte Maria, seine zweite Frau, 1947 geheiratet. Soweit ich mich erinnern kann, haben sie sich immer ganz gut verstanden, zumindest auf einer pragmatischen Ebene. Aber eine tiefe Leidenschaft war zwischen ihnen nicht sichtbar, soweit ich es als Kind wahrnehmen konnte. Ich glaube, sie haben in sehr verschiedenen Welten gelebt. Meine Mutter hatte keinen Zugang zur Literatur, sie hat früh eine Ausbildung zur Metzgerin gemacht und sich dann um Kind und Haushalt gekümmert. So war das damals ja üblich. Sie haben selten gestritten, aber hatten sich auch nicht viel zu sagen. Na ja … Sie starb, als ich zehn war, und mein Vater hat sich so gut es ging um sie gekümmert, als sie krank wurde.«

Nach dieser Erklärung schwieg er eine Weile. Schließlich setzte Martin erneut an: »Darf ich Sie etwas fragen?«

»Was denn?«

»Warum sind Sie und mein Vater nicht mehr zusammengekommen? Nach seiner Flucht aus Deutschland meine ich …«

»Tja, es war eine lange Zeit, in der er nicht zurückkommen konnte.«

»Haben Sie denn damals in Erwägung gezogen, mit ihm gemeinsam zu fliehen?«

»Ich war fünfzehn …«

»Aber er war doch Ihre große Liebe. Und er war auch erst achtzehn …«

»Nein, ich war zu jung. Außerdem …«

»Ja?«

Gerda Steinjans winkte ab. »Ach nichts. Ihr Vater war wirklich ein ganz besonderer Mensch, Martin.«

Martin lächelte sie an. »Haben Sie denn sofort gewusst, dass er Ihre große Liebe ist?«

Gerda Steinjans lachte. »Nein, nicht sofort. Er gefiel mir zwar, aber ich war nicht einfach damals, wissen Sie …« Sie stockte, sah auf den Brief, dann fuhr sie fort: »Wissen Sie: Ich konnte mich damals zuerst nicht zwischen Johannes und einem anderen entscheiden. Henri hieß er. Er war auch in unserer Wandergemeinschaft.«

»Wussten beide davon?«

»Das ist privat, junger Mann. Jedenfalls habe ich mich schließlich für Johannes entschieden, und ein paar Wochen später musste er untertauchen. Es ging alles viel zu schnell, um eine gemeinsame Zukunft im Ausland zu planen, und schließlich hat uns das Schicksal auf andere Wege geführt. Darf ich Sie auch mal etwas fragen, Martin?«

»Aber sicher, Frau Steinjans.«

»Warum haben Sie mir den Brief nicht einfach mit der Post geschickt? Es ist ja doch ein weiter Weg, den Sie hierhin zurücklegen …«

»Ich glaube, Sie können sich die Antwort selbst geben …«

»Sie wollen noch mal wegen dieser komischen Mordgeschichte nachfragen, nicht wahr?«

»Irgendetwas muss er mit diesem Tagebucheintrag doch gemeint haben.«

»Ich weiß wirklich nicht, worauf Sie anspielen.«

»Darf ich Ihnen den Eintrag einfach mal vorlesen?«, fragte Martin und zog das Tagebuch aus seiner Umhängetasche.

Ohne eine Antwort abzuwarten, las er die Stelle vor. Dann beobachtete er Gerda Steinjans' Reaktion. Aber sie schüttelte nur abwehrend den Kopf. »Ich weiß wirklich nicht, was er gemeint haben kann. Und ich kannte Johannes gut genug, dass ich einfach weiß, dass er keinen Menschen umbringt. Wahrscheinlich gibt es für die Tagebuchnotiz eine ganz einfache, harmlose Erklärung. Aber ich kann Ihnen da wirklich nicht weiterhelfen. Und jetzt entschuldigen Sie mich, ich muss gleich zur Chorprobe.«

Sie brachte ihn zur Tür und bedankte sich noch einmal für den Brief. Diesen Liebesbrief zu fälschen, hatte Martin keine großen Schwierigkeiten bereitet. Anhand der Tagebücher hatte er die Schrift und den Schreibstil seines Vaters imitiert, dann hatte er das Papier so bearbeitet, dass es älter aussah, als es war. Der Versuch, den Ton seines Vaters zu treffen, war offenbar geglückt. Gerda Steinjans besaß jetzt einen Brief, von dem sie glaubte, er sei von ihrer großen Liebe, und vielleicht würde das dazu beitragen, dass ihre Vergangenheit zu ihr zurückkam – auch die Vergangenheit, an die sie sich vielleicht nicht erinnern wollte. Zumindest ein paar neue Informationen hatte Martin erhalten, die ihn vielleicht weiterbrachten.

8. Kapitel

1. Juli 1933

Gerda wartete eine Stunde vor dem Haus und rauchte nun schon die zweite Zigarette. Sie hatte noch nie einen Jungen, der ihr gefiel, einfach so zu Hause besucht. Henri war irgendwie anders als die anderen. Er war nicht so verschlossen wie Johannes und sah besser aus als Friedrich und Georg. Und in der letzten Zeit hatte er ihr ein paar geheimnisvolle Blicke zugeworfen. Es war an der Zeit herauszufinden, ob das etwas zu bedeuten hatte.

Sie rauchte nicht mehr zu Ende und warf die Zigarette auf den Boden. Dann klemmte sie die beiden Schallplatten fest unter ihren Arm und hoffte, dass ihre Eltern die Platten so schnell nicht vermissen würden. Stramm marschierte sie auf die Eingangstür der Villa zu. Der Türrahmen war schön verziert, auch wenn die Fassade an einigen Stellen bröckelte. Gerda klingelte bei *Adams*. Ein freundlicher Mann mit Vollbart und streng zurückgekämmten Haaren öffnete die Tür.

»Sie sind bestimmt Henris Vater«, sagte Gerda und wunderte sich, dass sie in den fast fünf Jahren, die sie Henri nun kannte, noch nie seine Eltern kennengelernt hatte.

»Und Sie sind bestimmt die Gerda, von der Henri immer erzählt«, riet Herr Adams und reichte ihr die Hand.

»Ja, die bin ich, und Sie dürfen ruhig Du zu mir sagen.«

»Na, komm rein, Gerda. Henri ist in seinem Zimmer. Erster Stock, zweite Tür links.«

Gerda huschte durch die Tür und rannte die Treppen hoch. Vorsichtig klopfte sie an. Für einen Moment fragte sie sich, wie es wohl wäre, wenn Henri gerade Damenbesuch hätte und sie die beiden in flagranti erwischen würde. Würde sie vor Scham wieder gehen? Wäre sie enttäuscht? Vielleicht wäre sie aber auch amüsiert. Oder würde sie neugierig in der Zimmertür stehen bleiben? Den Gedanken schob sie schnell beiseite. Bei Henri konnte sie sich so eine Situation gar nicht vorstellen, dafür war er viel zu brav und schüchtern. Bei Johannes schon eher …

»Es ist offen«, rief Henri von der anderen Seite aus.

Gerda trat langsam ein.

»Das ist ja eine Überraschung«, freute sich Henri zurückhaltend.

Er war so niedlich mit seiner Schüchternheit, fand Gerda. Sie zeigte ihm die Platten.

»Du hast doch neulich gesagt, dass du die *Comedian Harmonists* magst und sogar einen elektrischen Plattenspieler hast. Na ja, und meine Eltern haben auch zwei Platten von denen, die sind wirklich gut. Na ja, und sie hätten nichts dagegen, wenn du dir sie mal für ein paar Tage ausleihst.«

Henri lächelte und nahm sie entgegen. »Nett von dir – und von deinen Eltern.«

»Was machst du gerade?«

Henri zeigte auf seinen Schreibtisch. »Ich lerne einen Text. Für eine Theateraufführung.«

Gerda war beeindruckt. »Was? Davon hast du ja gar nichts erzählt.«

»Ich wollte erst warten, bis ich die Rolle habe. Ich kann es selbst noch gar nicht glauben. Ich habe immer mal davon geträumt, als Schauspieler auf einer Bühne zu stehen, und jetzt wird dieser Traum plötzlich wahr. Das ist zwar nur eine kleine Theatergruppe, aber wer weiß …«

»Das ist ja toll. Was spielst du?«

»Einen Soldaten in einem Drama von Artur Schnitzler.«

»Zeig mal her!« Gerda nahm das Buch in die Hand und las die ersten Seiten.

»Oh, das ist ja ganz schön schlüpfrig, mein Lieber! Hätte ich dir gar nicht zugetraut. Wer spielt denn die Dirne?«

»Eine junge Dame namens Matilda. Du kennst sie sicher nicht.«

»Ist sie hübsch?«, fragte Gerda keck.

»Schon …«

»Muss sie sich für die Rolle ausziehen?«

»Ja, ein wenig …«

Gerda las vor: »Komm, mein schöner Engel. Willst du nicht mit mir gehen?«

Henri zitierte: »Ah, ich bin der schöne Engel?«

»Freilich, wer denn?« Gerda lachte. »Da muss ich ja österreichisch sprechen wie der Führer. Also dann: Geh, komm zu mir …«

Henri antwortete mit seinem Rollentext: »Ich hab keine Zeit. Ich muss in die Kaserne.«

Gerda drehte sich um und schaute Henri über die Schulter an. »Jetzt muss dich die Dirne wohl weiter verführen?« Sie knöpfte ihre Bluse auf und legte ihre Schulter frei. »So?«

»Gerda, nicht …«, sagte Henri verlegen.

»Gefalle ich dir nicht?«

»Doch«, sagte Henri und schwieg.

Gerda lächelte ihn an und machte ihre Bluse wieder zu. »Du hast Angst, dass deine Eltern gleich reinschauen und ich dich dann nie wieder besuchen darf?«

Henri lachte schüchtern. »Das wäre nicht einmal ein großes Problem. Meine Eltern sind sehr offen. Weißt du: Mein Vater hat mich noch nie geschlagen. Und er hat für alles Verständnis.«

»Das ist doch toll«, sagte Gerda, aber Henri winkte ab.

»Nicht immer. Meine kleine Schwester darf sich auch alles erlauben. Sie bleibt manchmal bis spät abends weg, und meine Eltern tolerieren das. Dabei ist sie erst vierzehn. Ich glaube, selbst wenn sie schon bei einem Kerl übernachten wollte, würden meine Eltern ihr diese Freiheit geben. Manchmal wünschte ich mir, sie würden uns mehr disziplinieren. Ich weiß manchmal selbst nicht, was richtig und falsch ist.«

»Wir können unsere Eltern ja tauschen. Mein Vater ist richtig streng. Und geschlagen hat er mich auch schon öfter. Immer schön aufs Gesäß«, sagte sie und gab Henri einen Klaps.

Henri wollte zum Spaß auch ausholen, als Gerda sich umdrehte, zu seinem Kleiderschrank rannte und ein Hemd aufhob, das davorlag.

»Was ist das? So viel Blut?«, fragte sie.

»Das Blut ist nicht von mir.«

»Umso schlimmer«, sagte Gerda halb ernst. »Hast du etwa jemanden abgemurkst?«

»Was?«, lachte Henri. »Nein. Im Gegenteil. Ich habe jemanden gerettet. Den Josef Holzmann.«

»Den Josef? Den muss man doch nicht retten.«

»Eigentlich nicht. Der ist ein Scheißkerl. Aber er wurde von zwei Roten attackiert. Er lag schon halb tot am Boden, und die haben ihn immer noch getreten. Dann sind Johannes und ich dazwischen, haben uns mit denen angelegt und Josef auf die Beine geholfen. Die hätten ihn sonst umgebracht. Der hat geblutet wie ein Schwein. Na ja, er ist ja auch eins.«

Gerda sah ihn frech an. »Das war ja sehr heldenhaft von dir, dass du ihn trotzdem gerettet hast.«

»Am liebsten würde er uns alle zu Hitlerjungen machen.«

»Mich wohl nicht.«

»Ja sicher, dich würden sie in den Bund Deutscher Mädel stecken, um dir dann Hitlers Willen aufzuzwingen, damit du nur noch für dein Land lebst und Juden verachtest.«

»Du malst das ja sehr schwarz. Ich mag diesen Hitler ja auch nicht, aber es ist doch nicht alles schlecht. Mein Vater sagt, wir haben wieder mehr Arbeitsplätze, und wenn sich die Männer alle ein bisschen mehr um unser Land kümmern, ist das ja auch nicht verkehrt. Aber mir gefällt nicht dieser Befehlston, in dem der Herr Reichskanzler immer spricht. Und wie der Josef diesen Ton nachmacht. Ich weiß auch nicht, was ich von alldem halten soll. Eigentlich ist mir Politik egal. Ich will was erleben.«

»Das will ich auch«, stimmte Henri zu. »Aber gerade deswegen sollten wir uns von diesen Rattenfängern nicht blenden lassen. Die wollen mir zu viel verbieten. Dass wir demnächst *Reigen* aufführen, ist denen sicher auch nicht recht. Und wenn sie die Aufführung verbieten, bringen sie mich vielleicht um die Chance, jemals auf einer Bühne geschauspielert zu haben.«

»Und entdeckt zu werden?«, fragte Gerda.

»Na ja, mal bei einem Film mitzuspielen, das wäre nicht schlecht. Und deswegen muss ich jetzt noch meinen Text lernen. Aber lieb von dir, dass du mir die Schallplatten gebracht hast. Vielleicht hören wir sie mal zusammen.«

»Ja, vielleicht«, sagte Gerda und verabschiedete sich mit einem Kuss auf die Wange von Henri.

9. Kapitel

18. Mai 1993

Gerda Steinjans schreckte aus dem Schlaf hoch. Irgendein grelles Geräusch hatte sie geweckt. Das war ungewöhnlich, denn normalerweise war es in ihrer Straße nachts mucksmäuschenstill. Zuerst dachte sie an Katzen, die sich einen nächtlichen Revierkampf lieferten. Aber das Geräusch, das sie geweckt hatte, klang nach menschlichen Stimmen. Keine sprechenden Stimmen, sondern schreiende Stimmen. Ja, sie erinnerte sich noch ganz klar an die Schreie, die sie gerade gehört hatte.

Ganz unterschiedliche Laute, einer grauenhafter als der andere: grelle, kreischende Schreie, dumpfe Schreie, jammernde Schreie.

Schreie der Todesangst und Schreie als Auflehnung gegen die vollkommene Sinnlosigkeit des Daseins.

Schreie, die Menschen in Tiere verwandelten, und Schreie, die das Menschlichste im Menschen ausdrückten: seine Fähigkeit zu leiden.

Es waren so viele Schreie gewesen, die sie gerade gehört hatte, und sie kamen ausschließlich von Männern. Wie viele mochten es gewesen sein? Dutzende? Oder gar Hunderte?

Gerda stand auf und blickte aus dem Fenster im ersten Stock, um zu sehen, wo die Geräusche hergekommen waren. Aber draußen war nur die Finsternis in den Einfamilienhäusern zu erkennen. Alle Menschen in Ronsdorf schliefen friedlich. Hier hatte niemand geschrien. Und allmählich erst realisierte Gerda, dass die entsetzlichen Schreie, die sie aus dem Schlaf geholt hatten, nicht von draußen kamen, sondern in ihrem Kopf waren.

Erschüttert ging Gerda barfuß ins Wohnzimmer, setzte sich in den Fernsehsessel und schaltete ein Fernsehprogramm an, nur um sicherzugehen, dass die Schreie nicht wiederkamen. Irgendwann am frühen Morgen schlief sie im Sessel ein.

10. Kapitel

3. Juli 1933

Gerda konnte es kaum erwarten, das St.-Anna-Schulgebäude zu verlassen. Der Sommertag war einfach zu herrlich – trotz der Straßenschlachten, von denen gestern wieder in der Zeitung berichtet worden war. Irgendein hoher Politiker der Nationalsozialisten war in Elberfeld zu einer Kundgebung angetreten, und plötzlich war eine Schlägerei zwischen Nationalsozialisten und Kommunisten ausgebrochen.

»Gerda«, rief plötzlich eine kratzige Männerstimme hinter ihr. Es war Johannes. Freudestrahlend lief sie auf ihn zu. »Was machst du heute?«, fragte er.

»Was machst *du* hier?«, fragte Gerda zurück.

»Komm mal ein bisschen aus dem Getümmel raus, dann sag ich es dir«, grinste Johannes und bewegte sich weg von den vielen Mädchen, die nach Schulschluss an ihm vorbeiliefen. Gerda folgte ihm, und Johannes deutete an, dass sie näher kommen sollte, damit er nicht laut sprechen musste. Dann warf er einen schnellen

Blick über beide Schultern und sagte: »Tust du mir einen Gefallen?«

»Kommt auf den Gefallen an!«, lachte Gerda.

»Ich wollte dich fragen, ob ich mal deine Schreibmaschine ausleihen darf.«

»Und dafür tust du so geheimnisvoll?«

»Man weiß ja nie«, murmelte Johannes.

»Hat Friedrich nicht auch eine?«

»Der ist nicht da. Und ich wollte *dich* fragen!«, lächelte Johannes, sodass Gerda unwillkürlich zurücklächeln musste.

So war Johannes. Man konnte sich seiner Aura kaum entziehen. Mit seinem Lächeln konnte er ein Königreich gewinnen. »Na gut, komm mit, ich gebe sie dir!«

Er begleitete sie bis zur Schlossstraße, wo sie in die Wohnung sprang und die Maschine holte.

»Würdest du vielleicht auch für mich etwas tippen? Du kannst das doch so schnell«, bat Johannes sie und setzte wieder sein unwiderstehliches Lächeln auf. »Wir könnten die Barmer Anlagen hochlaufen und uns dann irgendwo in den Wald setzen. Ich habe auch Stuten dabei.«

Natürlich sagte Gerda nicht Nein, und als sie zu den Grünanlagen schlenderten, fiel ihr auf, wie schön Johannes war mit seinen dunklen Locken und seinen geheimnisvollen, blauen Augen. Sie schwiegen eine Weile, und auch Schweigen konnte mit Johannes schön sein. Da war er anders als Henri, der gerne drauflosplapperte. Die beiden waren schon sehr gegensätzlich, dass es sie manchmal wunderte, dass sie so gute Freunde waren. Zwei starke Kerle, die ihr imponierten und die aus der Menge der Jungs herausragten. Georg und Friedrich waren auch irgendwie süß, aber sie hatten nicht das gewisse Etwas, das junge Männer attraktiv machte.

Sie gingen immer tiefer in den Wald hinein. Schließlich deutete Johannes auf einen quer liegenden Baumstamm, der eine gute Sitzgelegenheit bot. Die sommerlichen Blätter an den Bäumen verdeckten ihr Plätzchen wie ein Zeltdach, und durch die Äste schimmerte das helle Sonnenlicht.

»Pack deine Schreibmaschine aus«, bat Johannes sie.

»Soll ich einen Liebesbrief für dich schreiben?«, fragte Gerda frech. »Wer ist denn die Glückliche?«

»Es wird ein Liebesbrief an die Freiheit«, nuschelte Johannes durch die beiden Zigaretten hindurch, die er sich zwischen die Lippen geklemmt hatte. Er zündete sie an und gab Gerda eine.

»Danke!«, sagte Gerda, nahm einen Zug und flüsterte: »Das klingt ja sehr geheimnisvoll.«

»Sie wollen uns alle kriegen«, antwortete Johannes nachdenklich und sah Gerda ernst an. »Wie viele aus deiner Klasse sind schon im Bund Deutscher Mädel?«

Gerda überlegte. »Weiß nicht. Sicher viele. Aber der Bund ist doch freiwillig.«

»Sicher fast alle«, korrigierte Johannes. »Wie auch an der Schule von Friedrich, Georg, Henri und mir. Da sind auch fast alle Jungs inzwischen in der Hitlerjugend. Und andere Jugendgruppen werden dafür aufgelöst. In einigen Orten ist der Wandervogel schon zerschlagen. HJ und BDM wachsen immer schneller, weil sich viele unter Druck setzen lassen oder nicht verstehen, was hier vor sich geht. Der Kurt von der SPD und ich, wir wollen Flugblätter verteilen. Hilfst du mir?«

»Natürlich«, sagte Gerda, auch wenn sie sich weiterhin nicht sicher war, ob das wirklich nötig war. Die Mitgliedschaft im Bund Deutscher Mädel war doch wirklich freiwillig. Warum sollte man sich unnötig mit den Nationalsozialisten anlegen?

»Aber es ist nicht ganz ungefährlich.«

»Es sind doch nur Flugblätter.«

Er sah sie ernst an. »Sind es nicht.«

Mit seinem Blick schaffte er es wieder, dass sie der ganzen Welt vertrauen wollte, wenn er nur bei ihr war. Und das lag nicht nur daran, dass er drei Jahre älter war.

»Was soll ich schreiben, Johannes?«

»Du musst nur tippen, ich diktiere. Ich habe den Text für drei verschiedene Flugblätter im Kopf. Kurt schreibt auch welche, drei seiner Genossen auch.«

»Und wie oft muss ich sie dann tippen, wenn du sie vervielfältigen willst?«

Johannes holte einen Papierstapel aus seiner Tasche. »Mit diesem dünnen Papier kannst du vier Durchschläge machen. Es wäre toll, wenn du jedes Flugblatt dann noch vier Mal tippen könntest.«

»Wo hast du so viel Papier her?«

»Sagen wir es mal so: Ich weiß, wo das Papier in der Schule gelagert wird.«

»Bist du verrückt? Wenn sie dich erwischen, fliegst du von der Schule. Und das war es dann mit deinem Studium.«

»Sie haben mich aber nicht erwischt«, grinste Johannes. »Bist du bereit?«

Gerda rieb sich die Hände, schlug sie drei Mal gegeneinander und sah Johannes erwartungsvoll an.

Er lächelte. »Los geht's. Ich diktiere.«

Und schon ratterte die Continentalmaschine im ungleichmäßigen Rhythmus. Gerda tippte mit sicherer Leichtigkeit die Texte, in denen Johannes dazu aufrief, sich nicht knechten zu lassen, seine Freiheit weiter zu schätzen, ein Recht auf ein eigenes Leben zu verteidigen und nicht in die HJ und den BDM einzutreten.

Als sie fertig waren, streichelte Johannes ihren Rücken, sah ihr tief in die Augen und sagte: »Danke, Gerda. Jetzt bist du Teil einer großen Bewegung, die vielleicht Deutschland wieder verändern wird.«

Sie lächelte schüchtern und fragte sich, ob er sich gleich ihrem Gesicht nähern würde. Es war aufregend, für Johannes diese Flugblätter zu schreiben. Das machte ihn geheimnisvoll und irgendwie draufgängerisch. Ein echter Kerl eben. Aber diese Aktion machte ihr auch ein bisschen Angst, und Johannes machte ihr Angst. Er gab ihr gerade das Gefühl, dass vielleicht bald nichts mehr sicher sein würde. Sie dachte plötzlich wieder an Henri, mit dem sie gelacht und den *Reigen* zitiert hatte. Und sie fragte sich, ob er gerade die *Comedian Harmonists* hörte. Sie stellte sich vor, wie sie gerade mit Henri zusammen in seinem gemütlichen Zimmer sitzen, die Platten hören und sich an ihn anlehnen würde. Henri war nur zwei Jahre älter als sie. Auch Henri sah gut aus, er war sehr sympathisch, wenn auch manchmal sehr impulsiv, wenn er sich ärgerte.

»Ich weiß gar nicht, wie ich gerade zu Deutschland stehen soll«, sagte sie, als sie ihre Schreibmaschine wieder einpackte. »Ich möchte doch auch, dass der Wandervogel bleibt. Aber vielleicht ist das, was Hitler mit uns vorhat, auch richtig. Ich war zwar noch klein, aber ich weiß noch, dass ich bei der Inflation vor einigen Jahren zum ersten Mal richtig Hunger hatte. Richtig Hunger. So, dass es wehtat. Meine Eltern sagen, mit Hitler wird unser Land wieder reicher und wir müssten keine Angst mehr vor Hunger haben. Oder dass wir arm werden.«

»Hitler ist ein Blender«, widersprach Johannes. »Es wird kalt, Gerda. Lass uns zurückgehen.«

* * *

Das Gesicht hatte er kalkweiß geschminkt, um seine Mimik besser zu kontrollieren. So stand Henri mit einer Uniformjacke aus der Theatergarderobe vor dem Spiegel, drückte sein Kreuz durch und imitierte den Stolz eines Soldaten aus dem *Reigen*: »Na, worauf soll'n wir noch warten. Ich muss um zehn in der Kaserne sein.« Dann griff er mit beiden Händen nach der imaginären Dirne: »So komm! Ah, du …«

Und dann musterte er sich lange. Er war ein gut gebauter Mann und gefiel sich. Jetzt stellte er sich vor, wie die Menschen im Publikum applaudierten. Er sah in fremde, begeisterte Gesichter, sah in die Gesichter seiner stolzen Eltern, sah in das vertraute Gesicht von Johannes, sah in das süße Gesicht von Gerda, die ihm eine Kusshand zuwarf. Dann stellte er sich vor, wie ihn nach der Vorstellung ein einflussreicher Regisseur ansprach und zum Vorsprechen einlud und wie er anschließend Arm in Arm mit Gerda durch die dunkle Stadt schlenderte.

Die Stimme seines Vaters holte ihn aus seinen Träumen. »Henri, du hast hohen Besuch! Die Gestapo ist da«, lachte sein Vater. »Nichts für ungut, junger Mann!«

Kurz darauf klopfte es an seiner Zimmertür, und Josef Holzmann trat ein. Sein rechter Arm lag in einer Schlinge. Josef trug seine HJ-Uniform. Darüber hatte sein Vater also gespottet.

»Wie siehst du denn aus?«, fragte Josef und spottete.

»Na, und du erst«, sagte Henri, und plötzlich lachten beide.

Im nächsten Moment schämte sich Henri dafür.

»Du bist ja leichenblass«, sagte Josef. »Was bist du? Ein Clown?«

»Nein, Schauspieler. Ich probe für eine Aufführung.«

»Ach?«

Henri fragte sich, ob dieses *Ach* Interesse oder Verachtung bedeuten sollte. »Was willst du?«

Josef reichte ihm ein Päckchen. »Ich wollte mich noch einmal bei dir bedanken. Du hast mir immerhin das Leben gerettet.«

»Übertreib mal nicht, Josef!«

»Doch, doch! Du hast doch gesehen, wie die Kommunisten gegen meinen Kopf getreten haben, mit voller Wucht. Die hätten mich umgebracht.«

Henri nahm das Päckchen entgegen. »Zwei gegen einen war halt unfair, und man tritt einfach nicht auf Menschen ein, die schon am Boden liegen. Deswegen haben wir dir geholfen. Das Schlimme ist nur: Ihr macht es doch genauso, wenn ihr einem Kommunisten oder einem Juden begegnet.«

Josef lachte süffisant. »Was denkst du von uns? Das sind Vorurteile, die die Kommunisten über uns verbreiten. Es mag ein paar schwarze Schafe in der HJ geben, die gerne auf andere einprügeln. Aber wir sind doch nicht alle so, die meisten sind es nicht. Glaubst du wirklich, wir tragen eine Uniform und haben keine Ehre? Du trägst doch selbst gerade eine Uniform. Spürst du nicht, wie würdevoll das ist?«

Henri sah das Päckchen neugierig an und öffnete das Papier. Er hielt eine schön verzierte Schachtel in der Hand. Als er den Deckel abhob, sah er, dass eine goldene Taschenuhr darin lag. »Die muss unglaublich teuer sein«, bemerkte Henri.

»Mein Vater hat Geld«, antwortete Josef schulterzuckend.

»Hast du Johannes auch so eine Uhr geschenkt?«, fragte Henri.

»Nein, der hasst mich und würde das nicht annehmen. Johannes ist da anders als du. Versteh mich nicht falsch: Ihm bin ich natürlich auch dankbar, dass ihr mir geholfen habt. Aber Johannes ist doch schon ganz verblendet von dem Blödsinn, den die Kommunisten und Sozialdemokraten ihm erzählen. Der hat doch nur Vorurteile gegenüber der Hitlerjugend. Dabei weiß der doch gar nichts über uns.«

»Er durchschaut euch eben.«

»Wie gesagt: Vorurteile.«

Henri sah sich das Geschenk genau an. Es war eine Omega-Uhr. Sollte er sie annehmen? Eigentlich wollte er sich von Josef nichts schenken lassen. Aber schön war die Uhr. Und es war ja tatsächlich für einen Dienst, den er geleistet hatte. Josef hatte schon recht: Wenn er und Johannes nicht eingegriffen hätten, würde er jetzt nicht mehr leben. Und auf Gerda könnte die Uhr auch Eindruck machen. Er steckte sie sich in die Tasche.

Josef sah ihn zufrieden an und sagte: »Also dann: Danke! Das meine ich ernst. Ich bin dir wirklich sehr dankbar, Henri.«

Josef ging zur Tür, dann drehte er sich plötzlich noch mal um und fragte: »Spielst du mir mal was vor?«

»Was?«

»Na, deine Rolle, für die du gerade probst!«

Henri winkte ab. »Ich fürchte, das ist nichts für dich. Das ist Kultur.«

»Du tust mir Unrecht, Henri. Was habt ihr nur gegen mich, bloß weil ich bei der HJ bin? Wir haben dort auch unterhaltsame Abende mit Literatur, Musik und Theater. Ich hab sogar den *Faust* gelesen, ob du es glaubst oder nicht.«

Josef ging zum Schreibtisch, griff in die Dose mit der Theaterschminke und schmierte sich umständlich mit der gesunden Hand die weiße Farbe ins Gesicht. Dann rezitierte er: »Ich bin der Geist, der stets verneint! Und das mit Recht, denn alles, was entsteht, ist wert, dass es zugrunde geht.«

Das war durchaus beeindruckend, musste Henri zugestehen. Mit nur zwei Sätzen konnte Josef den Teufel stilecht mimen. »Gar nicht übel, Mephistopheles!«, sagte er.

»Gar nicht übel? Gib's zu, das war genial«, feixte Josef und gab Henri einen Klaps auf die Schulter.

»Na ja …«, gab Henri zurück.

»Also: Jetzt du!«, forderte Josef ihn auf.

»Nein, lass mal …«

»Was ist? Hast du Angst? Verlässt dich nun dein Mut, weil ich so gut war?«

War er nun ein Schauspieler oder nicht, fragte sich Henri. Dann atmete er tief durch und sagte einige Passagen aus dem *Reigen* auf.

Josef sah ihn sichtlich beeindruckt an und verneigte sich. »Meine Güte, in dir steckt ja wirklich ein Künstler. Das hätte ich gar nicht gedacht. Ich würde ja gerne applaudieren, aber das geht nicht, wie du siehst.« Josef zeigte auf seinen gebrochenen Arm.

Er hatte gerade »Künstler« gesagt. Das klang noch würdevoller als »Schauspieler«, musste Henri zugeben. »Danke«, sagte er verlegen.

»Übrigens: Gute Schauspieler suchen wir auch«, fügte Josef hinzu. »Wir stellen in der Spielschar gerade eine Theatergruppe zusammen. Demnächst wollen wir die *Hermannsschlacht* von Kleist aufführen. Heinrich von Kleist kennst du sicher auch? Ein großer deutscher Dichter, fast noch größer als Goethe. Die Rolle des Varus wäre noch zu besetzen.«

Henri zögerte einen Moment, dann schüttelte er den Kopf. »Nein danke, ich habe schon ein Engagement. Das reicht mir.«

Josef zog die Augenbrauen hoch und legte den Kopf schief. »Überleg es dir! Wir treffen uns nächste Woche Mittwoch in der Aula der Deutschen Oberschule in der Siegesstraße.«

In diesem Moment sah Henri gebannt in das weiße Gesicht von Josef, der diabolisch und faszinierend zugleich aussah, wenn er seinen Kiefer unter der Theaterschminke bewegte. Plötzlich griff Josef nach dem Pyjamahemd, das auf Henris Bett lag, und wischte sich die Schminke schnell wieder aus dem Gesicht. Dann verließ Josef sein Zimmer.

Henri setzte sich einen Moment auf sein Bett und sah sich noch mal die Uhr an. Dann legte er sie beiseite und ging wieder zum Spiegel, um seinen Text noch einmal aufzusagen. Drei Mal verhaspelte er sich und beschloss, das Proben für heute zu beenden.

* * *

Mit quietschenden Rädern setzte sich die Schwebebahn in Bewegung. Henri lehnte sich zurück und betrachtete entspannt seine Stadt von oben. Hin und wieder warf er einen Blick in die Fenster, an denen die Bahn vorbeifuhr, und stellte fest, dass in den Häusern der ganz normale Alltag stattfand, während unten auf der Straße gelegentlich einige Uniformierte mit Hakenkreuzbinde herumliefen. Eigentlich schien sich das Leben seit Anfang des Jahres, als Hitler Reichskanzler geworden war, gar nicht so sehr verändert zu haben. Vielleicht würde am Ende doch alles gar nicht so schlimm werden, wie Johannes immer befürchtete. Was machte es letztlich für einen Unterschied, ob ein paar Fanatiker mit Armbinde durch die Straßen marschierten, wenn das individuelle Leben in den Häusern weiterging. Seit sie an der Macht war, wollte die NSDAP natürlich die Muskeln ein bisschen spielen lassen, um ihre neue Stellung zu demonstrieren. Aber am Ende musste es doch auch im

Interesse der Nationalsozialisten sein, dass alle Bürger noch zufrieden waren und an dem festhalten konnten, was ihnen vorher auch wichtig gewesen war.

Als er über Elberfeld schwebte, sah er eine kleine Gruppe von Hitlerjungen über die Straße laufen. Henri dachte an den Besuch von Josef. Er wusste nicht genau, was er von Josef halten sollte. Eigentlich mochte Henri ihn nicht, aber ganz unsympathisch war er ihm vorgestern gar nicht gewesen. Und Josef war doch belesener, als Henri immer gedacht hatte. Henri fragte sich plötzlich, ob er Josef nur deswegen nicht mochte, weil er in der HJ war.

Die Bahn hielt an. Henri musste hier aussteigen, lief durch die Elberfelder Innenstadt und bog in eine Seitengasse ab. Vor der Gaststätte mit dem unverdächtigen Namen »Zum goldenen Krug« blieb er stehen, trat ein und begrüßte den Wirt.

»Mach dich auf was gefasst«, sagte dieser, und Henri ging in die hintere Kammer, wo seine Theatergruppe heute wieder proben wollte. Seine Mitspieler saßen mit ernsten Gesichtern am Bühnenrand, als Henri eintrat.

»Entschuldigt meine Verspätung«, sagte Henri. Wollen wir direkt mit der ersten Szene anfangen?«

»Das können wir uns sparen«, antwortete Matilda, die Dirne. »Sag du es ihm, Willi!«

Henri sah Willi, den Regisseur, fragend an.

Willi schob sich mit der Hand die langen Locken aus der Stirn. »Es wird keine Aufführung geben.«

»Was?«

»Es wird keine Aufführung geben«, wiederholte Willi.

»Was?«, stammelte Henri. »Ich verstehe nicht … Wieso …«

Willi hob einen Brief hoch. »Wir haben ein offizielles Aufführungsverbot von der Partei bekommen. Das Stück ist ihnen zu sittenwidrig.«

Henri sah Willi irritiert an. »Aber genau deswegen wollen wir es doch spielen. Um der Hitler-Partei zu zeigen, dass sie uns mal kann. Und um die breite Vielfalt der Kultur zu erhalten. Das waren deine Worte, Willi!«

»Ich weiß. Aber das kann jetzt weite Kreise ziehen. Mein Vater arbeitet bei der Stadt. Beamter, verstehst du? Er braucht seine Arbeit.«

Henri stampfte mit dem Fuß auf das Parkett. »Verdammt!« Dann sank er in die Hocke. »Entschuldige, wenn ich das so in den Raum werfe, aber wie wäre es denn, wenn einfach jemand anderes von uns die Regie übernimmt?«

»Na, fabelhafte Idee!«, fuhr Willi ihn an.

»Es geht ja nicht um dich«, verteidigte sich Henri. »Es geht um das Stück. Und um unsere Idee von Theater.«

»Das nützt aber auch nichts, wenn wir einen anderen Regisseur wählen«, sagte Matilda. »Die Partei hat schon angefangen, uns alle unter Druck zu setzen. Ich möchte im nächsten Semester studieren, und mein Platz an der Universität ist alles andere als sicher. Du weißt schon: das neue Gesetz gegen die Überfüllung deutscher Hochschulen. Die nehmen nicht mehr jede Frau, die ein Abitur hat.«

Dann zeigte sie auf Paul. »Und Pauls Eltern sind heute bedrängt worden, in die Partei einzutreten. Sein Vater hat außerdem vor einigen Wochen eine Anzeige erhalten, weil er einen SA-Mann beleidigt hat. Es tut mir leid, Henri, aber wir können das nicht mehr machen. Wir haben es uns auch leichter vorgestellt, einfach mal ein bisschen Theater zu machen.«

»Was geht die Partei denn unser Stück an?«, fragte Henri trotzig. »Ich meine, Schnitzler ist doch völlig unpolitisch, wir spielen doch schließlich nicht diesen Brecht. Schnitzler zeigt den Menschen doch nur, welche natürlichen Triebe hinter der bürgerlichen Fassade stecken. Was ist denn schon dabei? Eigentlich wissen wir doch alle, dass wir einen ausgeprägten Sexualtrieb haben. Das ist doch letztendlich harmlos. Warum machen die so einen Wind darum?«

»Harmlos«, schnaubte Willi verächtlich. »Das meinst du vielleicht. Hitlers Nachläufer sehen doch hinter allem, was nicht eindeutig in ihr Weltbild passt, eine Bedrohung für das deutsche Volk. Freie Liebe, Infragestellung der bürgerlichen Ordnung – ich betone: Ordnung –, das ist für die alles andere als harmlos. Wir sind nicht mehr frei. Ich werde wohl auch in die HJ eintreten müssen.«

»Was?«, fragte Henri wieder fassungslos.

»Mein Vater«, zuckte Willi mit den Schultern.

»Tz!«, zischte Henri bitter.

»Henri«, sagte Matilda. »Ich weiß … Aber es geht jetzt nicht mehr nur um uns oder unsere Ideale. Es geht um die Beziehungen, in denen wir stecken. Unsere Familien. Und um unsere Existenzgrundlage. Wir haben das alles eben schon diskutiert, bevor du gekommen bist. Uns passt das auch nicht. Aber wir können nicht wollen, dass unsere Eltern ihre Anstellung verlieren. Oder sogar ins Gefängnis müssen. Und das alles wegen so einer blöden Aufführung. Zumindest im Moment geht das nicht. Nach den nächsten Wahlen kann das alles schon wieder anders aussehen.«

»Und wenn wir einfach ein anderes Stück spielen?«, fragte Henri.

Willi schüttelte den Kopf. »Die Partei hat unsere Theatergruppe jetzt ganz verboten, weil wir einfach nicht konform sind. Im letzten Jahr, als du noch nicht dabei warst, haben wir *Frühlingserwachen* gespielt und im Jahr davor *Nathan der Weise* – du weißt schon, mit einem Juden als Helden. Das passt denen nicht. Die können uns *Senfkörner* nicht mehr wollen.«

Henri seufzte tief. »Ich will doch nur schauspielern. Das Stück wäre so gut geworden.«

»Henri ...«, sagte Matilda und wollte seinen Kopf streicheln.

»Lass mich«, sagte Henri wütend. »Ich muss um zehn in der Kaserne sein.« Dann verbeugte er sich demonstrativ und ging nach draußen.

Er weinte und lief zu Fuß in Richtung Barmen. Das hatte er nicht verdient, dachte er. Zum ersten Mal in seinem Leben hatte er wirklich gewusst, was er wollte. Gerade hatte er ein Talent in sich entdeckt, mit dem er etwas werden wollte. Und nun zerschlug sich so einfach diese Perspektive wegen eines dummen Briefes. Das war so ungerecht.

Eigentlich hatte er sich vorgenommen, die ganze Strecke von Elberfeld nach Barmen zu Fuß nach Hause zu laufen, um sich abzureagieren. Aber auf dem halben Weg knickte er ein und nahm doch die Schwebebahn.

11. Kapitel

19. Mai 1993

Fünf junge Menschen lehnten sich fröhlich an einen Baum und lächelten in die Kamera. Vier Männer, eine Frau. Ihren Gesichtern war anzusehen, dass sie sich vertrauten und eine enge Gemeinschaft bildeten. Das Foto verriet, dass sie ein eingespieltes Team waren, offenbar gute Freunde, die ihre Liebe zur Natur teilten. Und irgendetwas musste sich zwischen ihnen abgespielt haben, dass die Freundschaft auseinanderbrach und ein Mensch sein Leben verlor. Sein Vater mittendrin in dieser Tragödie.

Martin sah sich das Foto, das er in einer Kiste seines Vaters gefunden hatte, immer wieder lange an. Sein Vater war auf dem Bild achtzehn Jahre alt. Auch Gerda konnte er wiedererkennen, eine hübsche Fünfzehnjährige. Der leicht übergewichtige, junge Mann neben seinem Vater konnte Georg sein, den Martin im Altersheim besucht hatte, er erkannte ihn an den abstehenden Ohren. Und dann mussten die beiden anderen Friedrich und Henri sein. Aber wer war welcher von beiden? Und wie hießen sie mit Nachnamen? Gab es eine Möglichkeit, die beiden noch zu finden?

Martin hatte den Verdacht, dass Henri eine Schlüsselrolle beim Geheimnis seines Vater spielte. Gerda hatte ihm erzählt, dass sie zwei Männer geliebt hatte: seinen Vater und diesen Henri. Hatte am Ende vielleicht die Rivalität zweier Männer um eine begehrenswerte Frau zu einem tödlichen Konflikt geführt?

Er steckte das Foto in seine Jackentasche und versuchte sich auf seine Reportage über Armut in Bonn zu konzentrieren. Irgendwann kam der Lokalfotograf Hans Englert vorbei, um ihm die Fotos für seinen Artikel hinzulegen. Dabei kam Martin ein neuer Gedanke.

»Seit wann wird auf Fotos eigentlich der Fotograf als Urheber angegeben?«, fragte er Englert.

»Wie kommst du darauf?«

»Interessiert mich einfach. Weißt du es?«

»Nicht genau, aber schon seit einigen Jahrzehnten.«

»Auch schon in den Dreißigerjahren?«

Englert dachte kurz nach. Dann sagte er: »Ja, auf jeden Fall. Nach Hitlers Machtergreifung wurde das Urheberrecht noch mal erheblich verändert. Klingt absurd, oder? Dass ausgerechnet in einer Zeit, in der die Pressefreiheit eingeschränkt wurde, ein wichtiges Recht für Fotografen verschärft wurde. Aber das hatte mit Hitlers Propaganda zu tun: Nur wer als professioneller Fotograf gemeldet war, durfte Fotos in Zeitungen veröffentlichen. Die Nazis haben also quasi eingeführt, dass Fotos nur noch mit Urheberrechtsangabe veröffentlicht werden durften. Wieso fragst du?«

Martin zuckte mit den Schultern. »Hat mit Recherchen zu einem geplanten Artikel zu tun. Wenn ich dazu ein Foto brauche, melde ich mich bei dir. Danke für die Info.«

Englert nickte und verließ die Redaktion.

Martin zog das Foto aus der Tasche und drehte es um. Es war tatsächlich ein Fotografenname abgedruckt: Franz Ingenhoven war der Name der Urheberrechte. Vielleicht war das ein weiterer Schlüssel zu seinen Fragen. Wenn dieser Ingenhoven noch lebte – dann hätte er einen weiteren möglichen Informanten, und er wäre nicht nur auf die dürftigen Auskünfte von Gerda Steinjans angewiesen. Zudem: Wenn er den Nachnamen von diesem Henri und diesem Friedrich bekommen könnte, wäre er wieder einen Schritt weiter. Mit ein bisschen Glück erinnerte sich der Fotograf ja an diese Gruppe, die er abgelichtet hatte, und konnte diese Menschen sogar mit einem Kriminalfall aus dieser Zeit in Verbindung bringen.

Martin nahm das Telefon in die Hand und rief die Auskunft an. Tatsächlich gab es den Namen Franz Ingenhoven in Wuppertal zwei Mal. Die Dame von der Auskunft gab ihm die Nummern durch. Eine Adresse könne sie ihm bedauerlicherweise nicht nennen. Anschließend rief Martin beide Nummern an, jedoch beide Male ohne Erfolg. Niemand nahm ab, und es sprangen keine Anrufbeantworter an. Martin schrieb seinen Artikel zu Ende und fuhr nach Hause. Dort nahm er ein Blatt Papier und einen Stift zur Hand und machte sich einen Plan für das weitere Vorgehen. Auf einem anderen Blatt notierte er alle Fragen, die ihm einfielen. Dann trank er eine halbe Flasche Wein und legte sich schlafen.

* * *

Den nächsten Tag hatte Martin als Ausgleich für den letzten Wochenenddienst frei. Er reiste früh in die Eifel und stand eine halbe Stunde lang stumm am Grab seines Vaters. Dann suchte er eine Telefonzelle auf und versuchte erneut vergeblich, beide Ingenhovens anzurufen. Um zehn Uhr fuhr er auf gut Glück nach Wuppertal. Unterwegs hörte er ein Mixtape aus verschiedenen Radiomitschnitten. Darunter war eine Grungerockhymne von Pearl Jam, eine schmalzige Ballade von Guns 'n' Roses und eine Nummer von einer neuen Gruppe namens 4NonBlondes, wobei er sich fragte, ob die 4NonBlondes weitere Hits produzieren oder eine Eintagsfliege bleiben würden. Schließlich parkte er in der Innenstadt von Elberfeld und begab sich in die Fußgängerzone. Über ihm rauschte eine Schwebebahn hinweg. Martin suchte das nächste Fotogeschäft auf, das er finden konnte. Der erste Versuch war gleich ein Treffer. Der Inhaber kannte den Namen Ingenhoven sehr gut. In seiner Branche kenne man diesen Fotografen, der sei viele Jahre in Wuppertal quasi eine Institution gewesen, habe viele bedeutende Fotos zur Stadtdokumentation gemacht, unzählige Bilder in der regionalen und überregionalen Presse veröffentlicht und mehrere Fotobände herausgebracht. Außerdem habe der Inhaber mit Thomas Ingenhoven, dem Enkel von Franz Ingenhoven, die Ausbildung gemacht. Martin erklärte ihm knapp sein Interesse an dem Foto im Auftrag der Presse, und der Mann verwies ihn an das Fotoatelier von Thomas Ingenhoven in Oberbarmen – dort, wo auch Franz Ingenhoven sein Geschäft betrieben habe.

Zwanzig Minuten später war Martin in Oberbarmen. Er hatte sich für die Schwebebahn entschieden und fand, dass die Fahrt über die Wupper schon einzigartig war. Während der Fahrt sah er sich die Häuserfassaden der Talsohle an und versuchte sich vorzustellen, wie sein Vater hier gelebt hatte. Martin folgte der Wegbeschreibung, die ihm der Mann aus dem Elberfelder Laden gegeben hatte, und erreichte wenig später das Fotoatelier Ingenhoven. Vor dem Eingang war Martin auf einmal etwas mulmig zumute. Ihm wurde plötzlich noch einmal klar, was es bedeuten könnte, wenn er sein Ziel erreichte und ihn Ingenhoven auf die Spur der Wahrheit führen könnte. Wollte er die Wahrheit wirklich wissen? Als Journalist hätte er die Frage eindeutig bejaht. Aber als Sohn von Johannes Tesche?

Mit zögerlichen Schritten ging er durch die Tür.

Ein Mann, etwas jünger als Martin, begrüßte ihn freundlich. »Wie kann ich Ihnen helfen?«, fragte er.

»Sind Sie Thomas Ingenhoven?«

»Stets zu Diensten. Sie möchten ein Portrait von sich machen lassen?«

Martin zögerte noch einen kurzen Moment, dann entschied er sich für den direkten Weg. Er zeigte Ingenhoven die Aufnahme von 1933, das Gruppenbild mit seinem Vater, und verwies auch auf die Rückseite. »Ich habe hier ein altes Foto, das Ihr Großvater aufgenommen hat.«

»Ja, der Name meines Großvaters steht da drauf«, sagte Thomas Ingenhoven, ohne das Bild anzufassen.

»Aber ich glaube nicht, dass er Abzüge davon machen kann.«

»Nein, es geht nicht um einen Abzug des Bildes. Es geht um etwas Persönlicheres. Ich möchte etwas wissen über die Personen auf dem Bild.«

Thomas Ingenhoven sah ihn mit einem Blick an, als fühlte er sich für sein Anliegen nicht zuständig.

»Bitte …«, flüsterte Martin. »Einer der Männer auf dem Bild ist mein Vater. Er starb vor ein paar Wochen. Und ich weiß, dass dieses Foto einige Dinge über ihn verrät, die ich einfach gerne wissen möchte. Ihr Großvater ist der einzige Mensch, von dem ich weiß, dass er mir vielleicht weiterhelfen kann. Sie würden mir einen sehr großen Gefallen tun, wenn Sie mir verraten könnten, wo ich Ihren Großvater finde.«

Thomas Ingenhoven sah sich einen Moment das Foto an. Er durchdrang es wie ein Profi – wie jemand, der mehr auf dem Bild sieht als der gewöhnliche Betrachter. Dann lächelte er. »Das Bild hat die Handschrift meines Großvaters. Man sieht, dass die Menschen auf dem Bild sehr naturverbunden sind. Das hat er versucht durch die Bildkomposition einzufangen. Sie haben Glück, er ist heute hier. Er sitzt im Hinterhof und raucht gerade eine Zigarre. Er ist manchmal noch ganz klar im Kopf und manchmal auch ein bisschen wirr. Aber ich glaube, er hat heute einen guten Tag.«

Franz Ingenhoven musste älter sein, als er aussah. Er hatte noch dichtes, graues Haar, die Haut glatt rasiert, einen sehr schlanken, aber rüstig aussehenden Körper. Er trug einen aus der Mode gekommenen Hut und Hosenträger über seinem Hemd. Martin stellte sich ihm freundlich vor und sah dem alten Ingenhoven an dessen Blick an, dass er den Namen Tesche nicht einordnen konnte. Das schürte in Martin die Befürchtung, dass der alte Ingenhoven sich vielleicht gar nicht mehr an das Foto erinnerte oder er das Bild als Auftragsarbeit für ihm völlig fremde Menschen gemacht haben könnte. Martin hielt ihm das Foto unter die Nase.

»Dieses Bild habe ich im Haus meines Vaters gefunden«, begann er.

»Ach, sieh an ...«, sagte der alte Ingenhoven überrascht.

»Sie erinnern sich an das Bild?«, fragte Martin.

»Natürlich erinnere ich mich. Das muss ... 1934 ... nein ... 1933 gewesen sein. Im Gelpetal habe ich es aufgenommen.«

Und dann hielt der alte Ingenhoven das Bild in seiner Hand, musterte es genau und murmelte: »Gerda, Gerda ... die schöne Gerda ...«

»Sie kennen die Frau auf dem Bild?«

»Gerda Steinjans, ja.«

»Das ist phänomenal, dass Sie das nach so langer Zeit noch wissen. Kennen Sie denn auch noch die anderen Personen? Hier, der da auf dem Bild, das ist mein Vater, Johannes Tesche.«

Der alte Ingenhoven nickte. »Ja, den Johannes kenne ich auch. War ein netter Bursche. Er hatte mich damals beauftragt, ein paar Bilder von seinen Wanderern zu machen. Zwischen Barmen und Oberbarmen kannte man sich.«

»Was ist mit den anderen drei Männern? Wissen Sie auch noch, wer die sind?«

Der alte Ingenhoven nahm einen kräftigen Zug, blies den Rauch aus und zeigte auf die beiden Männer. »Der da, das ist Friedrich Everzberg, daneben, das ist Henri … Henri …« Er überlegte lange.

Bitte, dachte Martin, bitte sagen Sie mir den Namen.

»Jetzt fällt es mir wieder ein: Henri Adams«, sagte Ingenhoven plötzlich. »Und der da, das ist Georg. Aber der Nachname fällt mir wirklich nicht mehr ein.«

Henri Adams, Friedrich Everzberg, Henri Adams, Friedrich Everzberg, wiederholte Martin immer wieder in Gedanken, um sich die Namen zu merken.

»Wissen Sie, was aus Henri und Friedrich geworden ist?«, fragte Martin.

Der alte Mann rauchte weiter, ohne Martin zu beachten.

»Henri und Friedrich – leben die beiden heute noch in Wuppertal?«, versuchte es Martin erneut.

»Nein«, sagte Ingenhoven.

»Heißt das, sie leben nicht mehr hier?«

»Ich weiß es nicht«, sagte Ingenhoven.

»Kannten Sie die jungen Menschen auf dem Bild denn gut? Kannten Sie meinen Vater näher?«

»Nein, junger Mann. Man kannte sich halt flüchtig, aber ich habe als Fotograf so viele Menschen kennengelernt, dass ich nicht von jedem die Lebensgeschichte weiß.«

Henri Adams und Friedrich Everzberg, sagte Martin noch einmal im Stillen auf. »Herr Ingenhoven, ich danke Ihnen für das Gespräch«, verabschiedete sich Martin und wollte den Hinterhof gerade verlassen, als der alte Ingenhoven sagte: »Die hübsche Gerda …«

Martin drehte sich um. »Ja?«

Der Alte dachte angestrengt nach. Schließlich sagte er: »Es fällt mir nicht mehr ein. Mensch, die hübsche Gerda, die habe ich noch leibhaftig vor Augen. Viele Jahre habe ich sie fast vergessen, die hübsche Gerda. Und dann kommen Sie vorbei, zeigen mir mein altes Bild – und schon sehe ich sie wieder lebendig vor mir. Ich danke Ihnen dafür.« Der Alte zwinkerte ihm zu, und Martin verschwand.

12. Kapitel

8. Juli 1933

Jeden Schritt über Moos, Steine und Äste versuchte Henri heute noch bewusster zu erleben als sonst. Er wollte spüren, dass er jetzt gerade in diesem Moment lebte, er wollte die Welt unter seinen Füßen spüren, die Welt, die hier in der Natur so anders war als die Welt, die sich gerade in den deutschen Städten veränderte und nicht mehr wiederzuerkennen war. Und er wollte den Schmerz spüren, den ihm allmählich die Blase unter seinem linken Fuß bereitete, nur um keinen seelischen Kummer zu fühlen. So lief Henri schon eine ganze Weile hinter den anderen Wandervögeln her.

Henri konnte immer noch nicht fassen, dass er den Soldaten im *Reigen* nicht mehr spielen würde. Immer noch hallten Willis Worte von vorgestern nach. Er bemerkte, dass Gerda sich zurückfallen ließ, um ihm Gesellschaft zu leisten.

»Was ist los mit dir?«, fragte sie.

»Ach nichts, ich war bloß in Gedanken.«

Sie liefen eine Weile schweigend nebeneinanderher. Plötzlich lachte Gerda und sagte: »Hast du überhaupt noch Zeit, oder musst du um zehn Uhr in der Kas…?«

»Nein, muss ich nicht«, fauchte er sie wütend an und bereute es sofort. »Entschuldige, Gerda. Ich wollte so nicht mit dir reden, es ist einfach rausgeplatzt. Es ist so, dass ich gar nicht mehr in die Kaserne muss. Den Soldaten spiele ich nämlich nicht mehr.« Dann erzählte er ihr vom Aufführungsverbot und merkte, dass es gar nicht so schwer war, sich Gerda anzuvertrauen. »Es wird gerade alles anders«, seufzte Henri zum Schluss.

»Nein, nicht alles«, wendete Gerda ein.

»Aber mehr, als du denkst.«

»Humpelst du gerade?«

»Ich glaube, ich habe mir eine Blase gelaufen. Geht aber noch.«

Plötzlich fasste Gerda ihn an die Hand.

»Vielleicht solltest du deinen Fuß mal kühlen. Komm mit, da drüben gibt es einen kleinen Stausee. Die anderen werden schon irgendwann auf uns warten, dann holen wir sie wieder ein.«

Sie zog ihn einen Hügel hinunter, und tatsächlich lag dort ein herrlich grün schimmerndes Gewässer.

»Du kennst dich hier aus?«

»Ich war früher öfter hier an der Herbringhauser Talsperre.«

Sie zog sich Schuhe und Strümpfe aus, und Henri tat es ihr nach und stakste ins Wasser.

Als er die leichten Wellenbewegungen an seinen Füßen spürte, entspannte sich sein ganzer Körper, und er merkte, wie die Last der letzten Tage langsam von ihm abfiel.

Nach einer Weile sagte Gerda: »Es ist sehr schade, dass du die Rolle jetzt nicht spielen kannst.«

»Ja, das ist es.«

»Ich hätte dich gerne auf der Bühne gesehen, und dann wäre ich sehr stolz auf dich gewesen.«

Dann nahm sie sein Gesicht zwischen ihre Hände und küsste ihn. »Du findest schon eine andere Gelegenheit, etwas aus dir zu machen«, flüsterte sie, und dann küsste sie ihn wieder.

Henri nickte und konnte nicht genug von ihren weichen Lippen bekommen. Gerda ließ es sich gefallen, und Henri war überglücklich.

Was interessierte ihn die Welt da draußen, wenn er Gerda hatte?

Gerda watete plötzlich zurück zum Ufer.

»Was machst du?«, fragte Henri.

»Das Wasser ist so schön warm«, sagte Gerda, drehte sich mit dem Rücken zu ihm und zog sich aus. Dann verschränkte sie ihre Arme vor ihren Brüsten und hüpfte geschwind in den See.

Henri wusste nicht, wie ihm geschah. Die Wandervögel hatten sich schon oft im Wald ausgezogen und in Gewässern nackt gebadet, aber noch nie war er mit Gerda dabei allein gewesen. Er sah ihr nach und versuchte, ihre Schönheit vor seinem inneren Auge für immer zu bewahren. Sie schwamm ein Stück in die Mitte des Talsperrensees und rief: »Kommst du nicht?«

»Wie ist das Wasser denn?«, fragte plötzlich jemand hinter Henri. Es war Friedrich. »Hier können wir uns abkühlen«, rief er den anderen zu. »Henri und Gerda sind auch schon da!« Dann streifte er sich die Kleider vom Leib und sprang in den See.

Henri beeilte sich, weil er das Gefühl hatte, Gerda nicht allein mit Friedrich im See lassen zu können, und kurz darauf folgten auch Johannes und Georg.

Anschließend lagen sie alle im Gras und ließen ihre Haut von der Sonne trocknen.

Als sie schließlich weitergingen, sagte Henri zu Gerda: »Vielleicht sind ja gar nicht alle Veränderungen schlecht.«

»Das denke ich auch immer«, stimmte Gerda zu. »Mein Vater sagt das auch: Wir sollten erst einmal abwarten und würden vielleicht irgendwann dankbar sein für die eine oder andere Neuerung, die Hitler in Deutschland eingeführt hat.«

»Mein Vater lässt kein gutes Haar an Hitler«, warf Henri ein. »Der Nationalsozialismus passt ganz und gar nicht in sein Lebenskonzept. Er ist ein Demokrat durch und durch, und so gestaltet er auch unser Familienleben. Wir sollen immer alle mitbestimmen, und manchmal glaube ich, er macht das nur, weil er selbst nicht immer weiß, was er will. Und ich darf immer machen, wonach mir der Sinn steht.«

»Das ist doch beneidenswert«, sagte Gerda.

»Ja, manchmal schon, aber nicht immer. Es kommt einem manchmal vor, als wäre ihm alles egal, was ich mache. Selbst wenn ich junge Frauen ermorden würde, wäre es ihm recht, weil ich mit meinem Leben machen soll, was ich will.«

Er griff ihr sanft an den Hals, um einen Mord vorzutäuschen, dann versuchte er sie wieder zu küssen.

Gerda wehrte ab. »Nicht vor den anderen«, sagte sie. »Das soll erst mal unser kleines Geheimnis bleiben.«

Im ersten Moment war Henri enttäuscht, doch dann gefiel ihm der Gedanke, Gerda nun heimlich zu lieben. Er war so verliebt in sie, dass ihm gerade alles recht war, wenn sie nur an seiner Seite lief.

* * *

Auf den ersten Blick sah der Mann mit dem spitzen Bart und dem karierten Jackett, der die Buchhandlung Everzberg betrat, aus wie ein ganz gewöhnlicher Kunde. Aber sein suchender Blick verriet, dass er nicht einfach nur stöbern wollte. Die Art, wie er sich umsah, konnte zwei Bedeutungen haben: Entweder spionierte er hier für die SA, oder er war auf der Suche nach Büchern, die es hier nun offiziell nicht mehr geben sollte.

»Guten Tag, kann ich Ihnen weiterhelfen?«, fragte Friedrich freundlich.

Der Mann sah ihn kurz an und sagte dann: »Vielen Dank, ich sehe mich nur ein bisschen um.«

»Wie Sie möchten. Wenn ich Ihnen helfen kann, sagen Sie gerne Bescheid. Auch wenn Sie Schwierigkeiten haben sollten, etwas Passendes zu finden.« Er ließ den Mann einen Augenblick allein und beobachtete ihn weiterhin.

Nach einigen Minuten war sich Friedrich sicher, dass der Mann ein echter Kunde war und kein Spion. Das erkannte er an der liebevollen Art, wie er Bücher aus dem Regal zog und die Buchrücken ansah. Für den Fremden waren Bücher mehr als Gegenstände.

»Wir mussten leider vor ein paar Wochen einiges aus unserem Bestand aussortieren«, wandte sich Friedrich wieder dem Mann zu.

»Was haben Sie von Erich Kästner?«, fragte der Mann.

»Nur noch *Emil und die Detektive*«, antwortete Friedrich.

»Sehr bedauerlich«, antwortete der Mann.

»Ja«, stimmte Friedrich zu. »Im letzten Jahr hat sich sein Roman *Fabian* noch sehr gut verkauft.«

»Wir sitzen alle im gleichen Zug und reisen quer durch die Zeit«, zitierte der Mann.

»Das Eisenbahngleichnis«, sagte Friedrich.

»Oh, für Ihr junges Alter sind Sie sehr belesen«, sagte der Fremde anerkennend. »Wann kann ich denn den Inhaber des Ladens hier antreffen?«

»Mein Vater ist gerade unterwegs, am späten Nachmittag ist er wieder da. Aber Sie können auch bei mir Bestellungen aufgeben.«

Der Mann zwinkerte ihm zu. »Ich wäre ja gerne am *Fabian* interessiert, aber wenn Sie sagen, dass man ihn hier nicht mehr bekommen kann, kann man wohl nichts machen.«

»Vielleicht kann man ihn woanders bekommen«, sagte Friedrich.

»Das wäre interessant.«

»Vielleicht sieht man sich ja morgen Abend zufällig bei einem Spaziergang auf der Dickmannstraße.«

»Ein Spaziergang würde mir sicher guttun«, sagte der Mann und verabschiedete sich.

* * *

Am Abend saßen die Wandervögel in den Barmer Anlagen, den Treffpunkt hatte Friedrich bestimmt. Plötzlich sprang Friedrich auf und ging zu einem abseits gelegenen Baum, der unten an den Wurzeln eine große Öffnung hatte. Friedrich steckte die Hand hinein und zog drei Päckchen heraus. Er wickelte das Papier ab, in allen Päckchen waren jeweils zwei Bücher, aus dem dritten Buchpaket sortierte Friedrich ein Buch aus, packte dann die anderen Bücher wieder ein, versteckte sie im Baum und ging zurück zu seinen Freunden. Er konnte Geheimnisse nicht gut für sich behalten, und in einer Zeit, in der man plötzlich Bücher geheim verkaufen musste, brauchte er einfach Menschen, denen er das anvertrauen konnte, um nicht zu platzen. Außerdem vertraute er seinen Freunden blind.

»Was hast du da?«, fragte Henri.

»Geheime Ware«, lachte Friedrich. »Ein Roman von Erich Kästner. Den dürfen wir seit der Säuberung nicht mehr verkaufen. Zumindest nicht im Laden.«

»Du raffinierter Fuchs«, sagte Johannes. »Wie viele Bücher hast du noch in dem Baum versteckt?«

»Na, so viele Bücher passen da nicht rein, wie wir retten wollten. Aber es gibt zum Glück genug Verstecke in der Natur und zum Glück auch genügend Leser, die weiterhin an guter Literatur interessiert sind. Bücher über Menschlichkeit, über die Natur und fremde Länder, über die Liebe …«

»Ach, hör mir auf mit der Liebe«, sagte Georg plötzlich.

»Was ist denn los?«, fragte Friedrich.

»Nichts …«

»Sag schon!«

Georg seufzte. »Ich hatte letzte Woche eine Verabredung mit Sarah Goldmann.«

»Die ist hübsch!«, sagte Henri.

»Oh ja«, stimmte Johannes zu. »Und? Ist es nicht gut gelaufen?«

»Doch«, sagte Georg. »Sehr gut sogar. Sie hat beim Spaziergang meine Hand genommen, und zum Abschied haben wir uns geküsst.«

»Klingt fantastisch«, sagte Gerda und schien Henri verstohlen anzusehen.

»Aber sie ist nicht mehr da!«, sagte Georg.

»Was meinst du damit?«, fragte Friedrich.

»Na, verschwunden. Seit drei Tagen laufe ich abends an ihrem Haus vorbei, und es brennt kein Licht. Heute wollte ich sie nach der Schule abfangen, aber ein Mädchen aus ihrer Klasse sagte, dass sie seit Tagen nicht in der Schule gewesen sei.«

»Das muss nichts heißen«, sagte Gerda.

»Kann aber etwas heißen«, entgegnete Georg.

»Du meinst, weil sie Jüdin ist?«, fragte Friedrich.

»Man hört immer wieder, dass gerade Menschen verschwinden. Juden, auch Kommunisten und Sozialisten. Bisher habe ich das nicht so ernst genommen, weil niemand verschwunden ist, den ich kenne. Aber jetzt … Was, wenn ich sie nicht wiedersehe? Ich glaube, das halte ich nicht aus!«

»Wir werden uns weiter nach ihr umhören. Ich habe einige Kontakte zu Juden in der Stadt«, sagte Johannes.

»Danke, vielleicht hilft es ja«, sagte Georg, aber Friedrich hatte das Gefühl, dass er nicht sehr zuversichtlich klang.

* * *

Eigentlich war er doch ein hübscher Mann. Große Augenbrauen, keine abstehenden Ohren wie Georg, breite Schultern, schöne Grübchen an Kinn und Wangen. Henri betrachtete sich schon eine ganze Weile in der Schaufensterscheibe des Elberfelder Hutgeschäftes. Ein hübscher Mann – aber wer war dieser Mann, den er da im Spiegel sah? Wer war dieser Mann, der jede Bewegung von ihm imitierte? Henri bewegte seine Gesichtsmuskeln und versuchte, alle möglichen menschlichen Empfindungen auszudrücken: Schmerz, Freude, Verzweiflung, Hass. Seine Gesichtszüge veränderten sich jedes Mal merklich, aber drückten sie auch wirklich das aus, was Henri zeigen wollte?

Plötzlich liefen ihm Tränen über das Gesicht, und dieses Gefühl war echt. Henri wollte ein Schauspieler sein und war doch in diesem Moment, an diesem Juliabend in der Elberfelder Innenstadt, ein bloßer Niemand.

Es war ja nicht so, dass er es in den letzten Tagen nicht versucht hätte. Bei vier Theatergruppen aus Wuppertal und dem benachbarten Remscheid hatte sich Henri vorgestellt. Eine dieser Gruppen hatte das gleiche Problem wie die *Senfkörner:* Ihr waren bis auf Weiteres Aufführungen untersagt worden. Zwei andere Gruppen hatten gerade einfach keinen Bedarf an neuen Darstellern, weil sie alle Rollen für aktuelle Stücke besetzt hatten. Und die vierte Schauspieltruppe, die ihn für heute Abend zum Vorsprechen einer Nebenrolle aus Balzers *Seifenblase* eingeladen hatte, hatte ihm gerade gesagt, er genüge nicht ihren Ansprüchen. Dabei war es eine einfache Rolle gewesen – er hatte den Peter Buck gemimt – eine triviale Rolle in einem primitiven Unterhaltungsstück. Er konnte Besseres, das wusste er doch. Noch vor einigen Tagen war er in den Proben zum *Reigen* in seiner anspruchsvollen Rolle des namenlosen Soldaten aufgegangen, hatte mit den anderen Darstellern harmoniert, und es schien wirklich niemand Zweifel daran gehabt zu haben, dass er gut genug für das Theater war. Auch Gerda hatte sein komödiantisches Talent erkannt und herzlich gelacht, als er ihr den Soldaten vorgespielt hatte. Sogar Josef Holzmann hatte Henri mit seiner kurzen Darbietung beeindrucken können. Und jetzt zerplatzte sein Traum von einer Schauspielkarriere.

»Was schaust du mich so an?«, brüllte Henri plötzlich sein Spiegelbild im Schaufenster an.

»Lach nicht so blöd, sonst setzt es was!«, drohte er seinem zweiten Gesicht. »Und hör endlich auf, mir alles nachzumachen!«

Und dann bückte er sich, hob einen losen Pflasterstein vom Boden auf und warf ihn mit voller Wucht gegen die Scheibe. Sein Spiegelbild tat es ihm nach. Der Stein prallte vom Schaufensterglas ab, während lange Risse in das Gesicht von Henri Adams geschlitzt wurden.

»Wer bist du?«, fragte Henri in den zerbrochenen Spiegel hinein. »Wer bist du?«

Aus dem Weinen wurde ein bitteres Schluchzen. Henri hob den Stein erneut auf und schmetterte ihn ein weiteres Mal gegen die Scheibe. Erst beim dritten Wurf schließlich brach die Scheibe ein. Sein Spiegelbild war augenblicklich verschwunden. Den zweiten Henri gab es nicht mehr.

Plötzlich hörte er Stimmen aus der Ferne, und in der Wohnung über dem Geschäft ging das Licht an. Offenbar hatte Henri nun mit dem Zerdeppern des Schaufensters die Aufmerksamkeit auf sich gezogen. Er glaubte, von Weitem zwei uniformierte Männer zu erkennen. Henri verbeugte sich theatralisch vor dem Schaufenster und ergriff die Flucht. Er rannte die Luisenstraße entlang, so schnell er konnte, und sah kurz zurück. Für einen kleinen Moment waren ihm die Uniformierten mit der Hakenkreuzbinde wohl gefolgt, dann waren sie vor dem Hutladen, den Henri demoliert hatte, stehen geblieben. Henri erwartete, dass zumindest einer der beiden die Verfolgung weiter aufnehmen würde, aber stattdessen blieben beide eine ganze Weile vor dem zerstörten Geschäft stehen. Und wenn Henri sich nicht ganz irrte, vernahm er ein lautes Lachen von den beiden. Ja wirklich, die beiden Uniformierten standen vor der zerstörten Glasscheibe, die Henri in unkontrollierter Wut eingeworfen hatte, und konnten sich vor Lachen kaum halten.

Henri drehte sich wieder um und ging verwirrt weiter zur Schwebebahn.

13. Kapitel

21. Mai 1993

Martin hatte so ein Gefühl, dass ihn der Name Henri Adams weiterbringen würde. Zunächst hatte Martin es beim Einwohnermeldeamt versucht. Ein Henri Adams war nirgendwo gemeldet. Das bescherte Martin schon ein ungutes Gefühl, denn er hatte einen schlimmen Verdacht.

Für den nächsten Tag hatte er einen Termin beim Stadtarchiv Wuppertal vereinbart. Das war kein Problem gewesen, denn als Journalist hatte Martin Tesche ein berechtigtes Interesse an dem Verbleib von Einzelpersonen. Außerdem wären im Fall der Fälle dreißig Jahre nach dem Tod eines Menschen die Personenstandsdaten frei zugänglich. Der Archivar, Herr Dr. Schöller, führte Martin in einen Raum, in dem mehrere Aktenmappen auf einem Tisch gestapelt waren.

»Anhand der Angaben, die Sie zu Ihrer Suche gemacht haben, konnte ich einiges Material für Sie zusammenstellen«, sagte Dr. Schöller freundlich. »Die Datenschutzfrist ist ja wohl verstrichen, da mehr als dreißig Jahre seit dem Tod von Herrn Adams vergangen sind.«

Martins Herz pochte schneller. »Dann ist Henri Adams also tot?«, fragte er aufgeregt.

»Das kann man zumindest annehmen«, antwortete Dr. Schöller.

Martin sah ihn fragend an.

»Er ist im Jahr 1943 für tot erklärt worden«, sagte Dr. Schöller.

»Tatsächlich?«

»Sehen Sie sich die Unterlagen einfach in Ruhe an, da steht alles drin«, sagte Dr. Schöller. »Hier habe ich einen Zeitungsartikel vom 7. September 1933, in dem darüber berichtet wird, dass ein gewisser Henri Adams spurlos verschwunden sei und gesucht werde. Und dann habe ich einige Akten aus dem Altaktenbestand der Abteilung O. gefunden, das ist die Abteilung für Polizeiangelegenheiten. Wenn Sie noch Fragen haben: Sie finden mich in meinem Büro.«

»Ich danke Ihnen vielmals«, sagte Martin, und Dr. Schöller ließ ihn allein.

Martin nahm sich Stift und Papier, um sich Notizen bei der Durchsicht der Dokumente zu machen.

Zunächst nahm er sich die älteste Quelle vor, den Artikel aus dem General-Anzeiger für Elberfeld-Barmen:

Wer hat Hitlerjunge Adams gesehen?, lautete die Schlagzeile. Darunter: *17-Jähriger seit Samstag spurlos verschwunden.*

Martin las den Artikel: *Seit letzten Samstag fehlt jede Spur von Henri Adams. Angehörige und Polizei suchen seitdem nach dem 17-jährigen Schüler, der das Realgymnasium in Barmen besucht und als treues Mitglied der Hitlerjugend gilt. Adams ist in Barmen wohnhaft und wurde zuletzt am Tag seines Verschwindens gegen 18 Uhr von seinen Eltern gesehen. Die Polizei schließt die Möglichkeit nicht aus, dass der Verschwundene Opfer eines Verbrechens geworden ist. Immer wieder sind in der jüngsten Vergangenheit uniformierte Hitlerjungen in Barmen von gewaltbereiten kommunistischen Banden angegriffen worden. Die Polizei bittet um Hinweise.* Neben dem Artikel war ein Bild von Henri Adams abgebildet.

Martin nahm das Foto von der Wandervogel-Gruppe heraus und legte es daneben. Der junge Mann in der Zeitung glich einem der Wandervögel haargenau. Es bestand kein Zweifel, dass es sich um den gleichen Menschen handelte. Henri Adams war also 1933 verschwunden. Und vielleicht einem Verbrechen zum Opfer gefallen. Höchstwahrscheinlich sogar. Diese Erkenntnis fuhr Martin durch Mark und Bein, denn der Artikel und das Foto führten ihm vor Augen, dass es hier nicht mehr um eine gesichtslose Person, nicht um einen abstrakten Fall ging, sondern um ein Individuum: ein junger, hübscher Mann. Was mochten Henris Eltern durchgemacht haben, als sie realisierten, dass ihr Sohn verschwunden war? Und als sie schließlich begreifen mussten, dass er nicht zurückkommen würde? Martin nahm die Polizeiakten in die Hand. Sie gaben die Bestätigung: Henris Verschwinden wurde, einen Tag nachdem er das letzte Mal gesehen wurde, polizeilich aufgenommen. Die Aufenthaltsermittlungen waren ins Leere gelaufen, großflächige Suchmaßnahmen ebenso. Auch bei der Identifizierung von mehreren Leichen, die in der nächsten Zeit gefunden wurden, konnte die Identität des Vermissten nicht festgestellt werden. Und schließlich lag noch ein Dokument auf dem Tisch, aus dem hervorging, dass Henri Adams zehn Jahre nach seinem Verschwinden für tot erklärt worden war, ohne dass je eine Leiche gefunden wurde. Dann fand Martin noch eine handschriftliche Notiz unter dem Stapel: *Keine Hinweise auf Wiedergutmachungsakte. Gruß, Schöller.* Den Begriff Wiedergutmachungsakte hatte Martin zwar irgendwann schon einmal gehört, musste sich aber von Herrn Schöller erläutern lassen, was es damit auf sich hatte.

»Die Wiedergutmachungsakte kann bei verschwundenen Personen aus der Zeit von 1933 bis 1945 eine Rolle spielen«, erklärte Dr. Schöller. »In dieser Zeit sind ja viele Menschen verschwunden, die den Nazis ein Dorn im Auge waren. Falls der Vermisste also zum Beispiel direkt nach der Machtergreifung von den Nationalsozialisten verfolgt wurde, etwa, weil er Kommunist war, könnte es sein, dass seine Angehörigen nach 1945 einen Wiedergutmachungsantrag gestellt haben. Das würde dann in dieser Akte stehen. Das betraf vor allem Menschen, die von der Gestapo verhaftet wurden und während des Gefängnisaufenthaltes misshandelt wurden. Im Fall von Henri Adams habe ich aber nichts in dieser Akte gefunden.«

»Was ja auch unwahrscheinlich war, weil Henri Adams HJ-Mitglied war und sein Verschwinden auch in der Presse öffentlich gemacht wurde«, ergänzte Martin.

»Richtig. Es sei denn, Henri Adams hätte ein Doppelleben geführt, indem er etwa unter dem Schein als Hitlerjunge gleichzeitig staatsfeindlichen Aktivitäten nachgegangen ist. Das kam häufiger vor, als man denkt, denn nicht jeder ist freiwillig in die HJ eingetreten. Aber bei dem Fall, der Sie interessiert, kann ich Ihnen leider nicht weiterhelfen. Sie müssen sich wohl damit abfinden, dass das Verschwinden dieses Mannes nie aufgeklärt worden ist.«

Bisher nicht, dachte Martin, aber er war mit seiner Suche noch nicht am Ende. »Trotzdem haben Sie mir wirklich sehr geholfen mit Ihren Recherchen. Besten Dank dafür!«, sagte er und verließ das Archiv.

Auf dem Heimweg kreisten viele Gedanken in Martins Kopf herum. Er legte sich nun noch einmal alles zurecht, was er bisher erfahren hatte: Dass Henri Adams 1933 verschwunden war, war nun amtlich. Ausgerechnet in dem Jahr, in dem sein Vater in seinem Tagebuch andeutet, dass er in einen Mord verwickelt gewesen sei. Und in dem Jahr, in dem sein Vater Deutschland fluchtartig verlassen hatte. Um einer Zuchthausstrafe wegen eines begangenen Mordes zu entgehen? Fest stand nun auch, dass Gerda Steinjans ihm einiges verschwiegen hatte. Bei der ersten Begegnung mit Martin hatte sie den Namen Henri nicht erwähnt. Sie hatte die Namen der Wandervogel-Gruppe aufgezählt, sie hatte Georg und Friedrich erwähnt, aber ein Name war ihr angeblich nicht mehr eingefallen. Damals hatte Martin geglaubt, dass sie nach so langer Zeit zufällig einen Namen vergessen hatte, was nach sechzig Jahren ja durchaus passieren kann. Aber nicht, wenn diese Person tatsächlich ermordet worden war, und auch nicht, wenn Gerda für diesen Henri mehr empfunden hatte als bloße Freundschaft.

Bei seinem zweiten Besuch war Gerda Steinjans der Name Henri dann plötzlich wieder eingefallen. Sie habe anfangs zwischen Henri und Johannes gestanden, hatte sie gesagt, nachdem er ihr den gefälschten Liebesbrief vorgelesen hatte. Bedeutete das vielleicht, dass Henri deswegen ermordet worden war? Hatte sein Vater Henri Adams aufgrund von männlicher Rivalität um eine Frau getötet? War also das Mordmotiv am Ende nichts als pure Eifersucht? Ein so niedriger, primitiver Beweggrund?

Hatte Gerda Steinjans Martin davor schützen wollen, dass sein Vater einen Rivalen ausgeschaltet hatte?

14. Kapitel

28. Juli 1933

Eine ganze Weile schon liefen Gerda und Johannes durch den Wald. Gerda genoss es, heute mal mit Johannes alleine zu sein. Sie fühlte sich immer wohl an seiner Seite, weil er so eine positive Ausstrahlung hatte. Weil die anderen heute keine Zeit hatten, hatte Johannes sie spontan gefragt, ob sie Lust auf eine kleine Wanderung habe. Es war Freitagnachmittag, das Wochenende stand bevor, die Sonne brannte am blauen Himmel – es konnte noch ein herrlicher Tag werden.

Eigentlich wäre sie noch lieber mit Henri unterwegs gewesen, aber die Gesellschaft von Johannes genoss sie auch, und Johannes hatte sie nun mal zuerst gefragt. Es war schon ein Privileg, mit ihm alleine sein zu können. Er war sehr klug und wusste immer etwas zu erzählen, er war immer höflich und freundlich, und er war vielleicht auch einfach deswegen interessant, weil er drei Jahre älter war. Als Ältester der Wandervögel war er auch zum Kopf der Gruppe auserkoren worden, ohne jemals zum Wanderführer ausgebildet worden zu sein. Aber er kannte sich in den Wäldern des Bergischen Landes am besten aus und konnte die Ideale des Wandervogels am überzeugendsten vertreten.

Sie waren mit dem Zug bis Langerfeld gefahren und dann über den Ehrenberg gewandert. Zwischendurch hatte Johannes ihr ein Stück trockenen Kuchen gereicht. Als Gerda vorschlug, zum Essen eine Rast zu machen, hatte Johannes abgewehrt. Man könne den Kuchen doch auch gut beim Laufen essen. Er wirkte heute gehetzt, lief schnellere Schritte als sonst, und zwischendurch schien er abwesend zu sein. Als wieder eine verlegene Stille zwischen ihnen eingetreten war, fragte Gerda, wann er noch mal die Flugblätter verteilen wollte, und Johannes sah sich instinktiv um, ob ihnen auch niemand zuhörte, obwohl sie im Wald alleine waren.

Johannes erzählte noch einmal von seinem Plan, die Flugblätter in der übernächsten Woche zu verteilen und damit Jugendliche davon abzuhalten, sich zu sehr beeinflussen zu lassen und sich vorschnell der HJ oder dem BDM anzuschließen. Wenn Johannes das erklärte, war das alles sehr plausibel. Gerda hatte selbst noch nicht so eingehend darüber nachgedacht, wie sehr der Führer die Massen manipulierte. Aber was Johannes sagte, schien ja doch irgendwie zu stimmen: Immer mehr Jugendliche traten der HJ oder dem BDM bei – auch viele, von denen Gerda das nicht gedacht hätte. Und wer nicht beitrat, verlor immer mehr Freunde. Andererseits fand sie auch eine gute Absicht im BDM, nämlich, dass sich alle wieder mehr für ihr Land einsetzten, dem es in den letzten Jahrzehnten so schlecht gegangen war. Gerda teilte Johannes diese Überlegung mit.

Johannes sah sie nachdenklich an. »Du bist dir manchmal gar nicht so sicher, wie du zu den Nazis stehen sollst, oder?«, fragte er.

»Den Nazis«, äffte Gerda Johannes nach und lachte. »Wenn du das so sagst, klingt das, als wären alle, die dem Führer folgen, dumm.«

»Wenn es nur Dummheit wäre«, sagte Johannes. »Aber das hier ist weitaus gefährlicher als Dummheit. In anderen Orten treten immer mehr Wandervogel-Mitglieder zur Hitlerjugend über.«

»Und das findest du gefährlich?«

»Gerda, mach dir doch mal klar, wofür der Wandervogel steht: Freiheit, Selbsterkenntnis, Bewahrung der Kultur. Und wofür stehen die HJ und der Nationalsozialismus? Für absolute Kontrolle, Ausgrenzung, totales Aufgehen des Individuums in der völkischen Gemeinschaft, Zensur. Gegensätzlicher geht es doch kaum. Das ist doch gespenstisch, wie viele Menschen ihre Meinung plötzlich einfach ändern.«

»Ja, du hast recht.«

»Und ich habe Angst«, fuhr Johannes fort, »dass ich früher oder später auch euch verliere. Nicht, dass ich euch nicht vertraue. Aber es gefällt mir nicht, dass du dir immer noch nicht sicher bist, wie du zu Hitler und seiner Bewegung stehen sollst. So bist du vielleicht eine leichte Beute für diese Seelenfänger.«

»Hm«, machte Gerda etwas beleidigt.

»Ich wollte sagen: Es gefällt mir nicht, weil ich dich mag, Gerda!«

Johannes blieb stehen und sah ihr ein paar Sekunden zu lange in die Augen. Schöne Augen hatte er, fand sie. Gerade auch dann, wenn er so ernst guckte. In Gerdas Bauch begann es zu kribbeln. Sie fragte sich, ob er sie jetzt küssen wollte. Und sie fragte sich, ob es ihr in diesem Moment sogar gefallen würde. Ob sie für diesen Moment Henri nicht ausblenden könnte.

Plötzlich aber wandte Johannes seinen Blick ab. »Lass uns weitergehen, ich möchte dir heute etwas zeigen«, sagte er. »Es ist nicht mehr weit.«

Sie liefen einen Berg hinunter. An der Seite plätscherte eine kleine Wasserquelle, in den Bäumen zwitscherten viele Vögel, und Gerda war immer noch glücklich, mit Johannes hier zu sein.

Doch plötzlich hörte sie zwischen dem Wasserrauschen und dem Gesang der Vögel noch etwas anderes.

Es kam von unten aus dem Tal.

Es klang unheimlich und machte ihr Angst.

Schreie.

Es waren Schreie.

Schreie von Männern, die offenbar Schmerzen erlitten.

Dazwischen Rufe, die wie Befehle klangen.

»Komm!«, sagte Johannes und legte den Zeigefinger auf ihre Lippen.

»Was ist das?«, fragte Gerda ängstlich.

Johannes nahm ihre Hand, beschleunigte nochmals seine Schritte und zog sie den Berg hinunter. Einige Meter vor der Straße, die im Tal am Ende des Waldes parallel zur Wupper verlief, huschte Johannes hinter einen Baum und bückte sich. Auch Gerda ging in die Hocke.

Johannes zeigte auf ein Fabrikgelände, das unten im Tal auf der anderen Seite der Straße lag. »Das ist die ehemalige Baumwollfabrik von Kemna«, flüsterte er.

Gerda sah sich das Gelände an. Ein dreistöckiges, steinernes Gebäude bäumte sich unten auf, ein ungemütliches, beinahe verwahrlostes, altes Fabrikgebäude, daneben eine Fabrikhalle, kleine Nebengebäude und Holzschuppen. Eigentlich sah es aus wie eine typische heruntergekommene Fabrik, eine von vielen in Wuppertal. Was sie aber von anderen Fabrikgeländen unterschied, war der etwa drei Meter hohe Kettengliedzaun, gekrönt mit einem Stacheldrahtaufsatz, der die Fabrik umkreiste. Was außerdem unheimlich wirkte, waren die Fenster der Fabrik, die mit schwarzer Teerfarbe angestrichen waren, sodass man nicht hineinblicken konnte.

Hinter der Wupper erstreckten sich grüne Hügel, die der alten Fabrik doch noch ein Fünkchen Idylle verliehen.

Auf dem Außengelände liefen zehn bis zwanzig Männer in schäbiger Kleidung umher, dazu noch einmal etwa halb so viele Männer in SA-Uniformen, mit Stöcken und Peitschen in der Hand. Die SA-Leute schlugen damit auf die anderen Männer ein wie auf eine Horde Vieh. Gerda hörte das dumpfe Schlagen, als die Knüppel auf Knochen trafen, und hin und wieder vernahm sie das zischende Knallen der Peitschen. Und immer wieder diese Schreie.

Johannes hatte derweil einen Feldstecher aus seinem Rucksack geholt und drückte ihn Gerda in die Hand. »Aber pass auf, dass man dich nicht entdeckt«, flüsterte er.

Gerda sah durch das Fernglas, und was sie dabei sah, ließ ihr einen kalten Schauer über den Rücken laufen. Vielen Männern lief das Blut aus den Wunden. Einer hatte abgebrochene Schneidezähne. Einem anderen Mann war die Würde genommen worden, indem man ihm den Vollbart so abrasiert hatte, dass ihm oberhalb der Lippe links und am Kinn rechts ein großes Stück fehlte.

Die Uniformierten trieben die geschundenen Männer in Richtung Wupper, die hinter der Fabrik entlangfloss. Gerda konnte durch das Fernglas erkennen, dass bereits ein Dutzend anderer Männer mit ihren Kleidern knietief im Fluss stand. Trotz der sommerlichen Temperaturen musste das Wasser eiskalt sein. Die Männer schienen mit ihren Händen irgendetwas in der Wupper zu suchen.

»Das ist ja furchtbar«, sagte Gerda und begann zu weinen. »Was machen die denn da?«

»Die Nazis haben hier vor einigen Tagen ein Gefangenenlager eingerichtet«, erklärte Johannes. »Der Kurt hat mir zuerst davon erzählt. Aber glauben konnte ich es erst, als ich es gestern mit eigenen Augen hier gesehen habe.«

»Das ist ja unmenschlich, wie sie hier mit den Verbrechern umgehen«, sagte Gerda.

Johannes schüttelte energisch den Kopf. »Das sind keine Verbrecher, Gerda! Diese Männer haben nicht getötet oder geraubt. Sie sind Kommunisten, Sozialisten und vielleicht auch Gewerkschaftler, oder der ein oder andere hat den Mund zu weit aufgemacht und einen kleinen, unbedeutenden SA-Mann beleidigt. All das sind für die Nazis nun Verbrechen. Aber das hier, das ist auch nicht einfach ein Gefängnis. Es ist die Hölle.«

Gerda nickte nur.

»Die Nazis planen Schreckliches, Gerda!«

Gerda nickte wieder stumm und verstand in diesem Moment alles.

»Sie planen wirklich Schreckliches«, wiederholte Johannes. »Hitler ist gerade mal seit einem halben Jahr an der Macht, und jetzt haben wir das hier. Und es wird noch viel schlimmer werden. Verstehst du jetzt, warum ich nicht untätig sein will? Wieso ich unbedingt die Flugblätter brauche? Wenn wir jetzt viele Menschen dazu bewegen können, sich diesem Staat zu entziehen, dann wird dieses Monster bald wieder auseinanderbrechen. Wir müssen doch etwas tun!«

»Ja«, sagte Gerda. Voller Entsetzen sah sie noch mal hinüber zu dieser Fabrik. Und dann hörte sie wieder die Schreie, die Schreie am Rande der Stadt.

15. Kapitel

22. Mai 1993

Gerda Steinjans wischte den Staub von ihren Schränken und hielt einen Moment inne, sah aus dem Fenster, als würde sie darauf warten, dass Martin Tesche noch mal wiederkam. Diese Vorstellung beunruhigte sie. Aber gleichzeitig sehnte sie sich auch nach ihm, weil er Erinnerungen an den Menschen weckte, den sie so geliebt hatte, dass alle späteren Beziehungen scheitern mussten. Sechzig Jahre lag er nun zurück – der Tag, an dem sie erwachsen wurde.

Das Erste, was sie vor ihrem inneren Auge vor sich sah, war Johannes, wie er ihr ein zweites Mal das Fernglas hinhielt und fragte, ob sie es sich noch mal ansehen wolle. Und sechzig Jahre später hatte sie schon wieder die entsetzlichen Schreie gehört, die das Grauen von Kemna viel mehr ausdrückten als die Bilder, die sie gesehen hatte. Für diese Schreie gab es keine passenden Worte.

Heute wusste Gerda Steinjans, dass Kemna erst der Anfang gewesen war. Das KZ Kemna wurde ein halbes

Jahr später schon wieder geschlossen, und es folgten Jahre des staatlichen Terrors. Die Konzentrationslager von Auschwitz und Buchenwald überstiegen in ihrer Grausamkeit des systematischen Massenmordes bei Weitem die Unmenschlichkeiten, die sie bereits in Kemna gesehen hatte. Aber der eigentliche Unterschied für Gerda Steinjans war, dass sie Auschwitz und Buchenwald nur aus Geschichtsbüchern und Filmen kannte. Die Kemna, wie sie das KZ damals immer genannt hatten, hatte sie mit eigenen Augen gesehen und mit eigenen Ohren gehört. Mit dem KZ Kemna hatten die Nationalsozialisten von Anfang an ihre Unmenschlichkeit offenbart. Es lag am Stadtrand, aber gleich neben einem Wohngebiet, und die Menschen hatten einfach ihren Alltag weitergelebt und auch diese Schreie gehört – und nichts dagegen unternommen.

Der Tag, an dem Gerda erwachsen wurde, war der Tag, als Johannes ihr die Kemna gezeigt hatte. Sie hatte diesen Moment gerade wieder klar vor Augen:

Johannes hält ihr das Fernglas hin, aber Gerda will kein zweites Mal durchsehen.

Sie hockt einfach da, sagt nichts und fühlt nichts. Johannes fordert sie schließlich auf, wieder aufzustehen und sich mit ihm davonzuschleichen.

»Wenn uns die Wachmannschaft hier entdeckt, kann ich nicht ausschließen, dass sie auf uns schießen«, sagt er.

Sie laufen im Schutz der Bäume und Sträucher den Berghang wieder hoch Richtung Ehrenberg. Beim Laufen erst bemerkt Gerda, dass sie weiche Knie hat, und als sie schon eine Weile auf dem Rückweg sind, bricht sie plötzlich weinend zusammen. Sie weint unendlich lange, sitzt auf ihren Knien, Johannes setzt sich dazu und hält sie fest. Sie hat auf einmal nur noch die Bilder und Geräusche von Kemna im Kopf. Nach einer Weile wird ihr Kopf leer, und sie geht ganz in dem Moment ihres Weinens auf. Sie spürt, wie ihr Körper ununterbrochen zuckt, und sie weiß nicht, wie sie das Schluchzen stoppen kann. Und dann fühlt sie ganz intensiv Johannes' Umarmung. Er hat lange Arme, dünn sind sie, aber trotzdem stark, sie umklammern Gerda, ohne sie zu erdrücken. Seine Umarmung ist fest, aber dennoch sanft. In diesem Moment glaubt Gerda, dass kein Unheil an sie herankommen kann, Johannes' Arme legen sich schützend um sie wie ein magischer Kreis.

»Der böse Zauberer, der Deutschland verhext hat, kann uns nichts anhaben, solange wir uns treu sind«, sagt Johannes leise.

Er atmet ruhig, und nach und nach findet sie auch zu einem ruhigen Atem zurück.

»Es tut mir leid, was ich dir da zugemutet habe«, sagt Johannes. »Es liegt an uns allen, diese Welt wieder besser zu machen.« Es klingt wie ein Versprechen.

Gerda drückt ihren Kopf fest an Johannes' Brust.

Und Johannes versteht, dass er sie jetzt nicht mehr loslassen soll. Während Johannes ihren Kopf streichelt, weiß Gerda: Sie hat den Nationalsozialismus bisher völlig unterschätzt. Sie hat gedacht, Politik gehe sie nichts an, ihr Leben gehe auch ohne Politik irgendwie weiter. Aber jetzt hat sie begriffen: Der Nationalsozialismus ist ein Ungeheuer, das sie alle verschlingen kann. Jeder muss sich selbst vor diesem Ungeheuer schützen. Aber an der Seite von Johannes fühlt sie sich in diesem Moment sicher. Sie bewundert ihn für seinen Weitblick, für seine Ideale und für seinen Mut. Ohne nachzudenken, dreht sie ihren Kopf so, dass sich ihre Nasenspitzen berühren. Sie küsst ihn, und dann lieben sie sich.

Gerda stöhnte leise auf, als sie am Fenster stand und sich an ihr erstes Mal erinnerte. Für einen kurzen Moment fühlte sie alles so wie damals – die Lust genauso wie die Angst.

16. Kapitel

28. Juli 1933

Es war viertel vor sechs.

Henri schmeckte die Linsensuppe ab – sie war ihm perfekt gelungen. Schnell setzte er den Deckel auf den Topf, um die Suppe warmzuhalten. Dann deckte er den Tisch für zwei Personen, stellte eine Kerze hin und die Blumen, die er frisch aus dem Garten gepflückt hatte, dazu. Seine Eltern waren heute Abend ausgegangen und würden erst spät wiederkommen. In ein paar Minuten würde Gerda bei ihm sein, und sie hätten viel Zeit, würden sich ihre Geschichten erzählen, Pläne machen und sich im Arm halten, und immer wieder würde er von ihren Lippen kosten.

Eigentlich wäre heute Abend Theaterprobe der *Senfkörner* gewesen – wenn die Gruppe noch existieren würde. Wie schnell sich das Blatt doch wenden konnte. Heute Abend hatte Henri das Gefühl, er brauche das Theater gar nicht mehr unbedingt. Er konnte auch als Verwaltungsangestellter glücklich werden, wenn er

Gerda an seiner Seite hätte. Schnell räumte er noch die Küche auf und putzte die Arbeitsfläche.

Es war inzwischen zwanzig nach sechs.

Sie war spät. Aber so war sie. Pünktlichkeit gehörte nicht zu ihren Stärken, das wusste Henri ja. Sie kam regelmäßig zu spät zu den Wanderungen. Ja, es war doch unfassbar, dass Gerda nun seit einem Jahr bei den Wandervögeln war und er nun erst sah, wie schön sie war. Gerda und Georg kannten sich schon, seit sie kleine Kinder waren. Irgendwann hatte Georg ihr von den Wandervögeln erzählt, und Gerda hatte einfach gefragt, ob sie mal mitkommen dürfe. Während sich manch andere Wandervogel-Gruppen als reine Männergruppen betrachteten, war es bei ihnen überhaupt keine Frage gewesen, auch eine junge Dame aufzunehmen, solange sie bei den oft langen Wanderungen mithalten konnte. Das Ausleben der Freiheit hieß ja auch, dass sie möglichst wenig starre Regeln haben wollten. Wie konnte Henri so viel Zeit mit ihr verbracht haben, ohne sich gleich in sie verliebt zu haben? Und wie konnten sie schon so viele Male alle nackt in Gewässern gebadet haben, ohne dass er sie begehrt hatte? Natürlich hatte er mal neugierige männliche Blicke auf sie geworfen wie die anderen Jungs auch, aber alle hatten sich immer anständig zurückgehalten. Erst am letzten Wochenende hatte er eine regelrechte Lust auf sie verspürt, als sie im Wasser waren – und sich gewünscht, er wäre alleine mit ihr gewesen.

Anfangs, als Gerda zum Wandervogel kam, hatte Henri noch geglaubt, dass Johannes ihr ganz gut gefalle. Aber Johannes hatte kein Interesse erwidert, das wusste Henri. Johannes und er waren beste Freunde, seit er denken konnte, und Johannes hätte es ihm erzählt, wenn er ein Auge auf Gerda geworfen hätte. Dabei war Johannes nicht unerfahren mit Frauen. Von seinen gelegentlichen Abenteuern wusste Henri. Aber es war noch keine dabei gewesen, die Johannes' Herz wirklich erobert hatte. Johannes war ihm in seinen sexuellen Erfahrungen voraus, dafür wusste er nicht, wie es war, ständig an dieselbe Frau denken zu müssen.

Es wurde sieben Uhr. Hatte sich Henri mit der Uhrzeit vertan? Waren sie erst eine Stunde später verabredet?

Zum Glück hatte Henri nur Suppe vorbereitet, die er schnell wieder warmmachen konnte. Seine Großmutter, die im letzten Jahr gestorben war, hatte ihm mit zehn Jahren beigebracht, wie man verschiedene Suppen zubereitete: Linsensuppen, Bohnensuppen, Kartoffelsuppen, Möhrensuppen. Großmutter hatte ihm oft von den Hungersnöten im großen Krieg erzählt und lebte in ständiger Angst, dass noch mal so ein Unheil kommen könnte. Daher war es ihr wichtig, ihren Enkeln beizubringen, wie man einfache Gerichte kochen konnte, wenn man nicht viele Lebensmittel in der Vorratskammer hatte. Einmal hatte sie sogar gesagt, es sei wichtig, dass er früh selbstständig werde, denn falls ein neuer Krieg komme, könne er von heute auf morgen alleine dastehen. Zum Glück hatte sich Großmutters Prophezeiung nicht erfüllt. Ein neuer Krieg war nicht in Sicht, aber dafür hatte Henri etwas Nützliches fürs Leben von ihr gelernt.

Es war zwanzig nach sieben.

Jetzt begann Henri endgültig, sich Sorgen zu machen.

Sie will nicht zu dir kommen, sprachen plötzlich irgendwelche Dämonen in ihm.

Ihr ist einfach etwas Wichtiges dazwischengekommen, beruhigte ihn die Vernunft.

Sie hat sich gegen dich entschieden, spotteten die Dämonen.

Hat sie nicht. Eigentlich war die Verabredung für heute unverbindlich, widersprach die Vernunft. Es war ihr einfach nicht klar, dass sie für heute wirklich mit dir verabredet war.

Vergiss sie, forderten die Dämonen. Sie hat dich nicht verdient.

Hol sie doch einfach zu Hause ab, schlug die Vernunft vor.

Henri nahm die Blumen aus der Vase und verließ das Haus. Unterwegs machte er sich klar, dass sie sich eigentlich wirklich nicht sicher verabredet hatten, sondern nur von der Möglichkeit gesprochen hatten, sich heute Abend zu sehen.

Er bog um die Ecke und sah am anderen Ende der Straße ein Liebespaar, das sich eng umschlungen küsste. Er dachte an Gerda und wie gerne er sie wieder küssen wollte. Als er näher kam, sah er, dass es Johannes war, der eine Frau küsste. Wen hatte der denn schon wieder aufgegabelt? Eigentlich war es auch nicht Johannes' Art, eine Frau in der Öffentlichkeit so zu küssen. Plötzlich löste sich die Frau aus Johannes' Armen und drehte sich um – und Henri sah, dass es Gerda war!

Schnell wechselte er die Laufrichtung und verschwand hinter der nächsten Straßenkreuzung.

Während er ins Barmer Tal hinunterrannte, schossen die Gedanken wie Gewehrkugeln durch seinen Kopf.

Gerda und Johannes …

Freundschaft …

Verrat …

Er rannte immer schneller, die Straße war steil, und plötzlich stolperte er über seine eigenen Füße, überschlug sich zwei Mal und blieb benommen auf dem Bürgersteig liegen.

Er spürte, wie das Blut aus einer Wunde an seinem Kopf rann.

Eine Schwebebahn zog sich mühsam und quietschend vorbei, er fühlte die Blicke der Fremden, die von oben auf ihn herabsahen. Er bemühte sich, schnell aufzustehen, um der Demütigung der Blicke zu entkommen.

* * *

Der Fall war sehr schmerzhaft gewesen, aber auch heilsam. Als hätte der Sturz ihn wachgerüttelt, saß Henri nun zwei Tage später in der Theatergarderobe und bereitete sich auf ein Vorspielen vor.

Die Garderobe beeindruckte ihn. Um den Spiegel herum leuchtete ein Dutzend Glühbirnen, sodass Henris Gesicht glänzte. Mit dem Pinsel versuchte er, die blauen Flecken unter dem linken Auge, die er sich bei seinem Sturz zugezogen hatte, zu kaschieren. War es denn wirklich richtig, diese Rolle zu übernehmen? Was würden seine Eltern dazu sagen? Und Johannes?

Johannes. Was scherte ihn dieser Verräter? Seit er ihn mit Gerda gesehen hatte, hatte er ihn noch nicht zur

Rede gestellt. Aber weder Gerda noch Johannes hatten es für nötig gehalten, sich bei Henri mal zu erklären.

Henri atmete noch mal tief ein. Wenn er gleich vorspielte, überschritt er eine Grenze, das war ihm klar. Aber er wollte doch nur Theater spielen. Er hatte sich um eine Alternative bemüht. Und nun gab es eine.

War es richtig, *diese* Möglichkeit zu wählen?

Noch vor einigen Wochen hatten sich die Wandervögel geschworen, nichts mit diesen Leuten zu tun haben zu wollen.

Aber warum hatten sie dann überhaupt Josef geholfen, als er von den Kommunisten fast zu Tode geprügelt worden war? Das war sogar Johannes' Idee gewesen. Wie treu war der sich denn seinen Prinzipien?

Henri sah auf die Uhr. Gleich begann sein Vorspielen. Er musste sich darauf jetzt konzentrieren.

»Wohlan, Septimius, schick dich an, dem Kriegsbefehl des Königs zu gehorchen«, flüsterte er. Den Text hatte er schnell auswendig gelernt. Das war seine Stärke. Jetzt musste er ihm nur noch Ausdruck verleihen. Er musste als Feldherr Entschlossenheit ausstrahlen. »Wohlan, Septimius, schick dich an, dem Kriegsbefehl des Königs zu gehorchen«, sprach er jetzt pathetisch.

So würde man ihm den Feldherrn abnehmen. Er konnte ihn spielen. Er konnte etwas. Er war nicht wertlos. Vorgestern hatte er verloren, heute würde er wieder siegen. Das Leben war doch nichts anderes als eine Schlacht. Und wenn man verlor, wurden die Felder neu verteilt. Dann konnte man neue Schlachten führen. Irgendwann würde man auch mal eine gewinnen.

Was Gerda ihm angetan hatte, war schlimm, natürlich, aber er würde daran nicht sterben. Er musste jetzt wieder zu sich selbst zurückfinden. Werden, der er war und der er sein könnte. Schon als Kind hatte er es geliebt, Rollen zu spielen. Später hatte er dann mit Vorliebe Dramen gelesen, nachdem er nicht zuletzt durch Friedrich zum passionierten Literaturleser geworden war. Und jede Rolle, die er spielte, führte ihn ein Stück mehr zu ihm selbst. Sei es der verführte Soldat oder der Feldherr, der für das große Ganze in die Schlacht zieht. Warum für abstrakte Ideale konkrete Pläne opfern?

Diese sinnlose Rebellion gegen gesellschaftliche Konventionen und gegen die neue Regierung, die die *Senfkörner* da begonnen hatten, hätte ihn fast seine Schauspielerei gekostet, von der er schon so lange geträumt hatte.

Jemand klopfte an die Tür.

»Ja!«, rief Henri, und Josef Holzmann steckte seinen Kopf in die Garderobe.

»Bist du bereit?«, fragte er.

»Bin ich!«

»Gut! Viel Glück beim Vorsprechen, Henri!«

Henri zog den Helm auf. Jetzt war er Varus. Er verließ die Garderobe und ging zur Bühne. Er wollte Varus spielen. Unbedingt! Er wollte Theater spielen – und wenn es sein musste, dann eben in der Spielschar der Hitlerjugend …

17. Kapitel

4. Juni 1993

Mit schierem Entsetzen blickte die Republik in diesen Tagen auf das Bergische Land. In Solingen war am vergangenen Wochenende von Rechtsextremen ein Brandanschlag auf das Haus einer türkischen Familie verübt worden. Fünf Menschen waren gestorben, darunter drei Kinder, und ein Säugling war lebensgefährlich verletzt worden. Martin Tesche hatte als Lokaljournalist fast täglich mit Meldungen über tödliche Unfälle und Verbrechen zu tun, aber selten hatte ihn ein Bericht über einen Mord so fassungslos gemacht wie diese Tat. Martin nahm den Brandanschlag von Solingen zum Anlass, eine Reportage über Rechtsradikalismus zu schreiben. Am Bahnhof besorgte er sich seit Tagen die *Solinger Tagespost*, um noch mehr lokale Hintergründe über den Anschlag zu erfahren.

Als er das Büro von Werner Welsch, dem Lokalchef seiner Zeitung, betrat, um seine geplante Reportage absegnen zu lassen, sah dieser ihn besorgt an.

»Sie sehen müde und ausgelaugt aus, Herr Tesche«, bemerkte Welsch. »Haben Sie sich in der letzten Zeit vielleicht ein bisschen überarbeitet?«

»Ich schlafe einfach seit einigen Wochen nicht gut, aber mit meiner Arbeit komme ich gut zurecht. Also sind Sie mit dem Thema einverstanden?«

»Das Thema sollten wir unbedingt machen. Vielleicht kann Ihnen der Praktikant ja ein bisschen dabei helfen. Und Sie sollten zusehen, dass Sie nächste Woche mal ein paar Überstunden abbauen und sich ein oder zwei freie Tage gönnen. Es hilft uns allen nichts, wenn Sie mit eingefallenen Wangen und dicken Augenrändern zu Presseterminen erscheinen oder uns nachher zusammenbrechen.«

Martin zog sich an seinen Arbeitsplatz zurück und blätterte die Solinger Lokalzeitung durch. Heute stand aber nichts drin, was er nicht schon aus anderen Berichten erfahren hatte.

Dann jedoch stolperte Martin plötzlich über den Namen Adams. In der Solinger Tagespost wurde angekündigt, dass eine Frau namens Helene Adams für den nächsten Tag zu einer *Kundgebung gegen Rechts* vor dem Solinger Rathaus aufgerufen hatte.

Sollte ihm der Zufall in die Hände spielen? War Helene Adams vielleicht mit Henri Adams verwandt? Gut möglich, dachte Martin. Der Artikel zeigte ein Foto von ihr. Sie schien ungefähr so alt zu sein wie Gerda Steinjans. Und Wuppertal und Solingen lagen so nah beieinander, dass es denkbar war, dass Helene Adams in Wuppertal ihre Wurzeln hatte. Das könnte eine neue Spur zum Mordfall aus dem Tagebuch sein!

Martin beauftragte den Praktikanten, die Telefonnummer von Helene Adams zu besorgen, während er selbst noch mal im Wuppertaler Stadtarchiv nach den Verwandtschaftsverhältnissen von Henri und Helene forschte. Eine halbe Stunde später hatte Martin die sichere Gewissheit, dass Henri Adams eine Schwester namens Helene hatte. Bestimmt handelte es sich um die gleiche Person, die in der Zeitung erwähnt wurde. Martin ärgerte sich, dass er bei seinem ersten Besuch im Stadtarchiv nicht noch nach lebenden Verwandten von Henri Adams geforscht hatte. Der Praktikant sollte nun mit Helene Adams für den nächsten Tag einen Interviewtermin vereinbaren, am besten noch vor der Kundgebung.

Der Praktikant teilte ihm schon kurz darauf mit, dass Martin eine Stunde vor der Kundgebung mit Helene Adams im Solinger Klingencafé sprechen könne.

18. Kapitel

12. August 1933

Als Henri auf sein Elternhaus zukam, fühlte es sich an, als würde eine Prüfung bevorstehen. Wie würde es jetzt sein, nach Hause zu kommen? Ob seine Eltern noch wach waren?

Er dachte an die ersten Proben mit der Spielschar. Die *Hermannsschlacht* war wirklich gut besetzt, die anderen Ensemblemitglieder standen mit ihren schauspielerischen Fähigkeiten nicht hinter den *Senfkörnern* zurück. Roland, der Regisseur, hatte Henri schon großes Talent zugesprochen, er konnte aber auch wohldosierte Kritik äußern, die seine Leistungen herausforderten. Die Spielschar tat ihm gut. Seit einigen Tagen dachte Henri weniger an Gerda.

Aber heute Abend war noch mehr passiert. Was würden seine Eltern nun wohl denken? Henri blieb vor dem Haus, in dem er wohnte, stehen, atmete zwei Mal tief ein und aus und ging zur Tür. Er öffnete leise und trat ein. Im Wohnzimmer brannte noch Licht. Vermutlich saßen seine Eltern noch auf dem Kanapee und lasen.

Leise schlich Henri die Treppe hoch. Als er fast oben angekommen war, hörte er die Stimme seines Vaters.

»Henri!« So hatte er seinen Vater noch nie seinen Namen rufen hören. Es klang fragend, bitter, verstört. »Was hat das zu bedeuten?«, fragte sein Vater mit zitternder Stimme, die die Antwort fürchtete.

»Nichts«, sagte Henri ruhig.

»Henri, was bedeutet das?«, fragte sein Vater erneut.

»Nichts«, wiederholte Henri.

»Henri! Was soll dieser Dreck? Antworte mir!«, forderte sein Vater ihn nun auf.

»Nichts!«, sagte Henri entschlossen und lief die Treppen bis nach oben, dann drehte er sich zu seinem Vater um und sagte: »Außerdem: Was für dich Dreck ist, muss für andere noch lange kein Dreck sein!«

Dann ging er in sein Zimmer und schloss die Tür hinter sich.

Das war geschafft.

Henri ging zum Spiegel. Er sah gewöhnungsbedürftig aus in der HJ-Uniform. Aber er gefiel sich irgendwie. Strenger sah er aus. Ernster. Respektabler. Vor ein paar Tagen noch hatte er sich schwach gefühlt, jetzt fühlte er sich stark. Jetzt war er nicht mehr nur Gast in der Spielschar, sondern festes Mitglied. Als Josef ihm angekündigt hatte, dass nun kurzfristig noch ein anderer Interessent für die Varus-Rolle aufgetaucht sei, dem man den Vorrang geben würde, weil dieser schon in der Hitlerjugend war, hatte Henri für einen kurzen Moment seine Chance dahinschwinden sehen. Aber dann hatte er gedacht, dass es letztendlich nur eine Uniform sei. Nein, natürlich war es mehr als eine Uniform, aber was bedeutete das schon? Neue Zeiten waren angebrochen, man musste vielleicht auch einfach mal offen sein für das Neue, das jetzt kam. Und wenn er mitmachte, hätte er auch die Möglichkeit mitzugestalten. Und eigentlich hatte Josef recht: Henri konnte nicht länger in der Spielschar mitmachen und doch nur ein Außenseiter sein. Gestern hatte Henri ihm die Hand gereicht, und heute schon hatte Josef ihm die Uniform mitgebracht.

Sein Vater trat ein, ohne anzuklopfen. Hinter sich sah Henri sein enttäuschtes Gesicht.

»Henri, weißt du, was du da tust?«

Henri blickte in den Spiegel und antwortete: »Du wolltest doch immer, dass ich meinen eigenen Weg gehe. Das tue ich jetzt.«

»Aber doch nicht so! Henri! Dieses militärische Gehabe – das bist doch nicht du!«

»Was weißt du schon, wer ich bin?«

»Ich kenne dich seit siebzehn Jahren«, schrie sein Vater ihn plötzlich an.

Henri sah ihn im Spiegel stumm an.

»Mensch Henri, wenn es nur um das Theater geht – da findest du doch auch noch eine andere Gruppe!«

»Ich will aber keine andere Gruppe. Ich habe nun endlich ein neues Ensemble gefunden, zu dem ich passe. Und wir spielen Kleist! Verstehst du? Heinrich von Kleist! Das ist großes Theater!«

Sein Vater sah ihn resigniert an. »Halte dich auf Distanz zu denen, mein Junge! Und vergiss nicht, wer du bist!«

»Ich bin Schauspieler!«, sagte Henri.

Sein Vater lächelte gequält, dann verließ er das Zimmer.

19. Kapitel

5. Juni 1993

Helene Adams betrat das Café pünktlich. Sie war eine schlanke Frau mit grauen, lockigen Haaren. Ihre Brille mit dem dicken Rand erinnerte Martin an eine alte Lehrerin. Ihre gerade Körperhaltung ließ sie stolz und kämpferisch erscheinen. Er stellte sich ihr vor, aber der Name Tesche schien ihr nichts zu sagen. Sie unterhielten sich eine halbe Stunde lang über die jüngsten rechtsradikalen Entwicklungen in Deutschland und über den schrecklichen Brandanschlag. Helene Adams war offensichtlich dankbar, sich mit Martin sachkundig über Rechtsextremismus austauschen zu können.

Dann fragte er ganz unvermittelt: »Sagen Sie, Frau Adams, sind Sie eigentlich mit einem Henri Adams verwandt?«

Ihr Gesicht wurde starr, und da wusste Martin, dass er auf der richtigen Spur war. Schnell zog er das alte Wandervogel-Foto aus der Tasche und zeigte es ihr. »Ich frage nur, weil mein Vater mit ihm befreundet war.

Hier, das ist Johannes Tesche – sagt Ihnen der Name etwas?«

»Ach ja, natürlich, Tesche – daher kenne ich den Namen. Meine Güte, ist das lange her. Johannes ... ja ... mein Bruder war mit ihm befreundet, der war öfter mal bei uns ... bevor Henri verschwand.«

»Ja, ich habe davon gehört, dass Ihrem Bruder damals etwas zugestoßen ist ...«, tastete sich Martin vor.

»Zugestoßen ist gut. Spurlos verschwunden ist er. Womit wir wieder beim Thema wären. Wir waren uns damals sicher, dass die Nazis damit zu tun haben. Aber eigentlich wollten wir über die Kundgebung reden.«

»Warum glauben Sie, dass die Nazis hinter dem Verschwinden Ihres Bruders stecken?«

Helene Adams war aufgewühlt und versuchte, die Fassung zu bewahren. »Herr Tesche, ich muss gleich eine Rede auf der Kundgebung halten, und es ist mir suspekt, dass Sie sich in meine Familienangelegenheiten einmischen.«

Martin überlegte fieberhaft, was er nun tun könnte. Dann legte er sich schnell eine Notlüge zurecht und sagte: »Um ehrlich zu sein, interessiert mich das Schicksal Ihres Bruders, weil er ein guter Freund meines Vaters war. Es muss furchtbar für ihn gewesen sein, dass sein Freund plötzlich nicht mehr da war und niemand wusste, was passiert ist. Mein Vater hatte vor ein paar Wochen einen Schlaganfall und liegt gelähmt im Bett. Es wird bald mit ihm zu Ende gehen. Es würde ihm viel bedeuten, wenn ich noch mehr über das Schicksal seines ehemals besten Freundes erfahren könnte, bevor er stirbt. Ich kann Ihnen anbieten, dass ich Ihnen helfe, die

Wahrheit über Henri ans Licht zu bringen, und dass Sie mir im Gegenzug alles sagen, was Sie schon wissen.«

Er sah sie ernst an. Sie schien nicht zu bemerken, dass er sie anlog. In ihrem Gesicht erkannte er den Ausdruck von Mitleid. »Henri ist damals von heute auf morgen verschwunden«, begann sie. »Er ging abends aus dem Haus, ohne zu sagen, was er vorhatte, und wurde seitdem nie wieder gesehen. Wir hatten immer den Verdacht, dass die Hitlerjugend mit seinem Verschwinden zu tun hatte.«

»Die Hitlerjugend?«

»Ja. Einige Wochen vor seinem Verschwinden ist mein Bruder ganz plötzlich Mitglied in der HJ geworden. Das kam für meine Eltern und mich sehr überraschend. Es passte gar nicht zu ihm. Meine Eltern haben uns sehr liberal erzogen. Wir sollten Freiheit und Demokratie schätzen lernen, wir sollten lernen, unseren eigenen Weg zu gehen. Mein Vater ist zwar später in die NSDAP eingetreten, weil er sich dazu gezwungen sah – so hat er es mir jedenfalls erzählt –, aber innerlich hat er sich immer davon distanziert. Auch Henri hielt eigentlich nichts von Hitler und den Nationalsozialisten. Er hatte seine eigenen Freunde und wäre normalerweise nie auf die Idee gekommen, in die Hitlerjugend einzutreten. Und dann spielte er auf einmal in einer Theatergruppe der HJ mit, kurz darauf kam er zum ersten Mal in HJ-Uniform nach Hause, und es gab einen fürchterlichen Streit mit meinem Vater. Seitdem war Henri auch verändert. Er war plötzlich sehr verschlossen, erzählte zu Hause nichts mehr. Diese Rattenfänger … Irgendwie mussten sie Henri damals geködert haben, und ich glaube, dass ein fast Gleichaltriger aus Henris Kindheit damit zu tun hatte. Wie hieß der noch gleich? Josef ... Josef Holzmann! Ich glaube, in dieser Zeit hatte Henri auch Streit mit Johannes. Und dann kam er einfach nicht mehr nach Hause. Wir gaben eine Vermisstenmeldung auf, es gab einen Bericht in der Zeitung, aber Henri blieb spurlos verschwunden. Die Polizei sagte uns, dass er wahrscheinlich bei einem Unfall ums Leben gekommen sei, vielleicht auch Selbstmord, am Anfang wollten sie sogar die Kommunisten dafür verantwortlich machen. Aber wir konnten uns nicht vorstellen, dass Henri wirklich in so kurzer Zeit zum überzeugten Hitlerjungen geworden war und dass er sich mit Kommunisten geprügelt hatte. Unser Verdacht war immer: Er ist aus irgendwelchen Gründen in die Hitlerjugend hineingeraten, vielleicht einfach nur wegen des Theaterspielens, das er so liebte, dann hat er sich vielleicht mit deren Anführer angelegt, weil er doch nicht ihre Überzeugungen vertrat, und die haben ihn als Verräter verschwinden lassen.«

»Wie kamen Sie auf diesen Verdacht?«

»Anfangs glaubten meine Eltern ja selbst noch, dass Henri verunglückt sein könnte, vielleicht in einem See ertrunken oder in eine Schlucht gestürzt und einfach nicht gefunden worden. Das war bis Ende des Jahres 1933. Aber als sie dann immer mehr mitbekamen, wie sich Deutschland veränderte, fanden sie es immer merkwürdiger, dass ihr Sohn ausgerechnet in einer Zeit spurlos verschwand, in der auch andere Menschen verschwanden, die nicht ins System passten. Sie wissen schon: Juden, politische Gegner und so weiter. Die Polizei wirkte nach Ansicht meiner Eltern nicht besonders motiviert, nach Henri lange zu suchen. Und irgendwann waren sich meine Eltern dann sicher, dass Henri in der Hitlerjugend seinen Mund zu weit aufgemacht hatte und dass das mit seinem Verschwinden zu tun hat. Vielleicht ist er in Schutzhaft gekommen und dort so schwer misshandelt worden, dass er starb. So etwas kam nicht selten vor damals, und die Angehörigen wurden nicht immer über solche Verhaftungen oder Todesfälle in diesen Lagern informiert.«

»Hat sich der Verdacht irgendwann bestätigt?«

»Nein. Aber ich halte weiter daran fest. Und jetzt muss ich wirklich los, die Kundgebung beginnt ja gleich.«

Martin zahlte die Rechnung, Helene Adams stand auf, drehte sich noch einmal zu ihm um und sagte: »Ich halte es für ausgeschlossen nach so vielen Jahrzehnten. Aber wenn Sie wirklich etwas für mich tun wollen, ja, dann finden Sie die Wahrheit über meinen Bruder heraus!«

Martin nickte, und sie verschwand.

* * *

Die Schreibtischlampe warf ein schwaches Licht auf das weiße Blatt. Seit einer halben Stunde saß Martin in seinem Arbeitszimmer und stützte den Kopf mit den Händen ab. Dann nahm er einen Bleistift in die Hand und schrieb auf:

1: Im Jahr 1933 starb ein Jugendlicher namens Henri Adams. Der Mensch, der sich einige Wochen zu-

vor noch fröhlich mit seinen Freunden im Wald am Gelpetal fotografieren ließ. Ein Rebell, der als Mitglied der Wandervögel Freiheit und Naturromantik gegen die Ideologie des Nationalsozialismus stellte.

2: *Derselbe Henri Adams trat ganz plötzlich in die Hitlerjugend ein, was den Wandervögeln sicher nicht gefallen hat.*

3: *Henri Adams war damals mit Johannes Tesche befreundet.*

4: *Henri Adams hatte was mit Gerda Steinjans (wenn man G. S. glauben darf).*

5: *Auch Johannes Tesche hatte was mit Gerda Steinjans (wenn man G. S. glauben darf).*

6: *Die Liebe zwischen Johannes Tesche und Gerda Steinjans war größer als die Liebe zwischen Gerda Steinjans und Henri Adams (wenn man G. S. glauben darf). Was zu Rivalitäten zwischen Johannes und Henri geführt haben könnte.*

7: *Johannes Tesche hat mit anderen Menschen 1933 eine Leiche im Wald vergraben. Der vergrabene Mensch starb keines natürlichen Todes, sondern wurde ermordet.*

Wie ließen sich diese Puzzleteile zusammenlegen, dass ein großes Ganzes entstand? Höchstwahrscheinlich, überlegte Martin, wurde Henri Adams ermordet. Er war seit 1933 verschollen. 1933 hatte Martins Vater eine Leiche beseitigt. Und auch Henris Schwester glaubte, dass Henri ermordet worden war.

Aber warum und durch wen?

Martin notierte weiter:

Erste Hypothese:
Henri wurde von den Nazis beseitigt. Das glaubt seine Schwester. Warum glaubt sie es? Weil Henri sich mit der HJ angelegt hat, wie sie vermutet. Warum vermutet sie das? Weil Henri sehr plötzlich HJ-Mitglied wurde, was aber bis dahin gar nicht seiner politischen Einstellung entsprach. Als Wandervogel vertrat Henri Adams eigentlich eine entgegengesetzte Gesinnung. Nicht Marschieren im Gleichschritt, sondern Wandern in Freiheit. Was könnte passiert sein? Henri wurde von der HJ aus irgendwelchen Gründen geködert, vielleicht sogar gezwungen mitzumachen, er hat sich aber widersetzt. Dann wurde er vielleicht eiskalt ermordet oder starb infolge einer Misshandlung. Oder er starb bei einer plötzlichen Auseinandersetzung mit einem HJ-Führer.

Damit blieben zwei Fragen offen, folgerte Martin, und er schrieb auf:

1. *Warum taucht Henri nicht in der Wiedergutmachungsakte auf?*

Mögliche Antwort: Vielleicht war der Mord an Henri so geheim, dass er deshalb nicht aktenkundig wurde. Vielleicht wurde Henri nicht offiziell inhaftiert und hingerichtet, sondern starb bei einer privaten Auseinandersetzung in HJ-Kreisen.

2. *Was hatte Johannes Tesche dann mit der Beseitigung der Leiche zu tun?*

Mögliche Antworten:

- *Johannes Tesche oder seine Freunde haben die Leiche gefunden, sie haben die Leiche vergraben, weil sie Angst hatten, dass ihnen der Mord angehängt werden könnte.*
- *Oder die erwähnte Leiche im Tagebuch meines Vaters steht in gar keinem Zusammenhang mit dem Tod Henris, also: Henri und die erwähnte Leiche im Tagebuch sind zwei völlig unterschiedliche Todesfälle.*

Wieder hielt Martin einen Moment inne und überdachte seine erste Hypothese. Dann nahm er einen zweiten Zettel zur Hand, spitzte den Bleistift neu an und schrieb:

Zweite Hypothese:
Der Mord geschah unter (ehemaligen) Freunden, und die HJ hatte gar nichts mit Henris Tod zu tun (Helene Adams irrt sich).
Motiv: Rivalität um Gerda: Henri war eifersüchtig, weil Gerda Johannes mehr liebte als ihn, er griff Johannes deswegen an, Johannes wehrte sich und tötete Henri dabei (dann also Totschlag). Oder Johannes, der Gerda sehr liebte, war eifersüchtig und wollte seinen Nebenbuhler aus dem Weg räumen (dann also Mord aus niederen Beweggründen). Oder der Zweikampf war ein Duell. Beide Männer wussten, dass es nur einen an Gerdas Seite geben könne, ließen sich auf einen Kampf auf Leben und Tod ein, den Henri nicht überlebte. Aber tut man das für eine Fünfzehnjährige?

Martin las sich die Notizen noch mal durch. Er war schon ein ganzes Stück mit seinen Recherchen weitergekommen. Für beide Hypothesen gab es noch zu wenig Indizien. Aber er musste die Wahrheit nun finden. Er wusste nun zu viel, um einfach alles ruhen zu lassen. Er war immer noch erschüttert darüber, dass sein Vater mit der Beseitigung einer Leiche zu tun gehabt hatte. Zwei Wege konnten ihn nun weiterführen: Er musste jemanden finden, der damals mit Henri in der HJ war. Frau Adams hatte einen Namen erwähnt. Josef Holzmann. Den sollte er versuchen ausfindig zu machen.

Und er musste Gerda ein drittes Mal aufsuchen.

20. Kapitel

17. August 1933

Gerda spürte die schwere Last in ihrer Schultasche. Was sie darin transportierte, war geistiger Sprengstoff. Mehr als 200 Flugblätter hatten sie, Johannes und die Genossen erstellt. Im gesamten Stadtgebiet waren sie heute unterwegs, um die Warnungen vor den nationalsozialistischen Jugendverbänden zu verbreiten. Sie wollten sie dort hinterlegen, wo es sich anbot, wenn sie unbeobachtet waren: vor Schulen, an Haltestellen, vor Geschäften, und immer wieder wollten sie jungen Menschen, die offen und vertrauenswürdig aussahen, diese Blätter einfach in die Hand drücken.

Einige Mitglieder der SPD, die Gerda nicht kannte, übernahmen den Stadtrand: Ronsdorf, Cronenberg, Beyenburg. Auch Friedrich hatte sich bereit erklärt mitzumachen. Er verteilte die Flugblätter im Nordosten der Stadt, in Oberbarmen und Langerfeld, Johannes übernahm Barmen, Gerda Vohwinkel und Elberfeld.

Gerda tat es mit dem Bewusstsein, gerade die Welt zu verändern. Sie tat es auch für Johannes, aber sie wollte nun auch etwas unternehmen. Die Bilder und Schreie von dem Lager in Kemna wurde sie nicht mehr los. Johannes hatte völlig recht: Wenn niemand gegensteuerte, drohte Deutschland Schreckliches. Gerda hatte etwas gesehen, was viele junge Menschen nicht für möglich halten würden, wenn man es ihnen erzählte. Man musste die gefährliche Entwicklung im Land von innen heraus zerstören.

Johannes hatte auch versucht, Georg für die Aktion zu gewinnen. Doch der war heute verhindert. Georg hatte immer viel zu tun, er engagierte sich ja noch in der Kirchengemeinde und las viel in der Bibel, um sich auf sein Theologiestudium vorzubereiten. Doch Gerda war sich nicht sicher, ob er wirklich keine Zeit hatte oder ob Georg einfach kniff.

Sie lief die Kaiserstraße entlang, über die sich das Schwebebahngerüst erhob. Den ersten beiden Schülern, denen Gerda heute begegnete, steckte sie im Vorbeigehen mit einem freundlichen Lächeln ein Flugblatt zu und lief einfach weiter. Trotz der Offensive versuchte Gerda, unauffällig zu bleiben, achtete darauf, dass keine Uniformierten in der Nähe waren. Immer wieder beobachtete sie, wie die Empfänger auf die Flugblätter reagierten. Die meisten lasen es sofort, schauten dann irritiert um sich, einige nickten, einige grinsten, einige zerrissen das Blatt.

Schließlich fuhr Gerda mit der Schwebebahn von Vohwinkel nach Elberfeld. In Sonnborn stiegen drei Hitlerjungen ein. Alle waren etwa in ihrem Alter, einer war ziemlich groß, einer etwas zu klein geraten und einer etwas dicklich. Der Große und der Kleine gingen zu einem älteren Mann und forderten ihn auf, seinen Sitzplatz für sie freizumachen.

Als der Mann nicht reagierte, schrie der kleinere Hitlerjunge ihn an: »Juden haben für Deutsche gefälligst aufzustehen!«

Der ältere Mann ging immer noch nicht auf ihn ein und zeigte ihm seinen Gehstock. Der kleinere Hitlerjunge sah den größeren hilfesuchend an, während der dickliche Hitlerjunge wie unbeteiligt an der Seite stehen blieb und wegschaute, als würde er sich für seine Kameraden schämen. Der Größere packte den Mann am Kragen, zog ihn von der Sitzbank und schubste ihn gegen die Seitenscheibe. Dann setzten sich der große und der kleine HJler lachend auf den frei gewordenen Sitzplatz. Der dritte Hitlerjunge stand immer noch am Fenster und sah seine Begleiter verlegen an.

Gerda dachte in dem Moment nicht darüber nach, was sie tat, ging auf ihn zu und gab ihm ein Flugblatt. Dabei sah sie ihm tief in die Augen, als müsste er glauben, sie sei verliebt in ihn. Der dickliche Hitlerjunge lächelte sie an und las das Flugblatt. Plötzlich stand der kleine Hitlerjunge auf, gesellte sich zu seinem Kameraden und las mit. Die Schwebebahn hielt an. Es war eine Station vor dem Hauptbahnhof. Der kleine Hitlerjunge sah Gerda verächtlich an. Er stand etwa zehn Meter von ihr entfernt. Plötzlich setzte er seine Stiefel in Bewegung und marschierte auf sie zu. Gerda sprang im letzten Moment durch die Tür, ehe sie sich schloss und die Bahn weiterfuhr. Wütend schlug der Kleine gegen die Scheibe und rief ihr irgendetwas nach, was sie nicht verstand. Gerda lachte erleichtert und lief zu Fuß in die Elberfelder Innenstadt.

Unterwegs drückte sie immer wieder jungen Menschen ein Flugblatt in die Hand und passte nun noch besser auf, dass keine Uniformierten in der Nähe waren. Bis sie plötzlich eine Stimme hinter sich hörte.

»Darf ich mal bitte sehen, was Sie da haben, Fräulein?«

Gerda hielt die Luft an. War sie etwa doch zu unvorsichtig gewesen? Ängstlich drehte sie sich um – und atmete erleichtert auf. Es war Johannes. Glücklich fiel sie ihm um den Hals.

»Wie läuft es?«, fragte er.

»Toll!«, jubelte Gerda. »Ich habe schon so viele Zettel unter Menschen gebracht. Eben sogar einem Hitlerjungen einen gegeben. Der hat vielleicht dumm geschaut. Und bei dir?«

»Mindestens hundert habe ich verteilt. Ich kann noch Hilfe in Barmen gebrauchen, da sind heute echt viele Menschen unterwegs.«

»Ich helfe dir, wo ich kann«, sagte Gerda und gab ihm einen Kuss.

Plötzlich packte Johannes sie unsanft am Arm.

»Da!«, sagte er und zeigte auf die beiden Männer von der Sturmabteilung, die ein junges Pärchen mit einem Flugblatt zur Rede stellten. Die beiden Verliebten zeigten auf Gerda und Johannes.

»Weg hier!«, flüsterte Johannes, und sie rannten vom Luisenviertel zu einer hohen Treppe, die den Aufgang zum Ölberg erleichtern sollte und den merkwürdigen

Namen Tippen-Tappen-Tönchen trug. Mit schnellen Schritten trippelten sie die hundertdrei Stufen hinauf. Von oben sahen sie, dass nun auch die beiden SA-Männer die Treppe hochrannten. Johannes zog Gerda durch das Ölbergviertel. Schließlich versteckten sie sich in einem Hauseingang. Die SA-Männer rannten an ihnen vorbei. Johannes zählte leise bis dreißig, dann zog er Gerda wieder mit und führte sie zurück zur Tippen-Tappen-Tönchen-Treppe.

»Jetzt auf nach Barmen«, sagte Johannes und lief mit Gerda die Stufen hinunter.

Sie rannten zum Bahnhof, ohne weitere Flugblätter zu verteilen. Mit der Schwebebahn fuhren sie zum Alten Markt, stiegen aus und bewegten sich in Richtung Barmer Zentrum. Erst hier gaben sie wieder einige Flugblätter aus. Johannes trat dabei so selbstbewusst auf, dass er den Menschen auch tote Ratten hätte in die Hand drücken können, und sie hätten sie dankbar angenommen. Gerda war stolz, dass sie Johannes half, vor den Nazis zu warnen. Sie wusste jetzt, wofür sie stehen wollte.

»Das ist der Mann, der diesen Dreck verteilt!«, rief plötzlich ein Passant. Neben ihm standen sechs SA-Männer.

»Wir trennen uns!«, rief Johannes. »Lauf in die andere Richtung!«

Gerda drehte Johannes den Rücken zu und lief los; während Johannes Richtung Oberbarmen verschwand, schlug Gerda die Richtung Unterbarmen ein. Ihr schien niemand zu folgen. Waren sie nun alle hinter Johannes her? Oder hatte er sie auch erfolgreich abgehängt?

In einer Seitenstraße hockte sie sich völlig außer Atem hin. Dann nahm sie die restlichen Flugblätter aus ihrer Tasche. Was wäre gewesen, wenn die Hilfspolizisten von der SA sie geschnappt und die Flugblätter bei ihr entdeckt hätten? Hätte man sie dafür nach Kemna gebracht?

Nein, sicher nicht. Sie war doch keine Kommunistin. Außerdem: Es waren doch nur Flugblätter und keine Bomben. Sie wollte doch kein Attentat auf den Führer verüben. Und sie war erst fünfzehn. Man steckte doch keine Kinder in ein solches Lager!

Was hätte man sonst mit ihr gemacht? Man hätte sie wohl auf ein Polizeirevier gebracht und dann ihren Eltern vorgeführt. Was hätten ihre Eltern dazu gesagt? Was würden sie mit ihr machen? Hausarrest erteilen? Vater wäre sicher fürchterlich enttäuscht von ihr. Er duldete keinen Ärger. Von der Sache her wäre es für ihn sicher nur ein dummer Streich, nicht der Rede wert. Aber dass Gerda Ärger mit der Polizei hätte, das wäre für ihn inakzeptabel. Mindestens drei Wochen Hausarrest. Und er würde es ihr nicht mehr erlauben, mit den Jungs zu wandern. Er würde alles auf den Einfluss der Wander-Jungs schieben. Was ja in gewisser Weise auch stimmte.

Gerda nahm die restlichen Flugblätter in die Hand und ging damit auf einen Mülleimer zu, aber dann hielt sie inne. Sie lief weiter und steckte die Blätter unterwegs in die Briefkästen der Häuser am Straßenrand. Dabei dachte sie die ganze Zeit an Johannes. Wo war er? Sie musste jetzt einfach abwarten.

Um sechs Uhr traf sie an der Schillerlinde in den Barmer Anlagen ein, dem vereinbarten Treffpunkt nach der Flugblattverteilung. Zwei junge Männer von der SPD trafen kurz darauf als Erste ein. Sie lachten zufrieden, und einer öffnete eine Flasche Weißwein.

»Du bist Gerda, oder?«, sagte er. »Johannes hat schon viel von dir erzählt. Danke, dass du mitgemacht hast. Ich würde sagen, die Aktion war ein voller Erfolg. Das feiern wir jetzt. Ich bin Klaus. Auf die Freiheit!«

»Habt ihr Johannes gesehen?«, fiel Gerda ihnen ins Wort. Sie kam sich so fremd zwischen den beiden SPD-Männern vor und wusste gerade nicht, was sie hier sollte.

»Der kommt sicher gleich.«

»Es ist etwas passiert. Wir sind von der SA verfolgt worden!«, sagte Gerda.

»Johannes ist ein guter Läufer«, versuchte Klaus sie zu beruhigen.

»Leute!«, rief plötzlich eine aufgeregte Männerstimme hinter ihnen. Es war Friedrich. »Die haben Johannes festgenommen!«, sagte er.

Gerdas Herz blieb für eine Sekunde stehen.

»Bist du sicher?«, fragte Klaus.

»Ich habe es gesehen! Ich war auf dem Rückweg von meiner Tour durch Oberbarmen, als ich von Weitem sah, wie mehrere SA-Männer auf jemanden einprügelten, der am Boden lag. Als sie ihn hochhoben, sah ich, dass es Johannes war.«

»Verdammt!«, rief Klaus.

»Los! Wir müssen etwas tun«, sagte Gerda, blickte aber nur in ratlose Gesichter. Und immer wieder hörte sie Friedrichs Worte: »Die haben Johannes festgenommen!«

21. Kapitel

7. Juni 1993

Es war nicht schwer gewesen, Josef Holzmann zu finden. Martin hatte Dr. Schöller gefragt, welche HJ-Kameradschaftsführer es 1933 in Wuppertal-Barmen gab, und Dr. Schöller hatte bei der Suche im Stadtarchiv einen Zeitungsartikel gefunden, in dem Josef Holzmann erwähnt wurde. Laut Telefonbuch lebte er noch in Wuppertal, und am Telefon war Holzmann recht offen, als Martin sagte, er recherchiere in einem Todesfall aus seiner HJ-Gruppe. Jedoch wies Holzmann jede Schuld von sich, und Martin musste versprechen, seinen Namen nicht zu erwähnen. Sie vereinbarten, sich am nächsten Samstag in Wuppertal zu treffen.

Josef Holzmann war ein rüstiger Senior, der in einem weißen Bungalow mit schönem Weitblick auf das Tal lebte.

»Wissen Sie, es waren einfach andere Zeiten. Wir sind alle verführt worden«, sagte Holzmann, als müsste er sich rechtfertigen. »Ich habe kein Problem damit, von meiner Vergangenheit zu erzählen«, fuhr er fort. »Aber es könnte missverstanden werden, wenn mein Name mit einer alten Geschichte aus der Hitlerjugend in Verbindung gebracht wird.«

»Ich bin nur hier, weil ich auf Ihre Informationen hoffe. Es geht nicht um Ihre Person«, versicherte Martin.

»Damals hat es uns einfach imponiert, eine Uniform tragen zu dürfen. Wir waren stolz, weil wir etwas darstellten. Es war einfach ein falscher Ehrgeiz, der uns in die Hitlerjugend trieb.«

»Ich verstehe ...«

»Aber eigentlich wollen Sie etwas anderes wissen?«, fragte Holzmann.

Josef Holzmann war ein freundlicher, vertrauenswürdiger Mensch. Martin hatte das Gefühl, dass Holzmann ihm weiterhelfen würde, wenn er konnte. Also legte Martin sein Anliegen offen: »Ich möchte wissen, ob es 1933 einen Todesfall innerhalb Ihrer HJ-Gruppe gab.«

Josef Holzmann nickte. »Ja, den gab es tatsächlich. Aber ich war nicht dabei. Einige Jungs aus meiner Schar haben den Tod eines Mitglieds verschuldet.«

»Was ist passiert?«

»Das ist schnell erzählt: An einem Sommertag brachen einige aus meiner HJ-Mannschaft ohne mich zu einer Bootstour auf der Bevertalsperre auf. In ihrem jugendlichen Übermut stießen sie einen Jungen, der neu bei uns war, in der Mitte des Sees ins Wasser. Er konnte nicht schwimmen und schrie um Hilfe. Die anderen sollen wohl zurückgerufen haben: ›Ein deutscher Junge muss schwimmen lernen.‹ Er schrie noch ein paar Mal, dann ging er unter. So haben sie es mir jedenfalls erzählt.«

»Hieß der Junge Henri?«

Josef Holzmann dachte angestrengt nach, dann sagte er: »Das weiß ich nicht mehr.«

»Henri Adams? Der spielte Theater in einer HJ-Gruppe …«

»Das weiß ich wirklich nicht mehr. An das Meiste aus dieser Zeit erinnere ich mich nicht mehr. Die Entnazifizierung ist bei mir gut gelungen«, sagte Holzmann mit ironischem Unterton. »Ja, wir hatten eine Spielschar, das weiß ich noch. Damit wollten wir Kinder und Jugendliche mit künstlerischen Neigungen ködern. Aber eigentlich war die HJ ja alles andere als ein Kulturverein, und die Spielschar wurde bald wieder aufgelöst, weil die Gefahr bestand, dass die Nachwuchsschauspieler einfach ihr altes Treiben weiterführten und die HJ zu zerreißen drohten.«

»Und die Leiche des Jungen?«

»Das weiß ich noch: Sie wurde nie gefunden.«

»Was passierte mit den Schuldigen?«

»Es wurde keine große Sache daraus gemacht. Man wollte keinen Skandal in der Hitlerjugend. Zwei der Beteiligten waren in meiner Kameradschaft und kamen nach dem Vorfall aufgeregt zu mir. Ich nahm sofort Kontakt mit dem zuständigen Gefolgschaftsführer auf, und der leitete den Fall nach oben weiter. Auf höchster Ebene empfahl man uns, so zu tun, als hätte es diesen Ausflug gar nicht gegeben, um keine Schande über uns zu bringen. So galt der Junge einfach als verschwunden, wir haben alle nicht gesagt, was passiert ist.«

»Auch nicht nach Ende des Dritten Reichs?«

»Nein, da hatten wir alle andere Probleme, und niemand sprach gerne über das, was in den zwölf Jahren unter Hitler war. Wir waren damals alle gut im Verdrängen.«

»Und Sie sind sich sicher, dass es ein tragischer Unfall war? Oder konnte es auch sein, dass Ihre Gruppe den Jungen absichtlich loswerden wollte?«

»Absichtlich? Nein. Wissen Sie, wir waren alle naiv damals. Jung, neugierig, begeisterungsfähig. Und wir sind manipuliert worden. 1933 ahnten wir alle noch nicht, worauf wir uns da einließen. Sind Sie sich sicher, dass Sie nicht in die HJ gegangen wären, wenn Sie damals schon gelebt hätten?«

Martin schüttelte den Kopf. »Nein, sicher bin ich mir nicht.«

»Es tut mir leid, wenn ich Ihnen nicht mehr sagen kann.«

»Vielleicht haben Sie mir trotzdem ein bisschen geholfen. Ich danke Ihnen für Ihre Offenheit, Herr Holzmann.«

Martin verabschiedete sich, setzte sich ins Auto und steuerte auf seinem Rückweg die nächste Telefonzelle an, um Helene Adams anzurufen.

Er teilte ihr mit, dass er vielleicht Neuigkeiten habe, und erzählte ihr, was er von Josef Holzmann erfahren hatte.

»Ertrunken?«, fragte Helene Adams ungläubig. »Nein, das kann nicht sein.«

»Wieso nicht?«

»Weil Henri ein sehr guter Schwimmer war.«

22. Kapitel

18. August 1933

Wie viele Hakenkreuzfahnen tatsächlich im ganzen Stadtgebiet wehten, wurde Gerda erst heute richtig bewusst. Überall sollte man daran erinnert werden, dass nun ein anderer Wind in Deutschland wehte. Wie Leichentücher bedeckten die Hakenkreuze Häuserfassaden, Kirchen, Fahnenmaste. Und natürlich hingen auch vor der Polizeiwache die Fahnen der Nationalsozialisten. Gerda trat hier ein und wandte sich im Eingangsbereich an den jungen Polizisten, der Wache stand. Er sah sie freundlich, beinahe lüstern an und fragte, was so ein junges hübsches Mädel hier wolle.

Ihr Freund sei verhaftet worden, sagte Gerda mit betont fester Stimme.

Der junge Polizist, den Gerda auf Anfang zwanzig schätzte, lehnte sich nach vorne. Ob sie in ihrem Alter denn schon einen Freund haben dürfe, wollte er wissen. Ob das nicht gegen die guten deutschen Sitten verstoße.

Das entscheide sie selbst, antwortete Gerda schnippisch und fragte dann nüchtern, ob er ihr über den Verbleib ihres Freundes Auskunft geben könne.

»Name?«, fragte der Polizist.

»Johannes Tesche.«

»Vergehen?«

»Gar keins«, antwortete Gerda. »Er hat lediglich einige Zettel verteilt. Das Ganze muss ein Missverständnis sein.«

Der junge Polizist dachte angestrengt nach, als wüsste er etwas dazu. »Ach der«, sagte er dann. »Von dem habe ich heute in der Zeitung gelesen. Der ist zwar nicht mit Namen genannt worden, aber das war doch sicher der, der in Schutzhaft genommen worden ist. Anordnung von der Gestapo.«

»Wo befindet er sich denn?«, fragte Gerda ungeduldig.

Dazu dürfe er keine Auskunft geben. Sie sei ja schließlich keine engere Angehörige.

»Na schön«, gab Gerda zurück, »ich möchte gerne Ihren Vorgesetzten sprechen.«

»Nein, bedauere. Leider hat der keine Zeit für die Anliegen minderjähriger, frühreifer Mädchen.« Aber wenn ihr nun der Freund abhandengekommen sei, könne sie sich ja neue Gesellschaft suchen. Ob sie denn schon im BDM sei.

»Da werde ich gewiss niemals eintreten!«, konterte Gerda selbstsicher.

Der junge Polizist streckte sich noch ein Stück weiter nach vorne und zeigte mit dem Finger auf sie. »Pass auf, was du sagst! Es ist besser, dass du verschwindest, bevor du mit deiner großen Klappe noch Schwierigkeiten bekommst.«

Gerda drehte sich um, ging mit festen Schritten zur Tür, stieß diese kräftig auf und verließ die Wache, ehe der junge Polizist ihre Tränen zu sehen bekam.

* * *

Eine Stunde später klingelte sie an der Wohnungstür von Johannes' Mutter. Die Wohnung lag am Fischertal, einer steilen Straße zwischen der Talachse und den Barmer Anlagen. Es war das erste Mal, dass Gerda Johannes' Zuhause besuchte. Seine Mutter öffnete ihr mit traurigem Gesicht. Sie war nicht jung und nicht alt, sie war schlank, sah überarbeitet aus und hatte die dunklen Haare streng nach hinten zu einem Zopf gebunden. Als Gerda sich vorstellte, lächelte Frau Tesche, als hätte sie den Namen Gerda schon einmal gehört. Wie eine vertraute Person bat sie Gerda hinein.

»Ich habe bisher auch nichts herausbekommen«, sagte Frau Tesche. »Bisher habe ich nur die offizielle Bestätigung, dass sich Johannes in Schutzhaft befindet. Wo, hat man mir nicht gesagt.« Dann seufzte sie. »Warum war er nur so unvorsichtig?«

Gerda legte ihre Hand auf Frau Tesches Schulter. »Er wollte etwas Gutes bewirken.«

Frau Tesche sah sie traurig an. »Mein Mann starb kurz vor Ende des Krieges. Johannes war immer der Mann hier im Haus, von Anfang an. Ich brauche ihn hier.«

»Er kommt bestimmt bald wieder«, sagte Gerda. Glaubte sie das wirklich?

»Man hört schlimme Geschichten über Menschen, die in diesen Zeiten verschwinden«, sagte Frau Tesche ängstlich.

»Ich weiß«, sagte Gerda und schluckte trocken. Sie machte sich bittere Vorwürfe. Sie hätten die Flugblätter nicht verteilen dürfen.

* * *

Es war fast Abend, als Gerda nach einem längeren Marsch durch den Wald an der Stelle ankam, wo sie vor einigen Wochen mit Johannes gesessen hatte. Jetzt hockte sie wieder hinter einem Busch und blickte zum Lager hinüber. Sie musste allen Mut zusammennehmen, um sich so weit wie möglich nach vorne zu beugen, um etwas erkennen zu können, ohne selbst entdeckt zu werden.

In der ersten halben Stunde sah sie gar nichts. Auf der anderen Straßenseite bäumte sich das Lager auf und wirkte unschuldig, als wäre es einfach immer noch eine ganz gewöhnliche Fabrik. Eine Fabrik am Stadtrand, mit schöner Lage in der Wuppertaler Natur. Eine Fabrik, in der einfache Wuppertaler Bürger ihrer anständigen Arbeit nachgingen.

Doch dann hörte sie plötzlich Stimmen, konnte aber auf dem Gelände niemanden sehen. Von rechts sah sie schließlich eine Marschkolonne herbeiziehen. Gerda zählte zehn Männer, einige völlig erschöpft, begleitet von weiteren Männern, die bewaffnet waren. Sie alle liefen direkt auf das Lager zu und passierten das Eingangstor. Diesmal hatte Gerda kein Fernglas dabei, deswegen fiel es ihr schwer, auf die Entfernung die Gesichter der neu ankommenden Häftlinge zu erkennen. Aber von Weitem ähnelte niemand Johannes. Die Männer, die nun in das Lager gebracht wurden, waren alle deutlich älter. Als sich das Tor hinter den Neuankömmlingen schloss, brüllte ein Aufseher etwas, das wie »Jetzt seid ihr in unserer Obhut« klang und »Wer nicht pariert …« – den Rest konnte Gerda nicht verstehen. Dann umzingelten weitere Wachleute die neuen Gefangenen wie eine Horde Wölfe. Sie hörte das Klicken ihrer Waffen, die entsichert wurden. Die Gefangenen bewegten sich zum Fabrikgebäude, standen mit dem Gesicht zur Wand. Die Wachmänner brüllten durcheinander, jeder schien andere Befehle zu geben. Die Häftlinge standen regungslos und steif an der Wand, als würden sie nichts hören.

Plötzlich brach ein Gefangener zusammen. Sofort eilten Wächter zu ihm. Im ersten Moment dachte Gerda, sie kämen ihm zur Hilfe. Aber sie waren nicht da, um ihm zu helfen, sondern um mit ihren Gewehrkolben auf ihn einzudreschen, sodass er ganz zu Boden sackte und bewusstlos liegen blieb. Die anderen blieben regungslos an der Wand stehen. Es war gespenstisch. Gerda konnte einfach nicht glauben, dass das hier gerade real war. Dass das hier gerade mitten in Deutschland geschah.

Schließlich hielt Gerda es nicht mehr aus. Sie rannte auf einmal los, hin zum Eingangstor. »Johannes!«, schrie sie.

»Verschwinden Sie!«, forderte sie der Wachmann am Tor auf. Sofort kamen ihm zwei andere Wächter zur Hilfe.

»Ist mein Freund bei Ihnen?«, schrie Gerda ihn an. »Johannes Tesche? Habt ihr ihn hier eingesperrt?«

»Verschwinden Sie!«, wiederholte einer der anderen Wachmänner.

»Johannes!«, kreischte Gerda jetzt wie von Sinnen. »Johannes, bist du da?«

Sie rüttelte am Tor, als könnte sie es aus eigener Kraft öffnen.

Da fiel ein Schuss.

Der Knall erschütterte sie in Mark und Bein. Gerda hörte schlagartig auf zu schreien und sah sich panisch um. Dann sah sie, dass einer der Wachleute sein Gewehr Richtung Himmel gestreckt hatte. Aus der Öffnung trat noch Rauch aus. Gerda zitterte, wusste nicht, was sie sagen sollte, wusste nur, sie musste hier weg. Sie rannte blind über die Straße und verschwand im Wald.

* * *

Die Menschen, die ihr unterwegs begegneten, waren ihr alle fremd. Sie lief an kalten, seelenlosen Körpern vorbei. Gerda musste sich seit Tagen zusammenreißen, um nicht einfach loszuschreien. Und wenn sie es getan hätte, wäre niemand dagewesen, der sie hätte halten können. Ihre Eltern waren ihr fremd. Strenge Erwachsene, die viel von ihr forderten, aber wenig Liebe gaben. Gut, da waren noch Friedrich und Georg, aber ohne Johannes waren sie ihr auch fremd. Sie waren Teil der Wandergruppe, aber keiner von den beiden konnte sie jetzt trösten.

Seit drei Tagen plagte sie immer nur die eine Frage: Wo war Johannes?

Seit drei Tagen ging sie nachmittags zum Lager in Kemna, um zu sehen, ob Johannes dort war.

Seit drei Tagen fragte sie Johannes' Mutter, ob sie etwas Neues wisse.

Und seit heute war sie einfach nur noch leer. Sie konnte nicht mehr. Die Frage nach Johannes verlor sich plötzlich in der Bedeutungslosigkeit.

Stattdessen drangen tiefsitzende Schuldgefühle an die Oberfläche ihres Bewusstseins. Nicht, weil sie Johannes bei der Flugblattaktion unterstützt hatte. Sondern weil sie selbst unter allem litt, was in den letzten Wochen passiert war. Und ihr eigenes Leiden überschattete die Gedanken an Johannes. Es raubte ihr die Kraft, weiter nach Johannes zu suchen. Und dann wuchs gerade noch ein anderer Gedanke wie Unkraut in ihrem Kopf. Sie fühlte sich auch schuldig wegen Henri. Sie verstand gerade selbst nicht mehr, wie sie sich plötzlich zu Johannes hingezogen gefühlt hatte, obwohl sie in Henri verliebt war. Sie mochte Johannes. Aber sie mochte auch Henri. Das war alles zu viel für sie. Sie brauchte jetzt einfach Nähe. Ihre Eltern konnten sie ihr nicht geben, dafür waren sie zu kalt. Friedrich und Georg konnten ihr keine Nähe geben, dafür waren sie zu distanziert. Und eine enge Freundin hatte Gerda nicht. Sie streckte ihren Arm aus und klingelte bei Familie Adams.

Henri öffnete die Tür. Er trug eine Uniform. Gerda sah ihn überrascht an. Sie wusste nicht, was das zu bedeuten hatte.

»Hast du es schon gehört?«, fragte sie mit unsicherer Stimme.

»Was?«, fragte Henri sanft.

Sie wollte ihm alles erzählen, aber dann konnte sie nur noch weinen und fiel schluchzend in Henris Arme. Henri umschloss ihren Körper mit festem Griff. Er ließ ihr kaum Luft zum Atmen, trotzdem tat ihr der Moment gut.

»Komm erst mal rein«, sagte er dann ruhig.

»Deine Eltern?«, fragte Gerda.

»Sind heute nicht da«, antwortete Henri und führte sie in sein Zimmer. »Möchtest du etwas trinken?«, fragte er dann verlegen.

Gerda konnte nicht antworten, sie musste ihn jetzt einfach küssen, und dann spürte sie eine Wärme, die sie wie eine weiche Decke umhüllte.

Seine Hände waren überall, sie ließ es einfach geschehen und lag schließlich unbekleidet neben ihm.

Es ist in Ordnung, sagte eine Stimme in ihr. Es tut dir gut.

Und dann dachte sie gar nichts mehr und genoss den Augenblick.

Als sie sich schließlich erschöpft auf Henris Brust fallen ließ, kam ihr Johannes erst wieder in den Sinn. In diesem Moment wurde ihr klar, dass sie in Henri nicht mehr verliebt war.

»Johannes ist verhaftet worden«, flüsterte sie.

Henri sah sie stumm an, er betrachtete ihren ganzen Körper. Dann sagte er: »Ich weiß.« Und dann: »Was hat das zu bedeuten?«

»Wir werden in die Mangel genommen wegen ein paar Flugblättern.«

Henri sah sie jetzt merkwürdig an. Böse sah er aus. »Das meine ich nicht, Gerda. Du hast nicht geblutet!«

Gerda guckte verwirrt.

»Was hat das zu bedeuten?«, wiederholte Henri seine Frage streng. »Wenn ein deutsches Mädchen mit fünfzehn keine Jungfrau mehr ist, hat das doch was zu bedeuten.«

Henri sah plötzlich fremd aus. Sie erkannte ihn nicht wieder.

»War es Johannes?«, fragte Henri, während er sich anzog. Gerda antwortete nicht. Henri knöpfte sein Hemd zu und schlüpfte in die Stiefel. »War es Johannes?«, brüllte er nun in Uniform.

»Woher weißt du …«

»Ich habe euch gesehen!«

Gerda setzte sich hin und schob sich die Haare vor das Gesicht. Sie hatte sich noch nie in ihrem Leben so sehr geschämt wie in diesem Augenblick. Was hatte sie nur angerichtet?

»Ich habe dich wirklich geliebt!«, schnaubte Henri verächtlich. »So etwas habe ich vorher noch nie gefühlt. Wie konntest du nur? Was ist denn nur hier los? Erst verliere ich meine Theatergruppe, dann dich und dazu noch meinen besten Freund. Ist die Welt denn verrückt geworden?«

Gerda sah zu Boden. »Es ist einfach passiert«, flüsterte sie dann.

»Einfach passiert?«, brüllte Henri sie an.

»Johannes hatte mir ein Lager gezeigt. Ganz hier in der Nähe gibt es ein Lager, in dem die Nazis Menschen foltern. Hier in unserer Stadt.«

»Was? Wovon redest du? Was für ein Lager?«

»... und du trägst jetzt ihre Uniform!«

»Was geht dich meine Uniform an?«

»Bist du jetzt einer von ihnen?«

Henri stemmte seine Fäuste in die Hüften. »Die wissen jedenfalls, was Treue ist!«

»Henri, wie konntest du nur unsere Ideale verraten!«

Kaum hatte sie das ausgesprochen, schlug Henri ihr mit einem lauten Knall ins Gesicht. »Wer hat hier wen verraten?«, zischte er.

Gerda sprang auf, nahm ihre Kleidung unter den Arm und stürmte aus dem Haus.

23. Kapitel

13. Juni 1993

Der junge Mann kam wieder unangekündigt. Tatsächlich wartete Gerda schon seit seinem letzten Besuch darauf, dass er wiederkam. Sie wollte gerade die Blumen auf der Fensterbank gießen, als sie am Wohnzimmerfenster sah, wie der Opel mit Bonner Kennzeichen vor ihrem Haus parkte und Martin Tesche ausstieg.

Gerda ging in die Küche und setzte Kaffee auf. Als sie die Maschine einschaltete, klingelte es. Ein flaues Kribbeln zog sich durch ihren Magen. Seit der junge Herr Tesche sie das erste Mal besucht hatte, war die Vergangenheit zurückgekehrt in ihren Alltag. Alles hatte sich verändert. Und sie hörte die Schreie wieder. Sie fuhr sich durch die Haare und ging zur Tür. Zeit für die Wahrheit, dachte sie, wartete fünf Sekunden und öffnete dann.

»Kommen Sie herein«, sagte sie zu Martin Tesche, ehe er etwas sagen konnte.

Er schien von ihrer Offenheit überrascht zu sein. Sie forderte ihn auf, sich einen Platz im Wohnzimmer auszusuchen. Als Martin Tesche sich aufs Sofa setzte, sagte er: »Sie wissen ja, warum ich hier bin.«

»Ich habe Kaffee aufgesetzt«, sagte Gerda und verschwand in der Küche. Sie ließ sich viel Zeit, zwei Tassen auf ein Tablett zu stellen, die passenden Unterteller aus dem Schrank zu suchen, Milch in ein Kännchen zu füllen und Kekse auf einen Teller zu legen.

Zeit für die Wahrheit, wiederholte sie in ihren Gedanken. Warum sperrte sie sich nur so dagegen?

Natürlich, was damals passiert war, war furchtbar. Aber es waren nun einmal andere Zeiten gewesen. Man hatte niemandem trauen können. Was hätten sie denn tun sollen? Ihr Leben war ganz normal weitergelaufen – abgesehen davon, dass sie einen schrecklichen Weltkrieg überlebt hatte. Aber das, was damals geschehen war, hatte einfach keine Rolle mehr in ihrem Alltag gespielt. Was geschehen war, war geschehen. Sechzig Jahre hatte sie damit gelebt. Oder besser: Sechzig Jahre lang hatte sie ohne diesen Vorfall gelebt. Weggesperrt tief im Unterbewusstsein, den Schlüssel irgendwo hingelegt, wo sie ihn nicht mehr wiederfinden konnte. Bis dieser Martin Tesche ihn gefunden hatte und nun die Tür suchte.

Gerda umklammerte das Tablett fest mit beiden Händen und schlurfte langsam ins Wohnzimmer. Als sie schließlich alles auf den Tisch gestellt hatte, setzte sie sich, sah Martin Tesche nervös an und fragte: »Was möchten Sie denn noch wissen?«

Der junge Tesche trank einen Schluck Kaffee, dann begann er: »Tja, es haben sich noch einige Fragen ergeben. Ich habe mich zum Beispiel gefragt, warum Sie sich bei meinem ersten Besuch nicht an Henri Adams erinnert haben.«

Weil ich die Geister der Vergangenheit ruhen lassen wollte, lieber Martin.

»Sie haben alle Namen aufgezählt, nur Henri nicht. Das erschien mir merkwürdig.«

Ich wusste aber auch nicht, worauf Sie damals überhaupt hinauswollten.

Martin Tesche wirkte genauso unruhig wie Gerda. Plötzlich sah er sie ernst und traurig an. »Wissen Sie, Frau Steinjans, ich schlafe schlecht, seit ich das Tagebuch meines Vaters gefunden habe. Weil mich die Frage nicht loslässt, warum mein Vater in sein Tagebuch geschrieben hat, dass er eine Leiche vergraben hat.«

Ich verstehe ja, lieber Martin, dass Sie das beschäftigt. Ihre Gedanken müssen schrecklich sein. Aber was wir damals erlebt haben, ist viel schrecklicher. Wollen Sie das wirklich wissen?

Gerda sah ihn immer noch stumm an.

Martin Tesche fuhr fort: »Ich weiß, dass Henri Adams damals spurlos verschwunden ist. Und ich frage mich die ganze Zeit, was mein Vater damit zu tun haben könnte. Er schreibt, dass er eine Leiche beseitigt hat. Wessen Leiche, schreibt er nicht. Aber es gibt da doch wohl einen Zusammenhang, oder?«

Ja, den gibt es …

Gerda schluckte. Sie wollte nach der Tasse greifen, aber ihre Hand zitterte so, dass sie sie zurückzog.

»Ich weiß auch, dass Henri Adams sich damals aus unerklärlichen Gründen der Hitlerjugend angeschlossen hat, obwohl Ihre Wandervogel-Gruppe doch genau gegen diesen Gleichschaltungswahn rebelliert hat. Wissen Sie, wie es zu seinem Sinneswandel kam?«

Gerda sprach immer noch kein Wort.

Es war meine Schuld. Er hatte Liebeskummer …

»Ich habe auch mit Henris Schwester gesprochen. Sie glaubt, dass ihr Bruder damals bei einem Vorfall mit der Hitlerjugend ums Leben gekommen ist und sein Tod vertuscht werden sollte. Aber was hätte dann mein Vater damit zu tun? Tatsächlich gab es einen geheim gehaltenen Todesfall in der HJ-Gruppe, in der Henri war. Ich habe mit einem gewissen Josef Holzmann gesprochen, der mir davon erzählt hat. Einer aus seiner Gruppe, die er anführte, ist damals ertrunken. Den Unfall haben seine Hitlerjungen verschuldet. Aber Henri kann nicht der gewesen sein, der ertrunken ist, denn Henri Adams war ein guter Schwimmer.«

Ja, er war der beste Schwimmer von uns.

Gerda schwieg immer noch.

»Sie sehen, ich kann gut recherchieren, Frau Steinjans. Aber das mache ich nicht aus Sensationsgier. Ich leide darunter, solange meine Fragen nicht beantwortet sind. Bitte lügen Sie mich nicht mehr an. Ich muss die Wahrheit wissen, damit ich damit abschließen kann. Deswegen möchte ich keine Umwege mehr gehen. Und Sie sind vielleicht der einzige Mensch, der mir alles dazu erzählen kann.«

Damit haben Sie wohl recht, junger Mann.

»Bitte helfen Sie mir, Frau Steinjans«, flehte Johannes' Sohn. »Es war doch Henri Adams' Leiche, die mein Vater beseitigt hat, oder?«

Gerda atmete tief ein und aus, dann sagte sie entschlossen: »Ja, Martin. Es war Henris Leiche. Ich werde Ihnen helfen. Sind Sie bereit, die Geschichte zu erfahren?«

»Ja, das bin ich«, sagte Martin Tesche erleichtert.

»Aber es wird keine leichte Kost für Sie werden.«

»Darauf bin ich vorbereitet.«

»Dann werde ich Ihnen jetzt erzählen, was im Sommer 1933 passiert ist.«

24. Kapitel

21. August 1933

Es war Vollmond, und Henri Adams fühlte sich, als wäre sein Haus abgebrannt und als hätte ihn gleichzeitig die Beulenpest befallen. Daran änderte auch nichts, dass sich Josef Holzmann zu so später Stunde noch bereit erklärt hatte, ihm Gesellschaft zu leisten. Sie waren von Barmen nach Elberfeld gefahren, nur um Gerda nicht zufällig zu begegnen. Falls sie vielleicht immer noch unbekleidet durch die Straßen lief.

Nun stromerten sie ziellos durch die Innenstadt. Es war fast Mitternacht.

»Komm schon, es ist besser so«, versuchte ihn Josef zu trösten. »Ich verstehe ja deinen Kummer. Aber versuche, sie morgen sofort zu vergessen, hörst du? Lass dich am besten so schnell gar nicht mehr auf ein Mädel ein. Es geht auf dieser Welt nicht um dich und nicht um irgendein Mädel. Es geht um etwas viel Größeres. Um unser großes Volk! Unser heiliges Volk! Das ist das Wesentliche, was zählt. Und dafür müssen wir rein bleiben. Also rein bleiben und reif werden.«

»Walter Flex«, sagte Henri.

»Hä? Wer?«, fragte Josef zurück.

»Von dem stammt dieses Zitat mit dem Reinbleiben. Und der hat auch das Lied von den Wildgänsen geschrieben, das kennst du sicher auch.«

Josef sang: »Wildgänse rauschen durch die Nacht«, und Henri stimmte mit ein: »Mit schrillem Schrei nach Norden. / Unstete Fahrt! Habt Acht, habt Acht! Die Welt ist voller Morden.«

»Ruhe da unten!«, rief jemand aus einem Fenster.

»Ruhe da oben!«, grölte Josef zurück.

Henri musste kichern. Josefs Frechheit amüsierte ihn in diesem Moment, und das tat ihm gut. Er hätte nicht gedacht, dass ihm heute Abend noch mal nach Lachen zumute sein würde.

Der Mann am Fenster war verschwunden, aber schon einen Augenblick später stürmte er aus der Haustür und lief auf Henri zu.

»Dich kenne ich doch!«, rief er wütend. »Du bist der Bengel, der neulich die Scheibe meines Hutladens zerdeppert hat.«

Josef stellte sich dazwischen. »Lass meinen Kameraden in Ruhe!«, schrie er und schubste den Ladenbesitzer, einen bärtigen Mann in den Fünfzigern, der etwas kleiner als Josef war, mit dem gesunden Arm beiseite. Der Bärtige ging erneut wütend auf Henri zu.

»Ich habe dich gesehen, als du die Scheibe zerstört hast, und wiedererkannt. Du dachtest wohl, das hat keiner gesehen, was? Du wirst für den Schaden aufkommen!«

Josef lachte hämisch. »Das war ein Judengeschäft. Deshalb kann man wohl nicht von Schaden sprechen!«

Der Bärtige packte Henri am Kragen. »Sag mir jetzt deinen Namen! Mal sehen, was deine Eltern zu der Zerstörungswut ihres Söhnchens sagen.«

Obwohl sein gebrochener Arm noch in der Schlinge hing, brachte Josef mit dem anderen Arm die Kraft auf, den Mann von Henri wegzuzerren und zu Boden zu schleudern.

»Du dreckiger Jude!«, schrie Josef und trat auf den Mann ein. Ein Mal, zwei Mal, drei Mal, vier Mal.

Henri stand daneben und sah sich an, was gerade geschah. Als er einige Wochen zuvor gesehen hatte, wie die Roten auf Josef eindroschen, hatte er diese rohe Gewalt verabscheut. Er wäre am liebsten gar nicht dagewesen. Aber jetzt spürte er eine tiefe Faszination von dem Anblick der Macht, die Josef in diesem Moment über den anderen hatte. Zuerst sträubte sich Henri gegen dieses Empfinden, aber dann ließ er es einfach zu. Obwohl Josef einen gebrochenen Arm hatte, war es ihm gelungen, einen viel älteren Mann zu bezwingen. Josef hob den Mann hoch, um ihn zu ohrfeigen und ihn im nächsten Moment wieder zu Boden zu schleudern. Diese Geräusche, als die Knochen des Mannes auf das Kopfsteinpflaster prallten, erregten ihn.

Dann ging Henri einen Schritt auf den Juden zu und trat ebenfalls auf ihn ein. Zuerst in den Unterbauch. Dann gegen die Rippen. Und dann holte er noch mal mit dem rechten Fuß aus, als wäre es ein Freistoß beim Fußball. Der letzte Tritt traf den Mann ins Gesicht. Krachend brachen ihm die Zähne raus. Schleimiges Blut quoll aus seinem Mund.

»Dreckiger Jude!«, wiederholte Josef und nickte Henri zu.

Sie zogen ab und ließen den Verletzten am Boden liegen. Henri drehte sich noch einmal um. Der Mann, den sie zusammengeschlagen hatten, bewegte sich langsam. Zwei Mal versuchte er, auf die Beine zu kommen, aber dann sackte er wieder zusammen. Henri sah wieder nach vorne. Es interessierte ihn nicht weiter, ob der Mann es schaffen würde aufzustehen. Er fühlte sich gut. Er spürte seine Kraft im ganzen Körper. Eine fast unstillbare Lust überkam ihn, einen weiteren Menschen zu verprügeln. An Gerda dachte er nicht mehr.

Josef klopfte ihm auf die Schulter. Dann schallte das laute Lachen der beiden Hitlerjungen durch die Gassen der Elberfelder Innenstadt.

* * *

Die letzten Takte von Bachs Suite für Cello Nr. 1 in G-Dur spielte Konstantin Abel besonders langsam, als hätte er keine Eile. Dabei war es schon spät, Hans Roßbach würde gleich vorbeikommen, um ihn zum Dienst abzuholen. Konstantin Abel legte den Cellobogen ab und stellte sein Instrument in die Ecke neben seinem Bett. Dann knüpfte er seine Uniformjacke zu, setzte seine Mütze auf und eilte die Treppe hinunter. Unten vor seiner Oberbarmer Wohnung knatterte schon die Tornax. Als Konstantin aus der Haustür kam, stellte Hans Roßbach den Motor ab.

»Es gibt viel zu tun heute«, sagte Hans Roßbach. »Es sind wieder einige Neue gekommen, die eingewiesen werden müssen. Du weißt, was das heißt?«

»Ja, ich weiß es«, sagte Konstantin.

Nach mehreren Monaten der Arbeitssuche hatte Konstantin eine Perspektive gefunden. Zwischenzeitlich hatte er am Existenzminimum gelebt, einige Tage lang hatte er sogar richtig gehungert, und davor hatte er am meisten Angst: noch einmal so schlimmen Hunger erleiden zu müssen wie nach dem Krieg. Oder in dem schlimmsten Inflationsjahr. Echter Hunger fühlte sich einfach scheußlich an. Bevor er zwei Wochen zuvor seine Stelle angetreten hatte, hatte er sich gefragt, ob der Beruf des Lagerwachmanns das Richtige für ihn sei. Aber wenn er ihn gut machte, konnte er eine Brücke zu seiner angestrebten Polizeilaufbahn sein. Seit einigen Monaten war er bei der SA. Und die militärische Ausbildung, die er vor seinem Musikstudium begonnen hatte, kam ihm hier zugute.

»Du weißt, nicht alle von uns fahren die gleiche Linie«, fuhr Roßbach fort. »Das hast du letzte Woche bei Cappel gesehen. Aber ich rate dir: Halte dich nicht zu sehr an den. Cappel sucht sich gerne die sanfteren Wächter heraus, um die Gefangenen möglichst in Ruhe zu lassen. Aber wenn wir uns zu sehr zurückhalten, werden wir unserem Auftrag nicht gerecht. Wir sind nicht nur Bewacher, wenn du verstehst, was ich meine.«

»Ich verstehe«, sagte Konstantin und stieg hinten auf das Motorrad. Roßbach startete den Motor, und mit einem lauten Knattern fuhren sie zur Arbeit.

Nach zwanzig Minuten passierten sie das Tor des Konzentrationslagers Kemna.

Sie stiegen ab und meldeten sich in der Wachstube zum Dienst. Konstantin war heute mit zwei anderen Kollegen, darunter Roßbach, zur Hofwache eingeteilt. Er hängte sich vorschriftsgemäß seine Maschinenpistole um und ging auf seinen Posten.

Die erste halbe Stunde war es ruhig. Aber Roßbach hatte recht. Es ging hier ja nicht nur darum aufzupassen, dass niemand ausbrach – das war sowieso unmöglich. Die Wachmannschaft war gut bewaffnet, mit einer Maschinenpistole konnte man zig Gefangene binnen Sekunden aufhalten. Außerdem war der Zaun zu hoch, um ihn zu erklimmen. Wie also hätte hier jemand ausbrechen können? Es ging bei der Wache um viel mehr. Um einen politischen Auftrag. Denn die Gefangenen hatten eines gemeinsam: Sie wollten Deutschland zerstören, und das musste ihnen ausgetrieben werden.

Am späten Nachmittag traf die grüne Minna ein. Neun Häftlinge stiegen aus dem Transporter und blickten sich verängstigt um.

»Warum schauen die so?«, fragte Konstantin, und Hans Roßbach antwortete: »Weil sie dachten, sie bleiben länger in ihrem Knast. Die wenigsten kommen direkt nach der Gefangennahme hierhin, sondern werden erst mal in einem anderen Gefängnis untergebracht. Das hat erzieherische Gründe.«

»Und welche?«

»Das bekommst du noch raus. Komm jetzt, es ist Zeit für das Begrüßungsprügeln. Ich zeig dir, wie das geht.«

Hans Roßbach ging auf die Häftlinge zu und schlug mit seinem Gewehrkolben auf die Neuankömmlinge ein.

»Du kannst auch die Füße nehmen, los!«, sagte Roßbach zu Konstantin.

Konstantin folgte Roßbach und trat die Neuen in die Beine, sodass sie stolperten. Er hatte sich schon daran gewöhnt, rau mit den Häftlingen umzugehen. Hemmungen hatte er von Anfang an nicht gehabt. Er wusste, dass der raue Umgang mit den Häftlingen zu seiner Aufgabe gehörte, und er führte sie pflichtbewusst aus. Die neuen Häftlinge sollten sich mit dem Gesicht zur Wand aufstellen.

»Die eigentliche Begrüßung kommt jetzt«, flüsterte ihm Roßbach zu. »Aber geh es unauffällig an, damit der Überraschungseffekt größer ist. Ich beginne mit der linken Seite, du mit der rechten. Mach es mir einfach nach.«

Roßbach ging zu dem Neuankömmling, der ganz außen stand, ein Mann von Mitte fünfzig, und stieß sein Gesicht mit voller Wucht gegen die Wand. Der Mann schrie vor Schmerzen, während sich Roßbach schon den Nächsten vornahm und Konstantin zunickte. Konstantin atmete tief durch und drückte den Kopf des ersten Häftlings gegen die Wand. Der Mann schrie nicht. Offenbar war die Wucht nicht groß genug gewesen. Beim zweiten Häftling wandte Konstantin mehr Kraft an. Er stieß den Kopf des Gefangenen so heftig gegen die Wand, dass er glaubte, ihm den Schädel zertrümmert zu haben. Fast erleichtert sah Konstantin, dass der Mann noch auf beiden Beinen stand und aufstöhnte. Als er hinter dem dritten Häftling stand, um das Begrüßungsritual durchzuführen, drehte dieser sich plötzlich um und sah Konstantin in die Augen. Konstantin wich zwei Schritte zurück. Die Augen des Gefangenen sahen ihn mit Entsetzen an. Und auch Konstantin erschrak. Er kannte den jungen Mann, der da vor ihm stand. Er wusste gerade nicht woher, aber er kannte ihn.

»Alles in Ordnung?«, fragte Hans Roßbach.

Konstantin nickte, trat wieder zwei Schritte vor, drehte den jungen Mann gewaltsam um und schlug seinen Kopf gegen die Wand. Der Schrei des Mannes klang nicht nach Schmerz, sondern nach Hass und Wut.

* * *

Lustlos und schweigend liefen Friedrich, Georg und Gerda durch den Wald der Barmer Anlagen. Es hatte bis zum Nachmittag geregnet, und der Boden war glitschig. Nacktschnecken und Regenwürmer krochen ihnen entgegen. Ohne Johannes fehlte Gerda jegliche Begeisterung für die Natur.

»Gibt es von Johannes immer noch nichts Neues?«, fragte Georg schließlich.

»Nein«, sagte Gerda knapp. Dann liefen sie weiter, und erst nach einer Weile fuhr sie fort: »Seine Mutter hat nun immerhin erfahren, dass Johannes nach seiner Festnahme im Wuppertaler Polizeigefängnis war. Aber er ist nun verlegt worden, und sie hat noch nicht erfahren, wohin.« Mit jedem Schritt rutschten ihre Schuhe durch den Schlamm.

»Johannes wird ein paar Tage Gefängnis schon überstehen«, sagte Georg. »Und irgendwann müssen sie ihn ja auch wieder rauslassen.«

»Hoffentlich haben sie ihn nicht in die Kemna gebracht«, sagte Gerda schließlich.

»Sicher nicht«, sagte Georg. »In der Zeitung stand neulich ein großer Bericht über das Konzentrationslager. Das ist eine Einrichtung für Kommunisten und alle, die für Hitler Staatsfeinde Nummer eins sind. Die schicken Johannes doch nicht wegen ein paar Flugblättern dahin.«

»Sie haben ihn auch wegen der Flugblätter verhaftet«, gab Gerda zu bedenken.

»Warum wird überhaupt so groß über das Konzentrationslager berichtet?«, fragte Friedrich. »Ich dachte, das wäre ein geheimes Lager.«

»Das ist ein gläserner Knast, sagt mein Vater. Hitler will damit alle abschrecken, die ihm gefährlich werden können. Die Leute sollen wissen, dass es in Kemna so ein Lager gibt«, erklärte Georg.

»Ich habe gesehen, was die da mit den Leuten machen. Das übersteht Johannes nicht, wenn die ihn da hingebracht haben«, sagte Gerda weinerlich.

»Was ist eigentlich mit Henri los?«, wechselte Friedrich das Thema.

»Der macht wohl gerade eine Identitätskrise durch«, meinte Georg.

»Dass er sich nun mit der HJ abgibt …«, sagte Friedrich.

»Du weißt doch, wie Henri ist. Der lässt sich immer total schnell für eine Sache begeistern, von der er eigentlich nichts versteht. Aber er bleibt nie lange dabei. Erinnerst du dich, wie euphorisch er bei den Wandervögeln angefangen hat und immer neue Routen gesucht hat? Und seine Begeisterung für Philosophie und Literatur, weil ihr, du und Johannes, so viel lest? Und dann diese kurze Begeisterung für die Schauspielerei. Davon haben wir doch auch nichts weiter mehr gehört. Mit zehn hat er sich mal für Leichtathletik interessiert, und danach hatte er mal für ein paar Wochen Klavierunterricht. Es würde mich nicht wundern, wenn Henri in vier Wochen Kommunist wird. Oder einem Geheimbund beitritt.«

»Mist!«, rief Friedrich plötzlich.

»Was ...?«, fragte Georg.

Und dann sahen sie es auch: Drei Hitlerjungen standen an dem hohlen Baum und fischten mehrere Bücher heraus. Einer von den dreien war Henri, der andere Josef Holzmann, den dritten kannten sie nicht.

»Wenn man vom Teufel spricht«, sagte Georg.

»Dieses miese Schwein!«, fauchte Friedrich. »Sieh dir das an: Die stellen unser geheimes Bücherlager sicher. Und ich kann mir schon denken, von wem die kleinen Nazis den Tipp hatten. Verdammt!«

»Jetzt bleib ruhig und mach nichts Unüberlegtes!«, mahnte Georg.

»Ich könnte ihm sofort eine reinhauen! Seit der Bücherverbrennung sind unsere offiziellen Umsätze stark zurückgegangen, weil wir bestimmte Bücher nicht mehr führen dürfen. Und jetzt ist auch noch unsere zweite Einnahmequelle zerstört.«

»Oder Schlimmeres«, sagte Georg. »Überleg mal, was deinem Vater droht, wenn Henri verrät, wer die Bücher dort für den geheimen Handel unter der Ladentheke versteckt hat.«

Friedrich stürmte auf Henri zu, Georg und Gerda hinterher. Henri und Josef drehten sich zu ihnen um.

»So sieht man sich wieder«, sagte Friedrich. Man hörte, wie geladen er war.

»Ja, lange nicht gesehen. Wart ihr gerade wandern?«, fragte Henri unschuldig.

»Und ihr so?«, fragte Georg. »Was macht ihr da?«

»Oh, wir haben in einem hohlen Baum verbotene Bücher gefunden. Gleich mehrere Bände von Heinrich Manns *Untertan* und Freuds *Traumdeutung*. Als hätte hier jemand ein geheimes Warenlager eingerichtet«, sagte Henri zynisch.

»Wenn wir nur wüssten, wer«, ergänzte Josef Holzmann. »Den müssten wir dann natürlich melden.«

Gerda schaute ängstlich zu Friedrich, der wiederum Henri ansah.

»Wer handelt denn hier mit Büchern?«, fragte Josef. »Ist dein Vater nicht Buchhändler?« Er zeigte auf Friedrich.

»Nein, der ist Lebensmittelhändler«, antwortete Friedrich.

»Das stimmt«, sagte Henri und warf Friedrich einen verschwörerischen Blick zu, den Friedrich aber ignorierte.

»Oh, dann habe ich da wohl was verwechselt. Nichts für ungut«, sagte Josef Holzmann. Das schien er geschluckt zu haben.

Gerda sah in Friedrichs Augen, dass er gerade nicht wusste, ob er Henri dankbar sein sollte, seinen Vater nicht verpfiffen zu haben, oder ob er Henri eine reinhauen wollte, weil er das geheime Warenlager aufgelöst hatte.

»Lasst uns gehen, immerhin haben wir die Bücher«, sagte Henri.

»Gut gemacht, Adams«, sagte der dritte Hitlerjunge. Die drei marschierten selbstgefällig den Berg hinunter.

Fassungslos blickten Gerda, Friedrich und Georg den Hitlerjungen nach.

25. Kapitel

13. Juni 1993

»Mein Hals ist ganz trocken vom vielen Reden. Ich brauche jetzt eine kurze Pause«, sagte Gerda Steinjans und stand auf, um sich in der Küche ein Glas Wasser zu holen.

Martin hatte Gerda lange zugehört und sie nicht ein Mal unterbrochen. Sie hatte damit begonnen, wie der Wandervogel allmählich zugrunde ging, weil Henri abtrünnig wurde und in die HJ eintrat. Gerda hatte in ihrer Schilderung sich selbst daran eine Mitschuld gegeben, weil sie zwischen Henri und Johannes gestanden und Henri damit sehr verletzt hatte. Dann hatte sie Martin davon erzählt, wie sein Vater ihr das Lager von Kemna gezeigt hatte. Von Johannes' Wut auf das Regime, von seinem Idealismus, von seinem unbedingten Willen, etwas verändern zu wollen, von der Flugblattaktion, schließlich von seiner Verhaftung. Sie hatte erzählt, wie Henri sich in all dieser Zeit verändert hatte und sogar Friedrichs geheimes Bücherlager vernichtet hatte, obwohl es keinen Grund für ihn gegeben hatte, Friedrich zu schaden.

Ihre Erzählung war langatmig, aber es schien ihr wichtig zu sein, so weit auszuholen. Anfangs war Martin ungeduldig gewesen und hatte sich gefragt, wann Gerda Steinjans endlich auf den Punkt kommen würde. Und zwischendurch hatte er auch geglaubt, dass ihr weites Ausholen nur ein Ablenkungsmanöver war, um sich so lange wie möglich vor der entscheidenden Frage zu drücken, wer Henri 1933 umgebracht hatte. Aber Gerda hatte so lebendig von ihrer Vergangenheit erzählt, dass Martin irgendwann auch tief in die Geschichte eingestiegen war. Vielleicht brauchte auch er diese langen Umwege über den Wandervogel und Gerdas Liebesleben, um am Ende wirklich zu verstehen, was damals passiert war. Denn was nützten ihm die Fakten, wenn er sie nicht verstand.

»Wie hat mein Vater denn reagiert, als Henri in die HJ eingetreten ist? Hat er denn vorher gar nichts gemerkt? Dass Henri sich irgendwie verändert hat? Ich dachte, die beiden waren so gute Freunde?«, fragte Martin.

»Das waren sie, ja. Aber Johannes war trotzdem auch ein Einzelgänger, der seine eigenen Wege gegangen ist und dann nicht immer mitbekommen hat, was mit anderen so los war. Er konnte tagelang mit Henri zusammenhängen, und dann haben die beiden sich auch zwei, drei Wochen gar nicht gesehen, ohne dass das etwas bedeuten musste. Johannes hat es gar nicht bemerkt, dass sich Henri auf einmal zurückgezogen hat.«

Das passte zu ihm, fand Martin. »Und was hat das mit ihrer Freundschaft gemacht, als mein Vater mit Ihnen …«

»Auch das hat Johannes nicht so richtig mitbekommen. Er hat zwar gesehen, dass ich irgendwann mal angefangen habe, die Nähe von Henri zu suchen, aber er hat sich nicht viel dabei gedacht. Und Henri hatte ihm auch nichts davon erzählt. Henri und ich wollten unsere kleine Liebelei erst mal nicht öffentlich machen, weil wir abwarten wollten, ob etwas Festes daraus wird. Und außerdem war ich ja erst fünfzehn. Jedenfalls war Ihr Vater kein Schwein, das einfach rücksichtslos seinem Freund die Freundin ausspannt. Es war vielmehr meine Schuld. Ich hatte mit Henris Gefühlen gespielt, ohne ihn verletzen zu wollen. Ich merkte, dass er in mich verliebt war, und ich mochte ihn auch. Ich wollte dieser Möglichkeit einfach nachgehen und war neugierig, was passiert. Und erst dann spürte ich, dass mich auch etwas an Johannes anzog. Und das war stärker als das, was ich für Henri fühlte. So eine intensive Anziehung habe ich auch später nie wieder gefühlt.«

»Nun gut, aber was hat das nun alles mit dem Mord an Henri zu tun?«

»Ahnen Sie es denn nicht schon?«, fragte Gerda Steinjans.

Martin dachte nach. »Ich weiß es nicht genau. Nein, ich glaube nicht.«

»Ich brauche noch ein Glas Wasser«, sagte Gerda und ging noch mal in die Küche.

* * *

Langsam trank Gerda ein Wasserglas leer. Jetzt spürte sie, wie sehr es sie anstrengte, von der Vergangenheit zu erzählen. Die Wanduhr zeigte achtzehn Uhr an. Das bedeutete, dass Gerda eine Stunde lang geredet hatte. Erstaunlich, wenn man bedachte, dass sie sechzig Jahre lang über die Vergangenheit geschwiegen hatte. An so vieles konnte sie sich noch erinnern, als wäre es gestern gewesen. Vor allem an das Lager von Kemna. In epischer Breite hatte sie dem jungen Tesche erzählt, was sie dort gesehen und gehört hatte.

Sie ging wieder zurück ins Wohnzimmer und setzte sich.

»Wo hatten die Nazis meinen Vater hingebracht, nachdem er verhaftet worden war?«, fragte Martin.

Gerda hielt kurz inne. Dann kamen die Bilder der Vergangenheit wieder und droschen auf sie ein, dass sie fast Angst bekam.

26. Kapitel

30. August 1933

Johannes Tesche spazierte mit Gerda alleine durch den Wald. Es war wunderschön hier, die Sonnenstrahlen glänzten durch die Baumwipfel hindurch. Sie hörten den Klang des Sommers: zirpende Grillen, Vögel, rauschende Blätter. Dabei bemerkten sie nicht, dass der Wald immer dunkler wurde, je tiefer sie in ihn eindrangen. Plötzlich standen sie vor einem hübschen, kleinen Häuschen. Johannes hatte die Idee, seine Flugblätter an die Fenster zu kleben. Während er das tat, öffnete sich plötzlich die Tür. Johannes wurde neugierig. Er trat ein, und kaum hatte er die Schwelle übertreten, schlug die Tür hinter ihm zu und ließ sich nicht mehr öffnen, sosehr er auch am Griff rüttelte. Durch die Fenster konnte er nicht schauen, denn die hatte er ja zugeklebt. Also sah er durchs Schlüsselloch und stellte fest, dass Gerda nicht mehr da war. Es war Nacht, und zwischen die Rufe der Eulen mischte sich das hässliche Lachen einer Hexe. Es war das Lachen einer alten Frau, doch je länger sie lachte, desto mehr glich es plötzlich tiefen Männerstimmen. Johannes überkam eine Angst, die er zuletzt als Kind gehabt hatte.

Als Johannes erwachte, wusste er nicht, wo er war. Zuerst spürte er den harten Boden, auf dem er geschlafen hatte, dann den kratzigen Strohsack, mit dem er sich zudeckte, und als er die Geräusche vernahm, erinnerte er sich daran, dass er in der Kemna war. Auf dem Flur trappelten Schritte auf und ab. Irgendwo im überfüllten Schlafsaal hustete ein Mann erbärmlich. Beißender Gestank drang in seine Nase. Seit er hier war, waren die Schlafräume noch nicht gereinigt worden. Er fühlte sich unglaublich einsam.

Eine Sirene ertönte. Es war das Signal zum Aufstehen.

Eine Stunde später wurden die Häftlinge in drei Gruppen auf den Innenhof geführt. Johannes war in der zweiten Gruppe und sah die leidenden Gesichter der Männer, die sich zuerst der Prozedur unterwerfen mussten. Frühstück gab es an diesem Morgen wieder nicht. Johannes hörte seinen Magen knurren, aber bei dem Gedanken an das Mittagessen wurde ihm schlecht. Meistens gab es eine ungenießbare Mischung aus Kartoffeln, Nudeln, Kohl und verschimmelten Resten.

Er dachte wieder an gestern. Immer noch hatte er den Gestank von Kot und toten Tieren in der Nase. Mit einigen Häftlingen waren sie zu einer Kläranlage gefahren worden, weil irgendein Insasse verraten hatte, dass dort Waffen von Kommunisten versteckt waren. Johannes und die anderen Gefangenen waren gezwungen worden, in die Kläranlage zu steigen und in dem Wasser, in dem Kadaver von toten Tieren schwammen, nach den Waffen zu suchen. Zwischendurch hatten sie immer wieder gehört, wie die Gewehre der Wachmänner durchgeladen wurden. Eine gefühlte Ewigkeit wateten sie in dem dreckigen Wasser, fanden aber am Ende nicht das, wonach sie suchen sollten. Den Wachmännern schien das egal zu sein.

Der Aufenthalt draußen an der frischen Luft war noch schlimmer als die Enge im Fabrikgebäude. Johannes sah sich um. Hinter der einen Seite des Geländes floss die Wupper, hinter der anderen Seite führte die Landstraße in Richtung Beyenburg, Langerfeld und Oberbarmen. Dahinter stiegen an beiden Seiten die bewaldeten Höhen des Bergischen Landes an. Bereits nach ein paar Tagen in Haft war dieser Anblick schon eine Sisyphos-Qual. Durch den Ausblick auf die schöne Natur wurde ihm unentwegt vor Augen geführt, dass er kein freier Mensch mehr war. Wie sehr er den Wald vermisste. Er sehnte sich nach dem Schatten der Bäume, nach den Stimmen der Natur, nach knackenden Ästen unter seinen Füßen.

Die zweite Gruppe, die nun auf dem Hof war, wurde aufgefordert, mit Kleidung in die kalte Wupper zu steigen. Auf einer kleinen Brücke standen drei bewaffnete SA-Männer und amüsierten sich über die Häftlinge.

Johannes tastete sich mit den Füßen langsam ins Wasser. Als er den linken Fuß hineinsetzte, zog er ihn sofort zurück. Beißend kalt war die Wupper.

»Los, weiter rein ins Wasser!«, schrie ihn ein Wachmann an.

Johannes gehorchte und versuchte, die Kälte des Wassers auszuhalten.

»Und jetzt: Taucht nach Steinen!«, rief einer der SA-Männer von der Brücke, als alle Gefangenen der Gruppe 2 im Wasser standen.

Johannes sah ihn fragend an.

»Nach Steinen sollt ihr tauchen! Holt Steine aus der Wupper, ihr verdammten Ratten!«

Johannes sah sich an, was die anderen machten. Was für Steine sollten es denn sein? Große Steine? Schöne Steine? Flache Steine? Und zu welchem Zweck? Als er sah, dass die anderen Gefangenen willkürlich irgendwelche Steine aus dem kalten Wasser holten, war ihm klar, dass die Aufgabe völlig sinnlos war und nur zur Schikane diente. Er bückte sich, langte mit den Armen zum Grund und griff wahllos nach ein paar Steinen, die er ans Ufer warf.

»Tauchen habe ich gesagt!«, schrie der Wachmann.

Johannes gehorchte und tauchte unter die kalte Wasseroberfläche.

Als er wieder auftauchte, knallten plötzlich Gewehrschüsse.

Johannes zuckte zusammen und steckte den Kopf instinktiv zurück ins Wasser, um sich in Sicherheit zu fühlen. Neben ihm glitt eine Gewehrkugel ins Wasser. Erst als er Luft holen musste, tauchte er auf und schaute aufs Wasser, ob es sich schon rot gefärbt hatte. Er sah sich um, um zu sehen, ob noch alle Mitgefangenen da waren. Doch es war auf niemanden geschossen worden.

Der Mann, der schon die ganze Nacht durchgehustet hatte, stand ebenfalls im eiskalten Fluss und musste sich nach einem erneuten Hustenanfall übergeben.

Nach zwanzig langen Minuten war die Tortur endlich vorbei. Als Johannes triefend nass in den Schlafsaal kam, sah ihn ein Insasse mitleidig an. Er war mager, hatte wie alle einen kahl geschorenen Kopf und einen rotbraunen Bart. Dann zog sich der Insasse die Unterhose aus, reichte sie Johannes und deutete an, dass er sich damit abtrocknen könne. Johannes nahm sie zögernd an.

»Ich bin Rudi«, sagte der Mithäftling.

»Johannes.«

»Was war da draußen gerade los? Haben die schon mit dem Erschießungskommando angefangen?«

»Nein«, sagte Johannes, während er sich schnell abtrocknete. »Die wollten uns nur dazu bringen, dass wir in der Wupper untertauchen.«

»Diese Bestien«, sagte Rudi. »War sicher scheißkalt, oder?«

»Ja. Für eine kurze Zeit habe ich mir gewünscht, sie hätten uns doch erschossen«, sagte Johannes und gab ihm die Unterhose zurück.

»Aber genau das wollen sie ja«, sagte Rudi. »Dass wir uns den Tod wünschen. Willst du, dass die so eine Macht über dich haben, dass du nicht mehr überleben willst? Lass dich nicht unterkriegen, hörst du?«

»Ich versuch es.«

»War Oskar eigentlich auch dabei? Der, der heute Nacht so gehustet hat?«

»Ja. Ihm geht es gar nicht gut.«

»Nein. Gottverdammt, der hat echt Sorge, dass er sich eine Lungenentzündung geholt hat.«

Die Tür ging auf, und ein SA-Mann trat ein. Johannes hatte ihn schon bei seiner Ankunft gesehen und sich gefragt, woher er ihn kannte.

Und jetzt fiel es ihm plötzlich ein. Mit Uniform und Mütze war er kaum zu erkennen. Es war Konstantin! Konstantin Abel. Georgs Cousin. Herr im Himmel, dachte Johannes. Was machte der denn hier?

»Tesche! Zur Vernehmung!«, befahl der SA-Mann.

»Konstantin?«, fragte Johannes. »Wir kennen uns. Ich bin …«

»Du bist ein Verräter!«, fuhr Konstantin ihm ins Wort. Dann trat er Johannes in den Bauch. »Zur Vernehmung, habe ich gesagt!«

Johannes versuchte, trotz der Schmerzen im Bauch aufrecht stehen zu bleiben. Er sah, wie Rudi verächtliche Blicke zu Konstantin Abel warf, die ihm aber nichts anhaben konnten.

»Lass dich nicht unterkriegen«, wiederholte Rudi. »Viel Glück!«

* * *

Zwölf uniformierte Jugendliche standen betont aufrecht auf einer Wiese der Barmer Anlagen und schossen aus etwa dreißig Metern Entfernung mit Pfeil und Bogen auf eine Zielscheibe, auf der eine Titelseite der Zeitschrift *Der Stürmer* angeheftet war. Das Titelblatt zeigte die Karikatur eines Juden: ein übergewichtiger Mann mit Hakennase und dickem Geldsack, den er über die Schulter gehievt hatte. Der Reihe nach wartete jeder darauf, dass er zum Zuge kam. Nach einem gelungenen Treffer applaudierten die anderen kurz, dann herrschte schnell wieder Ruhe.

Gerda beobachtete diese Jungen schon eine ganze Weile. Sie wirkten nicht mehr wie zwölf einzelne Jungen, sie bildeten eine einheitliche Masse. Sie verhielten sich gleich, sie sahen gleich aus, sie wollten das Gleiche. Hitlers kleine Armee. Und einer von ihnen war Henri. Henri, in den sie sich zu Beginn des Sommers verliebt hatte. Was war nur aus ihm geworden?

Sie hatte ihn gemocht, weil er gut aussah, und vielleicht auch, weil er Johannes so ähnlich war. Henri wollte immer anders sein. Wie Johannes. Henri war geistreich. Wie Johannes. Und Henri ließ sich anfangs nicht von den Nazis beeindrucken. Wie Johannes.

Was war nur passiert?

Sie erkannte ihn kaum wieder, wie er da lächerlich stolz mit seiner Uniform und der Hakenkreuzbinde stand. Sie war ihm nach der Schule gefolgt, weil sie endlich eine Erklärung wollte, warum er Friedrichs Geschäft kaputt gemacht hatte.

Hin und wieder hörte sie ihr Gelächter. Sie war kurz davor, Henri zu hassen. Dafür, dass er jetzt Teil der HJ war, die Johannes bekämpfen wollte. Und dafür, dass er nun neue Freunde hatte, während sich unter den Wandervögeln Sorge und Verbitterung breitmachte und es nur noch eine Frage der Zeit war, bis die Gruppe auseinanderfiel.

Plötzlich entdeckte Henri sie, als er gerade auf das Judengesicht schießen wollte. Er gab seinen Bogen einem Kameraden und ging auf Gerda zu.

»Amüsierst du dich gut?«, fragte Gerda verächtlich.

»Wie du siehst«, antwortete Henri knapp.

Gerda schüttelte fassungslos den Kopf. Das war nicht mehr der Henri, den sie vor einigen Wochen zu Hause besucht hatte. »Du hast dich so verändert«, warf sie ihm vor.

»Nein, ihr habt euch verändert«, sagte Henri.

»Der Wandervogel war doch so eine starke Gemeinschaft.«

Henri lachte spöttisch. »Hast du denn gedacht, dass das ewig so weitergeht? Wozu dieses Wandern? Das hier, das ist viel mehr. Hier kann ich alle meine Fähigkeiten einbringen.«

»Das glaubst nur du, dass es hier um dich geht. Die brauchen doch nur noch einen weiteren kleinen Soldaten.«

»Was willst du denn?«, schrie Henri.

»Ich will wissen, warum du Friedrich verraten hast.«

»Ich habe ihn nicht verraten, Gerda. Du warst doch dabei. Ich habe ihn sogar geschützt.«

»Du hast sein Bücherversteck aufgelöst.«

Henri verschränkte die Arme. »Das war notwendig, aber ich erwarte nicht, dass du das verstehst. Man muss manchmal etwas tun für die große Sache, um die wir kämpfen.«

»Die große Sache …«, wiederholte Gerda kopfschüttelnd.

»Unser Volk wieder groß zu machen«, erklärte Henri. »Deutschland soll wieder stark werden. Und wir können unseren Teil dazu beitragen.«

»Das glaubst du doch selbst nicht.«

»Doch, das glaube ich selbst. Sieh dir doch an, wo all die Eigenbrötler und Besserwisser enden. Johannes ist in Haft. Durch seine eigene Schuld. Meine Theatergruppe hat sich selbst zerstört, weil sie unbedingt ihren eigenen Weg gehen wollte. Und die Juden …«

»Jetzt fängst du auch schon damit an«, fiel Gerda ihm ins Wort. »Henri, du hattest doch noch nie etwas gegen Juden.«

»Da kennst du aber unseren guten Henri schlecht«, mischte sich plötzlich ein kräftiger Hitlerjunge mit dicken Pausbacken ein. »Hallo, schöne Frau. Ich bin Heinz. Und ich sage dir: Der Henri, der zeigt's den Juden schon. Neulich in der Innenstadt, da hat er einen von denen richtig fertiggemacht, dass der sein dummes Maul in Zukunft halten wird. Weil der wohl nie wieder sprechen kann.«

Gerda sah Henri entsetzt an: »Du hast einen Juden getötet?«

»Nicht getötet«, sagte Heinz. Er sprach wie jemand, dem schnell die Worte ausgehen.

»Ich musste mich wehren«, sagte Henri fast entschuldigend. »Er hat mich angegriffen.«

»Jedenfalls hat es Henri ihm gezeigt. Immer wieder in die Fresse«, erklärte Heinz und machte Schläge und Tritte nach. »Wir sind stolz auf dich, Henri!« Er legte den Arm um Henris Schulter.

Gerda konnte nicht erkennen, ob Henri diese Verbrüderung gerade unangenehm war oder ob er sich wohl damit fühlte.

»Ja, du kannst stolz auf dich sein«, sagte Gerda. Dann drehte sie sich um und rannte davon.

* * *

Bereits zum zweiten Mal musste Johannes die Vernehmung über sich ergehen lassen. Mit einem harten Griff packte Konstantin Abel Johannes am Arm und brachte ihn vom zweiten Stock runter in die erste Etage. Dort befand sich der Saal III, der als Unterkunft der Wachmannschaft diente und natürlich deutlich besser ausgestattet war als die Häftlingsräume.

Ein SA-Mann, der sich als Alfred Müller vorstellte, führte die Vernehmung durch. Seine kurzen, grauen Haare betonten sein schmales, knochiges Gesicht, und seine strengen Wangenfalten schienen totale Beherrschung auszudrücken. Konstantin Abel schubste Johannes ruppig auf einen Stuhl. Dann folgte die gleiche Prozedur wie beim letzten Mal. Müller stellte Fragen, die Johannes zu beantworten hatte, während Konstantin Abel hinter ihm stand. Ein weiterer SA-Mann, der sich nicht vorgestellt hatte, führte Protokoll auf einer Schreibmaschine.

Müller erfragte Johannes' Namen, seine Adresse, Familien- und Ausbildungsstand und danach den Grund, warum er Flugblätter verteilt habe, ob er seine Heimat nicht liebe, was er gegen die Hitlerjugend habe und so weiter. Es waren die gleichen Fragen wie beim letzten Mal. Was sollte das? Die Schreibmaschine ratterte ununterbrochen weiter. Müller drehte die Schreibtischlampe, schaltete sie ein und leuchtete Johannes damit direkt ins Gesicht. Johannes wandte den Kopf ab, aber Konstantin Abel fasste mit beiden Händen an seine Wangen, drehte sein Gesicht gewaltsam zur Lampe und zwang ihn, ins Licht zu sehen.

»Noch einmal: Warum hast du die Flugblätter verteilt?«

»Das habe ich doch schon gesagt. Weil ich die Hitlerjugend nicht mag.«

Müller fragte, was der wirkliche Grund sei. Und ob er Beziehungen zu Kommunisten habe.

Johannes verneinte, er habe sogar vor einigen Wochen einem Hitlerjungen geholfen, der von Kommunisten verprügelt wurde.

»Wer waren die Kommunisten?« Müller brüllte nun fast.

Er kenne sie nicht, gab Johannes zu Protokoll.

Schweigen.

Müller schaltete die Lampe wieder aus und stellte fest, dass man so nicht weiterkomme. Dann nickte er Johannes zu, und erst im nächsten Moment verstand Johannes, dass diese Geste nicht ihm, sondern Konstantin Abel galt.

Dieser machte einen großen Bogen um den Stuhl. Dann preschte er seine rechte Faust hervor und schlug ihm ins Auge. Johannes schrie laut auf.

»Wer waren die Drahtzieher der Flugblatt-Aktion?«, wiederholte Müller.

»Es gab keine, ich war allein«, stöhnte Johannes. Das magere Essen der letzten Tage hatte ihn so geschwächt, dass ein einzelner Faustschlag ihn beinahe besinnungslos gemacht hatte.

Müller gab Konstantin Abel wieder ein Zeichen. Diesmal zog er eine Pistole aus dem Halfter und drückte Johannes den Lauf in den Mund.

»Wir können dich hier einfach so erschießen«, sagte Konstantin Abel.

»Wer war noch an den Flugblättern beteiligt?«, brüllte Müller.

Johannes antwortete nicht. Stattdessen rang er nach Luft.

Sekunden vergingen.

War es das jetzt?

Er sah Konstantin Abel an, der die Augen immer wieder nervös zukniff. Seine Augen verrieten nicht, ob er wirklich entschlossen war zu schießen. Oder ob er es trotzdem tun würde, auch wenn er es nicht wollte, aber den Befehl dazu bekam. Konstantin atmete schnell. Wusste er selbst nicht, ob er gerade das Richtige tat?

Minuten vergingen.

Viele Minuten.

War es das jetzt?, fragte sich Johannes erneut.

Würde er noch Schmerzen spüren, wenn die Kugel in seinen Rachen eindrang?

Er dachte an Gerda. Er war dankbar für die schönen Momente, die er mit ihr erlebt hatte. Eigentlich war sie noch etwas zu jung dafür, aber es war mit keiner anderen so wunderbar gewesen. Und er hatte gespürt, wie sehr sie es gewollt hatte. Die letzten zwei, drei Tage war sein Leben da draußen, das er vorher gehabt hatte, immer mehr verblasst. Jetzt spürte er, dass es etwas gab, wofür es sich zu leben lohnte. Er glaubte, Gerda zu lieben. Wie noch kein anderes Mädchen zuvor. Warum nannte er nicht einfach ein oder zwei Namen, damit sie ihn endlich in Ruhe ließen? Kurt zum Beispiel. Der hatte doch auch Flugblätter verteilt. Kurt genoss gerade noch seine Freiheit. Das war doch ungerecht. Und dann? Wenn er Kurt verraten hätte? Wie würde er weiterleben, wenn er hier wieder rauskäme? Wenn er nur einen Kameraden verriet, wäre er nicht mehr der Johannes Tesche, den alle kannten. Dann hätte er sich seinen Charakter auf ewig zerstört. Und das war es doch, was diese Monster hier wollten: seinen Willen brechen.

Nein, Johannes würde niemanden verraten. Denn wenn er es verschuldete, dass einige seiner Freunde auch in diese Folterhölle kamen, könnte er niemanden mehr lieben, weil er sich dann selbst nicht mehr liebte.

Noch immer geschah nichts, noch immer spürte er nur den Lauf im Mund.

Und dann, endlich, nahm Konstantin Abel, mit dem er vor einigen Wochen noch zwanglos über Musik geplaudert hatte, die Pistole zurück.

»Wir führen die Vernehmung in ein paar Tagen fort«, sagte Müller. »Erst einmal solltest du dich morgen früh mit einem Kemna-Häppchen stärken.«

Konstantin Abel grinste und führte Johannes ab.

* * *

Als Johannes kurz darauf wieder in Saal IV geführt wurde, war der Schlafraum voller geworden. Trotzdem war es gespenstisch still. Einige unterhielten sich flüsternd, aus Angst vor Spitzeln. Aber die meisten saßen lethargisch auf ihren Strohsäcken und grübelten vor sich hin.

»Wie war's?«, fragte ihn Rudi, als Konstantin Abel den Saal verlassen hatte. »Bist du in Ordnung?«

»Dieser Müller hat mich fast dasselbe gefragt wie beim letzten Mal. Aber zwischendurch hatte ich Todesangst, als mir dieser Konstantin die Pistole ins Gesicht gehalten hat. Das war neu.«

»Du kennst ihn?«, fragte Rudi.

»Verdammt, ja«, sagte Johannes. »Ich habe ihn vor ein paar Wochen auf einer Geburtstagsfeier kennengelernt, ist der Cousin eines guten Freundes. Auf der Feier hatte ich den Eindruck, dass er ein ganz netter Kerl ist – offen, gebildet, freundlich … und musikalisch. Aber jetzt ist der wie ausgewechselt. Tut so, als würde er mich nicht mehr kennen. Als würde jetzt ein roher Soldat vor mir stehen, der nur noch Befehlen gehorcht und keinen eigenen Willen mehr hat. Als wäre der nette Konstantin, mit dem ich mich bei Kaffee und Kuchen vor einigen Wochen unterhalten habe, in seinem Körper ausgelöscht worden. Wie eine stählerne Maschine wirkt der jetzt.«

»Das sind keine Maschinen, das sind blutrünstige Bestien, mein Junge«, sagte Rudi. »Du siehst hier doch jeden Tag, dass der Mensch auch nur ein Tier ist. Sobald die da eine Uniform tragen, sind sie nicht mehr die netten Mitmenschen von nebenan. Und was die Drohung mit der Pistole betrifft: Verlass dich nicht zu sehr darauf, dass die nicht auch mal abdrücken.«

»Ist das hier schon vorgekommen?«

»Nicht dass ich wüsste. Das heißt aber nicht, dass es hier keine Todesfälle gab. Also pass bei den Vernehmungen immer gut auf, was du sagst – wenn du überleben willst.«

»Aber ich kann doch keine Freunde verraten«, flüsterte Johannes.

»Tja, mein Lieber. Das sind schwere Entscheidungen, die uns hier aufgezwungen werden.«

Johannes nickte zustimmend und atmete erleichtert aus, weil die Tortur für heute vorbei war. Aber dann fiel ihm ein, was Müller am Ende gesagt hatte: »In ein paar Tagen soll ich noch mal hin. Und Müller sagte was von Kemna-Häppchen.«

»Ach, du lieber Himmel«, sagte Rudi. »Der meint das Heringsfrühstück.«

»Ist das nur eine Metapher, oder hat das wirklich mit Fisch zu tun?«

»Das ist echter Fisch, nur nicht so ein guter, wie du ihn vielleicht von zu Hause kennst.«

Zu Hause. Dieses Wort löste eine unstillbare Sehnsucht in Johannes aus, und er wurde traurig und still. Dann begann er hemmungslos zu weinen. Nach einer Weile bemerkte er, dass Rudi ihm den Rücken streichelte.

Plötzlich betrat Konstantin Abel den Raum noch mal. »Rudolf Senger!«, rief er, und Rudi meldete sich gehorsam.

»Zur Vernehmung bitte!«, sprach Konstantin Abel, jedes Wort betonend.

Rudi, dessen Hand noch auf Johannes' Schulter lag, zitterte am ganzen Leib. Er stand auf und folgte Konstantin. Plötzlich hörte Johannes hektische Schritte im Flur und dann Konstantins Stimme, die so etwas wie »Halt!« und »Idiot!« rief. Es folgte ein dumpfer Klang, wie wenn Knochen auf Beton schlagen. Ein jämmerlicher Schrei, dann ein ständiges Wimmern.

Einer aus Saal IV sprang auf, schaute durch die halb offene Tür, die Konstantin gerade schließen wollte, und rief: »Leute! Ich glaube, der Rudi ist gerade aus dem zweiten Stock gesprungen!«

* * *

Georg Abel hatte an diesem Abend, als er Friedrich besuchte, schlechte Nachrichten zu verkünden. Zögernd ging er auf Friedrichs Zimmertür zu, blieb kurz stehen und klopfte dann an. Als er eintrat, saß Gerda betrübt auf Friedrichs Bett, während Friedrich im Schneidersitz auf dem Boden saß.

»Hey«, sagte Georg.

»Hey«, sagte Friedrich.

Georg ließ seinen Blick durch den Raum wandern und sagte: »Du hast ja schon wieder neue Bücher bekommen. An jeder Wand stehen volle Bücherregale, wirklich beachtlich.«

Friedrich sagte nichts.

»Was ist?«, fragte Georg.

»Ich weiß nicht, ob ich die Bücherregale alle mitnehmen kann, wenn ich umziehe«, antwortete Friedrich.

»Ihr zieht um?«

Friedrich nickte. »Die Umsätze in unserem Bücherladen gehen immer mehr zurück. Jetzt ist auch noch unser kleiner Handel mit verbotenen Büchern eingebrochen, und seitdem kommen noch weniger Leute in unser Geschäft. Mein Vater hat den Verdacht, dass Henri seinen HJ-Freunden doch verraten hat, wer die verbotenen Bücher im hohlen Baum versteckt und damit gehandelt hat. Und jetzt glaubt mein Vater, dass die Nazis den Kunden davon abraten, in unserem Laden zu kaufen. Er plant nun, die Buchhandlung aufzugeben. Sein Schwager hat ihm schon angeboten, dass er erst mal in seinem Tabak- und Zeitungsladen aushelfen kann, aber viel verdienen wird mein Vater dort wohl nicht. Wir werden uns also bald eine kleinere Wohnung suchen müssen.«

»Das tut mir leid«, sagte Georg.

»Ich hasse Henri dafür«, meinte Friedrich.

»Nein, tust du nicht«, erwiderte Georg. »Einen Freund kann man nicht so plötzlich hassen.«

»Doch, das tue ich!«, beharrte Friedrich. »Henri hatte keinen Grund, mir das anzutun. Und er hat trotzdem meinen Schwarzhandel zerstört. Nicht aus persönlichen Gründen, sondern weil er jetzt ein Nazi ist. Als Nazi hat er seine Freunde verraten, und das macht es so schlimm.«

Georg seufzte. »Die Zeiten haben sich so schnell verändert, was? Vor einem Jahr war alles noch so anders, so normal. Selbst letzte Weihnachten haben wir noch unbeschwert verbracht. Und in diesem Jahr müssen wir bestimmt Hakenkreuze an den Tannenbaum hängen.«

Friedrich lachte. »Und wer das nicht macht, der kommt in die Kemna!«

Gerda begann unkontrolliert zu zittern.

»Entschuldige«, sagte Friedrich.

Georg setzte sich neben Gerda und streichelte ihren Rücken. »Ich habe leider eine schlechte Nachricht für euch. Es geht um Johannes.«

»Weißt du was Neues?«, fragte Friedrich.

Auch Gerda sah ihn fragend an.

»Erinnert ihr euch an Konstantin, meinen Cousin? Der war auf meinem Geburtstag.«

»Natürlich erinnere ich mich«, sagte Friedrich, »aber was hat der mit Johannes zu tun?«

»Der bewacht Johannes jetzt in der Kemna.«

Gerda stieß einen kurzen, lauten Schrei aus. »Also doch«, wimmerte sie.

»Dein Cousin ist dort Wachmann? Ich fand ihn eigentlich ganz sympathisch.«

»Mir war er gleich unsympathisch«, entgegnete Gerda.

»Konstantin will zur Polizei und sieht den Wachdienst in der Kemna als Sprungbrett, um dahinzukommen. Das hat er mir neulich erzählt, bevor Johannes verhaftet worden ist. Und ich habe ihn nun gefragt, ob Johannes dort sei – nein, eigentlich habe ich ihn angefleht, mir einen Hinweis zu geben. Zuerst wollte Konstantin nicht mit der Antwort herausrücken, aber dann hat er sich verplappert.«

»Und warum weiß Johannes' Mutter noch nichts davon?«, fragte Gerda, die immer noch um Fassung rang.

»Konstantin sagt, das kann einfach ein blöder Verwaltungsfehler sein. So was kommt schon mal vor.«

Gerda wischte sich die Tränen aus dem Gesicht und sprang auf.

»Wo willst du hin?«, fragte Georg.

»Ich muss sofort zu seiner Mutter!« Dann drehte sie sich zu den beiden Jungs um. »Was ist? Kommt ihr nicht mit?«

* * *

Johannes kämpfte gegen diese furchtbare Übelkeit an. Sein Bauch rumorte, der Speichelfluss war erhöht, und immer wieder musste er würgen. Zwei SA-Männer umklammerten seine beiden Arme. Mit rhythmischen Schritten liefen sie zum unteren Saal. Gerade hatte er zwei ungereinigte Salzheringe essen müssen. Einer der beiden SA-Männer, die ihn gerade abführten, hatte ihm noch zusätzlich Salz draufgestreut und ihn gewarnt:

Wenn er es ausbrechen würde, müsste er das Erbrochene wieder aufessen. Johannes konzentrierte sich darauf, nicht zu oft zu schlucken, ganz ruhig und bedacht zu atmen und die Zähne zusammenzubeißen, um die Übelkeit zu kontrollieren. Der Durst war unerträglich. Er hatte bereits um einen Schluck Wasser gebeten, war dafür aber nur ausgelacht worden.

Er dachte an Rudi. Dieser hatte den Sturz überlebt. Mit zwei gebrochenen Beinen und inneren Verletzungen. Trotzdem, so erzählte man sich in Saal IV, hatte Müller noch versucht, in diesem Zustand unmittelbar nach dem Sturz Informationen aus Rudi herauszupressen, während Rudi auf dem Boden lag, auf dem er aufgeschlagen war, und sich vor Schmerzen krümmte. Ob Müller damit erfolgreich gewesen war, wusste man nicht.

Johannes würgte einen Teil seines Mageninhaltes hoch, konnte ihn aber wieder rechtzeitig runterschlucken.

Vor einem kleinen Verschlag unter einer Treppe blieben sie stehen. Einer der beiden SA-Männer öffnete ihnen.

Was sollte das? Würden sie ihn jetzt zwingen, eine schwere Kiste aus dem Verschlag zu holen und stundenlang zu tragen? Hatten sie Knüppel oder Waffen darin gelagert, mit denen sie ihn weiter foltern wollten? Er würde wieder standhaft bleiben. Jede Folter ging irgendwann vorbei. Es würden schmerzhafte Minuten folgen, vielleicht eine Stunde voller Schmerzen, aber dann würde es vorbei sein. Vielleicht würden ihn neue Schläge sogar von seiner Übelkeit ablenken.

Johannes spürte einen plötzlichen Tritt in die Kniekehle und fiel nach vorne. Dann stießen ihn die beiden SA-Männer in den Verschlag, der so klein war, dass man nicht darin stehen konnte.

»Willkommen im Hundezwinger!«, sagte einer der SA-Männer und lachte. »Wir sehen uns in ein paar Tagen!«

Dann wurde es stockfinster.

* * *

Seit sie wusste, dass Johannes in der Kemna war, konnte Gerda keine Minute mehr an etwas anderes denken. In der Schule war sie heute mehrmals von ihren Lehrern aufgerufen worden, ohne dass sie auf ihre Fragen antworten konnte. Dafür hatte sie sich einen Tadel wegen Unaufmerksamkeit im Unterricht eingeholt. Nun war Nachmittag, sie trat kräftig in die Pedale und radelte zusammen mit Frau Tesche nach Kemna, zu diesem grauenhaften Ort, der in der Zeitung als »Konzentrationslager« bezeichnet worden war. Die Nachbarin der Tesches hatte netterweise ihr Fahrrad für Gerda zur Verfügung gestellt. Frau Tesche fuhr mit ihrem eigenen Fahrrad voran, Gerda strampelte mit dem geliehenen Rad schwitzend hinterher. Johannes' Mutter war im Radfahren wohl geübter als Gerda. Wie absurd die Vorstellung doch war, innerhalb der Stadt zu einem Konzentrationslager zu fahren. Als Gerda Frau Tesche am Vortag erzählt hatte, wo Johannes war, hatte sie sofort gewusst, was das bedeutete. Seit dieser Pressebericht über das KZ erschienen war, war Kemna jedem Wuppertaler ein Begriff. Gerda und Frau Tesche hatten sich lange in den Armen gelegen und geweint. Dann war Frau Tesche erneut zur Polizeidienststelle gefahren und hatte versucht, weitere Auskünfte über den Zustand ihres Sohnes zu bekommen – aber zunächst ohne Erfolg. Schließlich hatte der Polizist im Eingangsbereich Frau Tesches Anliegen an einen Kollegen weitergeleitet, und dieser hatte ihr schließlich bestätigt, dass Johannes seine Schutzhaft in der Kemna absitze. Frau Tesches Knie waren weich geworden, sie war auf der Polizeiwache zusammengebrochen, aber niemanden schien das zu kümmern. Weitere Nachfragen, wie lange Johannes dort noch bleiben müsse, konnte man ihr nicht beantworten.

Ihren Chef, zu dem sie ein gutes Verhältnis hatte, hatte Frau Tesche am Morgen eingeweiht, und dieser hatte ihr gestattet, früher zu gehen, damit sie zu diesem Lager fahren konnte, um ihren Sohn vielleicht heute noch zu sehen. Ihr Chef hatte ihr viel Glück gewünscht, denn von der Kemna höre man grauenvolle Geschichten. Gerda malte sich die ganze Zeit Schreckliches aus, was die SA Johannes hier antun könnte: Zwang zur Schwerstarbeit, immer wieder Prügel, Tritte und Beschimpfungen – aber irgendwann versagte ihre Fantasie bei dem, was sonst noch so in der Kemna geschehen könnte. Es war so unvorstellbar.

Als sie ans Tor des Lagers kamen, wurde Gerda angst und bange. Bisher war das KZ so weit weg gewesen. Die Wachmänner waren ihr von der anderen Seite der Straße klein wie Zinnsoldaten vorgekommen. Bisher war Kemna wie ein furchtbares Gruselkabinett erschienen, so unwirklich trotz der schlimmen Schreie und Bilder, die sich schon in Gerdas Kopf eingebrannt hatten. Erst jetzt begriff sie wirklich, dass dieses Gruselkabinett ganz real war. Jetzt, wo ein lebensgroßer Wachmann hinter dem Tor stand. Und jetzt, wo das, was hinter diesem Tor passierte, auch ihr Leben betraf.

Durch das Tor hindurch konnte Gerda gerade keine Gefangenen auf dem Außengelände sehen. Es waren auch keine Schreie zu hören. Kemna war außergewöhnlich still. Als wäre die alte Putzwollfabrik aus der Nähe betrachtet doch einfach nur ein ganz gewöhnliches Gefängnis.

Gerda beobachtete, wie Frau Tesche mit dem Wachmann am Tor sprach. Ein Kollege von ihm kam zur Unterstützung hinzu. Wie zu erwarten war, gestatteten die beiden Männer es ihr nicht, Johannes zu besuchen. Zumindest aber bestätigten sie, dass Johannes Tesche hier sei. Für wie lange, konnten sie nicht sagen, das hinge auch von Herrn Tesches Führung und Kooperationsbereitschaft ab. Ob es ihm gut gehe, wollte Frau Tesche wissen. Einer der beiden Wachmänner lachte. Dies hier sei schließlich kein Hotel, sagte er. Sinn dieser Anstalt hier sei es nicht, dafür zu sorgen, dass es den Schutzhäftlingen gut gehe. Und dann schickten sie Frau Tesche fort.

Vollkommen hilflos stiegen Gerda und Frau Tesche wieder auf die Fahrräder.

»Was hat mein Sohn hier nur verloren?«, murmelte Frau Tesche. Dann setzte sie sich in Bewegung und fuhr an der alten Fabrik vorbei.

»Das ist nicht der Weg zurück«, rief ihr Gerda zu. Frau Tesche sagte nichts und fuhr einige Hundert Meter geradeaus, dann bog sie abrupt rechts in eine Einmündung und stellte ihr Fahrrad ab.

»Ich muss meinen Sohn heute noch sehen. Unbedingt!«, sagte sie verzweifelt.

Dann sah sie Gerda an.

»Du hast immer von der anderen Straßenseite aus dem Wald rüber zum KZ gesehen, woll?«

Gerda nickte und stieg vom Rad ab.

»Das ist zu weit weg«, sagte Frau Tesche. »Wenn wir hier in den Wald gehen, sind wir direkt an der Wupper und ganz nah an der Putzwollfabrik dran. Von da aus haben wir einen viel besseren Blick auf das Gelände.«

Sie lief vor, ohne auf Gerda zu warten. Gerda beeilte sich, um mithalten zu können.

»Durch die Fenster können Sie nichts sehen, die sind verdunkelt«, sagte Gerda.

»Sie werden die Gefangenen doch sicher heute noch rauslassen!«

»Die letzten Male, als ich hier war, waren immer welche draußen«, sagte Gerda. Sie dachte wieder daran, wie Johannes neben ihr im Gebüsch hockte, als sie das Lager zum ersten Mal gesehen hatte. Sie hatten am Waldrand gehockt und von außen auf die Fabrik geschaut. Und jetzt war er selbst dort eingesperrt.

Sie liefen ein Stück durch den Wald und waren bald auf der Höhe des Konzentrationslagers, auf der gegenüberliegenden Seite an der Wupper.

»Mein Gott, sieht das trostlos aus«, sagte Frau Tesche. Dann standen sie eine ganze Weile still nebeneinander und warteten.

Hofften, dass sie Johannes zu Gesicht bekamen.

Schließlich wurden tatsächlich um die zwanzig Häftlinge herausgelassen. Männer mit Blessuren, schmutziger Kleidung und unsagbar traurigen Gesichtern liefen über das Gelände. Johannes konnten sie auf den ersten Blick nicht sehen.

»Johannes!«, rief Frau Tesche.

»Johannes!«, unterstützte Gerda sie.

Es kam keine Reaktion.

Von Weitem näherten sich Spaziergänger, ein Mann und eine Frau im höheren Alter.

»Johannes!«, schrien Gerda und Frau Tesche nun gemeinsam.

»Hören Sie mal auf, hier so herumzuschreien!«, sagte die Spaziergängerin, als sie näher kam und an ihr vorbeilief.

»Mein Sohn ist dort«, sagte Frau Tesche fast entschuldigend.

»Dann wird er es wohl verdient haben!«, sagte der ältere Mann gehässig.

»Was fällt Ihnen ein …«, sagte Frau Tesche und warf einen Stein nach dem Mann, der ihn nur knapp verfehlte.

»Na, wenn Ihr Sohn auch so einer ist, dann ist der in der Kemna genau richtig, woll?«, sagte der Mann und verschwand mit seiner Frau im Wald.

»Johannes!«, rief Frau Tesche noch einmal.

Plötzlich näherte sich einer der Gefangenen der Wupper und winkte ihnen zu. Es war nicht Johannes.

»Johannes ist nicht da. Er ist im Zwinger!«

Der Mann sah nicht, wie sich ein SA-Mann von hinten näherte und ihm den Gewehrkolben gegen den Rücken rammte. Der Mann fiel zu Boden und schrie vor Schmerzen.

»Was heißt das … im Zwinger?«, rief Gerda.

»Was machen Sie mit meinem Sohn?«, fragte Frau Tesche und begann zu wimmern. »Bitte, was machen Sie mit meinem Sohn?«

Der SA-Mann, der auf den Gefangenen eingeschlagen hatte, legte plötzlich sein Gewehr an und schoss in die Richtung, in der Gerda und Frau Tesche standen. Es folgte ein zweiter Schuss. Er hatte zwar offenbar mit Absicht an ihnen vorbeigezielt, aber das Zeichen, das er geben wollte, war eindeutig: Sie sollten sofort verschwinden. Gerda und Frau Tesche rannten wie zwei aufgescheuchte Rehe davon.

* * *

Der Lastwagen kam am späten Vormittag. Es war ein Mercedes mit Planenaufbau, unter dem ein paar Dutzend Kisten mit frischer Bettwäsche für die Wachmannschaft und Wechselkleidung für die Häftlinge transportiert wurden. Johannes Tesche wartete mit einigen anderen Häftlingen auf dem Hof und rührte sich nicht. Jede Sekunde des Stehens bereitete ihm Qualen. Sein Körper war unendlich müde, weil die Wachmannschaft die Gefangenen fast jede Nacht sinnlos weckte. Der Rücken schmerzte von den beiden Tagen, die er sitzend im Verschlag eingesperrt gewesen war, eingesaut im eigenen Urin und Kot. Seine Augen hatten sich nach achtundvierzig Stunden Dunkelheit im »Hundezwinger« noch immer nicht wieder an das Licht gewöhnt.

Die Schläge und Tritte, die er beim anschließenden Verhör einstecken musste, waren dagegen schon kaum noch der Rede wert.

Johannes fühlte sich noch nicht tot, aber auch nicht mehr lebendig. Lange würde sein Körper ihm nicht mehr gehorchen. Er wusste nicht mehr, ob es richtig gewesen war, für seine Freiheit zu kämpfen. War es das wert gewesen? War es nicht bloß jugendlicher Leichtsinn? War es nicht von Anfang an absehbar gewesen, dass die Flugblatt-Aktion völlig sinnlos war?

Neben der totalen Erschöpfung quälten ihn fürchterliche Bauchschmerzen, weil die Wachmänner ihm seit einem Tag verboten, seine Notdurft zu verrichten, nachdem er sich im Zwinger eingeschissen hatte. Das gehörte zur üblichen Schikane. Auch andere Gefangene durften manchmal tagelang nicht zur Toilette gehen. Einige seiner Rippen schmerzten immer noch von den täglichen Tritten und Schlägen, die er erhielt – meistens gegen die Brust. Besonders die vierte Rippe rechts löste unsagbare Schmerzen aus, sobald er sie berührte. Vielleicht war sie gebrochen. Bisher hatten die Aufseher sich geweigert, ihn zur Untersuchung zu schicken oder Schmerzmittel zu verabreichen.

Im Zwinger hatte er am Ende gehofft, einfach zu sterben.

Das Heringsfrühstück war ihm so schlecht bekommen, dass er dachte, er würde daran verrecken, und es war ihm egal gewesen. In den endlosen Stunden, die er in quälend krummer Haltung gesessen hatte, hatte er so vieles vermisst: die Düfte der Natur, den warmen Klang seiner Waldzither, die Freiheit, gehen zu können, wohin er wollte, und auch das Tageslicht. Alles, was ihm im Leben etwas bedeutet hatte, war einfach nicht mehr dagewesen.

Jetzt hatte er wieder neuen Lebensmut gewonnen, aber es fiel ihm schwer, seinem geschwächten Körper klarzumachen, dass es weitergehen musste. Ein Mithäftling namens Schrader hatte ihm erzählt, dass eine Frau und ein Mädchen vom anderen Ufer aus nach ihm gerufen hatten, während er im Zwinger saß. Das waren bestimmt Gerda und seine Mutter gewesen. Ihnen ging es also noch den Umständen entsprechend gut. Allein dieser Gedanke, die beiden Menschen, die ihm am liebsten waren, irgendwann wiedersehen zu dürfen, hielt ihn am Leben.

Ein Aufseher namens Roßbach gab ein Kommando, und die Häftlinge stiegen nacheinander in den Lastwagen, kamen mit einer Wäschekiste heraus und brachten sie in die Wachstube. Während er wartete, bis er an der Reihe war, starrte Johannes den Wagen an.

»Wird's bald!«, schrie ihn Roßbach plötzlich an, und Johannes setzte sich in Bewegung. Seine Füße stiegen in den Lastwagen, seine Arme griffen nach einer Kiste, und als er sie gegen seine Brust drückte, schrie er kurz auf. Langsam stieg Johannes aus dem Lastwagen und trug die Kiste in die Wachstube. Dann stellte er sich wieder hinter die anderen Häftlinge, und der Vorgang wiederholte sich noch drei Mal. Beim zweiten Mal sah Johannes, wie Roßbach einem Häftling namens Schneider ein Bein stellte. Schneider fiel bäuchlings hin, sodass sich die Wäsche im Dreck verteilte. Daraufhin schrie Roßbach ihn fluchend an, während zwei andere

Wachmänner lachten. Roßbach nahm ein Bettlaken, das aus der Kiste von Schneider gefallen war, zog es durch eine schlammige Pfütze und drückte es Schneider in die Hand.

»Hier ist dein frisches Laken«, sagte er. »Du wirst in den nächsten drei Wochen darauf schlafen.«

Die beiden anderen Wachmänner johlten vor Schadenfreude, umringt von fassungslosen Blicken der anderen Gefangenen.

»Na was?«, schrie Roßbach diesen Schneider an. »Du hast doch die frische Bettwäsche in den Dreck fallen lassen.«

Schneider ging ins Gebäude, Johannes folgte ihm und passte auf, dass ihm niemand ein Bein stellte. Nachdem die letzte Wäschekiste ausgeladen war, gab Roßbach den Befehl, die Kisten mit der schmutzigen Wäsche aus der Wachstube zu tragen und in den Lastwagen zu laden. Die Müdigkeit wurde immer unerträglicher, aber wenn Johannes nun nachließ, würde man ihn mit Prügel und Demütigungen bestrafen. Er hob eine Kiste hoch und kämpfte gegen die Kraftlosigkeit in seinem Körper an. Mit schweren Beinen trug Johannes den Korb zum Lastwagen, der eine unerträgliche Sehnsucht in ihm auslöste. Ein älterer Wachmann stand neben dem LKW und achtete darauf, dass die Häftlinge nach dem Beladen wieder rauskamen. Johannes ging wieder zurück in die Wachstube. Eine Kiste war noch übrig. Johannes nahm sie und stellte sich wieder in die Reihe vor dem LKW auf. Als Letzter stieg Johannes schließlich in den Wagen, als das Unfassbare passierte. Er hörte einen leisen, dumpfen Aufprall. Ein Gefangener war zusammengebrochen und krümmte sich vor Schmerzen, was kein Wunder war, wenn die Gefangenen tagelang ihren Darm nicht entleeren durften. Ein Wachmann kniete sich zu ihm und versuchte ihn gewaltsam wieder auf die Beine zu heben, was ihm aber nicht gelang. Hilfesuchend sah er sich um. Weil kein anderer zur Stelle war, eilte der Wachmann am LKW zu ihm, um den Gefangenen zum Aufstehen zu zwingen. Doch der Gefangene blieb liegen und reagierte nicht auf die Befehle.

Das war die Gelegenheit. Niemand sah zu ihm. Johannes kletterte nach hinten in den Lastwagen, versteckte sich hinter den Kisten und legte ein Bettlaken über sich, um nicht aufzufallen. Es stank bestialisch, aber noch nie war ihm Gestank so gleichgültig gewesen. Und wenn Johannes je an einen gnädigen Gott geglaubt hatte, so war es in diesem Moment.

* * *

Der Abend war kühl, man merkte, dass der Sommer zu Ende ging. Gerda saß an ihrem Schreibtisch und versuchte, sich auf Mathematik zu konzentrieren. Sie hatte in den letzten Tagen kaum aufgepasst im Unterricht – wie auch? Die Gedanken an Johannes und die Unwissenheit über sein Schicksal hatten sie viel Kraft gekostet. Gerda wartete jeden Tag auf Nachrichten über Johannes, während das Leben um sie herum wie selbstverständlich weiterlief. Trotzdem: Sie musste den Stoff dringend nacharbeiten, wenn sie mal studieren und Architektin werden wollte – vorausgesetzt, die Hitler-Regierung machte ihr da keinen Strich durch die Rechnung mit ihrem Gesetz gegen die Überfüllung deutscher Schulen und Hochschulen. Sie rechnete die Formeln nach, die ihr Lehrer diese Woche an die Tafel geschrieben und erklärt hatte. Aber es gelang ihr kaum länger als fünf Minuten, sich darauf zu konzentrieren und nicht an Johannes zu denken.

Diesmal war es ein Geräusch, das sie ablenkte. Etwas war gegen das Fenster geschlagen. Vielleicht ein Vogel? Gerda hatte keine Lust, aufzustehen und nachzuschauen. Sie sah wieder in ihr Heft.

Ein zweiter Schlag, diesmal kräftiger als der erste, donnerte gegen das Fenster. Da warf doch jemand mit Steinen? Gerda stand auf und sah hinaus. Zuerst konnte sie in der Dämmerung nichts erkennen, doch dann trat eine Gestalt aus dem Rhododendronstrauch im Garten ihrer Eltern. Im hellen Vollmondlicht erkannte sie sofort, dass es Johannes war. Die Gestalt war grau und abgemagert wie ein Greis, aber er war es. Auf der Stirn hatte er eine Wunde, und das rechte Auge war geschwollen.

Sie lief ins Erdgeschoss, füllte eine Karaffe mit Wasser und lief hinaus. Dann rannte sie direkt in seine Arme.

Johannes schrie vor Schmerzen auf und schlug sich dann die flache Hand auf den Mund, als könnte er damit den Schrei nachträglich zurücknehmen.

»Hast du Schmerzen?«, fragte Gerda.

Johannes nickte und zischte, sie solle leise sein. Dann zog er sie in den Rhododendron. Als er sie anfasste, merkte sie, dass er am ganzen Leib zitterte. »Sie dürfen mich nicht finden, hörst du?«, flüsterte er, und dann noch mal: »Sie dürfen mich nicht finden, hörst du?«

Er sah ihre Karaffe, riss sie ihr aus der Hand und trank sie in schnellen Schlucken fast aus. Kreidebleich war er im Gesicht. Am Auge hatte er einen Bluterguss, an der Lippe und an der Stirn getrocknetes, frisches Blut. Seine Hände waren eiskalt.

»Johannes, ich glaube, du hast einen Schock.«

»Das kommt sicher von dem Sturz aus dem Lastwagen.«

»Welcher Lastwagen?«, fragte Gerda sanft. Sie freute sich so sehr, ihn zu sehen, obwohl sie ahnte, dass er schreckliche Dinge erlebt hatte. Aber wichtig war, dass er hier war und nie wieder wegging.

Johannes trank den Rest aus der Karaffe und sagte: »Ich war in diesem Lager in Kemna eingesperrt, ich weiß nicht, wie lange, was ist denn heute für ein Tag?« Plötzlich sprudelte ein erleichtertes Lachen aus ihm heraus, als würde er gerade erst realisieren, dass er frei war. »Ich bin tatsächlich geflohen.«

Sein Mund verzog sich zu einem breiten Grinsen. Aber seine Augen lächelten nicht. Seine Augen verrieten, dass er kurz davor war, verrückt zu werden. Dann legte er sich selbst wieder die Hand auf den Mund.

Lange Regenstreifen stürzten unvermittelt vom Himmel.

»Du kannst hier nicht bleiben, Johannes«, sagte Gerda. »Man könnte dich hier im Garten entdecken. Warte kurz hier!« Gerda rannte ins Haus und kam mit zwei Regenmänteln zurück. »Zieh den über und setz die Kapuze auf«, forderte Gerda ihn auf und half ihm in den Mantel. Dann nahm sie ihn am Arm, lief mit ihm aus dem Garten und über den Bürgersteig. Dabei blieben sie immer dicht an den Häuserfassaden. Wenn ihnen Passanten entgegenkamen, wechselten sie die Straßenseite, verschwanden in Seitengassen oder Hauseingängen. Schließlich hatten sie es geschafft und erreichten das Haus, in dem die Familie Abel wohnte. Es hatte aufgehört zu regnen.

Sie gingen direkt in den Innenhof.

Gerda sah Johannes fragend an: »Ist es in Ordnung, wenn Friedrich und Georg eingeweiht sind? Den beiden kannst du noch vertrauen, sie waren sehr besorgt um dich. Wir drei sind noch deine Freunde!«

»Und Henri?«

»Ich bin gleich wieder da, warte kurz hier!«

Gerda lief um das Haus herum und klopfte an Georgs Fenster im Erdgeschoss. Verdutzt sah Georg vom Schreibtisch auf, dann lief er zum Fenster und öffnete es.

»Stör ich dich gerade beim Bibellesen?«, fragte Gerda.

»Das hatte ich heute schon. Was machst du hier?«

»Komm mit, ich muss dir was zeigen!«

Irritiert sah er sie an.

»Los, komm schon!«, forderte Gerda ihn auf.

Georg beeilte sich und stieg aus dem Fenster.

»Und jetzt gib keinen Laut von dir, hörst du?«

Im nächsten Moment standen sie vor Johannes.

»Mein Gott«, flüsterte Georg und wollte ihn umarmen.

Johannes hob die Hand. »Besser nicht, ich glaube, eine Rippe ist gebrochen.«

Erst jetzt sah Georg die vielen Blessuren an Johannes.

»Wie siehst du aus? Was haben sie mit dir gemacht?«

»Wir müssen ihn verstecken. Meinst du, wir können übers Wochenende in die Bandwirkerei deiner Eltern?«

»Na klar. Ich hol schnell den Schlüssel«, sagte Georg und sprintete zurück zu seinem Fenster. In Windeseile kam er zurück, sie liefen einige Meter die Gewerbeschulstraße entlang und erreichten den Betrieb von Georgs Eltern.

Die Bandwirkerei war eine große Halle mit verschiedenen Webstühlen und Webmaschinen, zwischen denen sich Johannes gut verstecken konnte. An den Wänden standen unzählige Kartons mit Materialien und fertigen Produkten wie Schuhriemen und Kletterseile.

»Tretet ein«, bat Georg. »Ich bin gleich wieder da.« Kurz darauf brachte Georg ein paar Käsestullen, eine Kanne Kaffee und Obst. »Ich habe gerade bei Friedrich ans Fenster geklopft. Er weiß Bescheid und ist unterwegs«, sagte er. »Aber mehr als wir drei sollten auch nicht von deiner Flucht wissen, meinst du nicht?«

Johannes kaute und nickte. Gerda sah zum ersten Mal in ihrem Leben einen wirklich hungrigen Menschen.

»Meine Eltern schlafen schon, und solange wir nur eine kleine Taschenlampe benutzen und kein großes Licht anmachen, wird keiner merken, dass wir hier sind«, sagte Georg. »Am Wochenende gehen meine Eltern auch grundsätzlich nicht in die Bandwirkerei.«

»Sollten wir nicht noch deiner Mutter Bescheid sagen, dass du wohlauf bist?«, fragte Gerda Johannes, aber der schüttelte energisch den Kopf.

»Es tut mir in der Seele weh, aber lassen wir sie besser erst einmal im Ungewissen«, sagte er. »Es gibt schon einen Grund, warum ich zu dir gegangen bin, Gerda, und nicht nach Hause. Dort werden sie zuerst nach mir suchen. Wenn sie nichts weiß, kann sie auch nichts sagen.«

»Aber deine Mutter ist in größter Sorge um dich. Vor ein paar Tagen war ich mit ihr in Kemna, in der Hoffnung, dich sehen zu können.«

»Es tut mir wirklich leid für sie, aber es ist besser so! Ich will auf gar keinen Fall gefunden und zurückgebracht werden, auf gar keinen Fall!«

»Wissen deine Eltern eigentlich, wo du heute Abend bist?«, fragte Georg Gerda.

Die wies auf ihre Mathematikhefte. »Sie glauben, dass ich bei einer Schulfreundin bin und mit ihr Geometrie und Formeln lerne. Sie erwarten mich nicht vor Sonntagabend zurück.«

»Ich hätte übrigens nicht gedacht, dass ich mich mal so über ein paar Stullen freue. Die hast du wirklich gut gemacht, Schorsch!«

»Tja, Käsestullen sind eben meine Spezialität«, sagte Georg, und Johannes versuchte zu lachen.

»Da kommt jemand«, sagte Johannes dann erschrocken.

Georg rannte zum Tor. »Es ist Friedrich!«

Außer Atem betrat Friedrich die Halle und warf einen suchenden Blick in den Raum. Erst beim zweiten Hinsehen schien er Johannes zu erkennen. Er stürmte auf ihn zu. »Geht es dir gut, Johannes?«

»Ich weiß nicht, was ich darauf antworten soll. Ich war noch nie so glücklich, bei euch zu sein. Aber ich habe auch Angst, schreckliche Angst ...«

Er kämpfte mit den Tränen, dann ließ er los und weinte wie ein Kind. Der starke Johannes saß da und weinte. Dann erzählte er stolpernd und überstürzt von seinen Erlebnissen.

»Ihr könnt euch nicht vorstellen, was in Kemna alles passiert«, sagte er. »Deutschland ist kein Ort mehr, an dem man frei ist. Deutschland ist ein Monstrum geworden. Ich habe es so unterschätzt, was Hitler hier vorhat. Ich habe zwar früh geahnt, dass er Schreckliches tun will, aber ich dachte immer, das betrifft die anderen: die Juden, die Kommunisten … Aber es kann jeden treffen, der sich von ihm nicht gleichschalten lässt.«

Er trank einen Schluck Kaffee, dann fuhr er fort: »Die erste Nacht habe ich noch auf der Polizeiwache verbracht. Am nächsten Morgen bekam ich Frühstück, eine Scheibe Brot und sogar einen Becher Kaffee – seitdem der letzte Kaffee, den ich getrunken habe. Bis zum Nachmittag ließ man mich warten, und ich dachte, ich werde jeden Moment entlassen, ich hatte doch nur ein paar Flugblätter verteilt und kein Bombenattentat verübt. Gegen drei Uhr am Nachmittag ließ man mich aus der Zelle, aber draußen wartete nicht die Freiheit, sondern ein Gefängniswagen. Dann brachten sie mich in die SA-Kaserne an der Aue, wo ich eine Woche lang blieb. Hier passierte nicht viel, ich war den ganzen Tag eingesperrt, niemand redete mit mir, und zwei Mal am Tag gab es etwas zu essen. Nach einer Woche dachte ich wieder, ich werde in die Freiheit entlassen, aber erneut wartete vor der Kaserne ein Gefängniswagen auf mich. In Handschellen wurde ich in einen Wagen gebracht, in dem bereits acht weitere Gefangene saßen. Einer sagte so was wie: ›Ach du meine Güte, der ist doch noch so jung, das können die doch nicht machen.‹ Ich fragte die anderen, wo wir hinfuhren, aber der Wachmann, der hinten bei uns saß, befahl uns, nicht zu sprechen. Als wir eine halbe Stunde später anhielten und aussteigen durften, wusste ich sofort, wo wir waren. Bisher hatte ich das Lager ja immer nur von außen beobachtet. Jetzt war ich auf einmal mittendrin. Das kam mir so irreal vor. Als wäre ich Akteur in einem Spiel, dessen Regeln ich nicht kenne und aus dem ich einen Ausweg finden muss, den es aber nicht gibt.«

»So müssen sich die Protagonisten bei Kafka fühlen. Josef K., der verurteilt wird und nicht weiß, wofür …«, warf Friedrich ein.

»Ja, so ungefähr habe ich mich wirklich gefühlt. Versteht ihr? Als wäre das alles nicht wahr. Aber es ist wahr! Das, was ich in Kemna erlebt habe, passiert hier gerade mitten in Deutschland, am Stadtrand von Wuppertal.«

»Was hast du erlebt, Johannes? Erzähl uns davon!«, sagte Georg. »Wie ging es weiter, als du in die Kemna transportiert wurdest?«

Johannes starrte ihn einige Sekunden lang stumm an. Dann senkte er seinen Blick zum Boden und stotterte: »B… B… Begrüßungsprügeln …«

»Was?«, fragte Georg.

»Begrüßungsprügeln«, wiederholte Johannes. »Stundenlang … stundenlang stehen …«

Georg wollte weiter nachfragen, aber Gerda schüttelte den Kopf. Dann sahen sie alle Johannes mitleidig und geduldig an.

Johannes blickte kurz auf, sah in die wartenden Gesichter seiner Freunde, senkte den Kopf wieder und fuhr fort: »Die Wachmänner …« Er schnappte nach Luft. »Die Wachmänner … wie Hunde. Wie Rottweiler. Auch Konstantin …«

Georg nickte beschämt. »Ja, Konstantin. Ich weiß …« Er seufzte. »Im Juni haben wir alle noch zusammen mit ihm am Tisch gesessen und Kuchen gegessen, ihr habt euch trotz unterschiedlicher politischer Ansichten ganz gut verstanden, und jetzt gehört er zu den Wachmännern der Kemna, die dich …« Georg schluckte. »… die dich misshandelt haben … Das tut mir so leid, Johannes …«

»Pistole …«, wimmerte Johannes. »Er hat … mir eine Pistole … in den Mund gesteckt …«

Georg legte sich die Hand auf die Stirn und antwortete: »Das ist unverzeihlich, Johannes, wirklich unverzeihlich. Es tut mir so leid. Konstantin war immer schon irgendwie anders … Aber es gibt keine Entschuldigung für das, was er dir angetan hat. Ich habe ihn aus meiner Familie gestrichen.«

Johannes trat unruhig auf der Stelle. Dann stammelte er: »Die Schlafräume waren viel zu klein … viel zu klein für so viele. Zwanzig oder dreißig Männer. Manche von ihnen weinten nachts. Und keine Betten. Nur Strohsäcke. Und jede Nacht weckten sie uns. Außer im Zwinger …«

»Was meinst mit einem Zwinger?«, fragte Gerda.

Stille. Johannes blickte mit weit geöffneten Augen ins Leere.

»Johannes?«, sprach ihn Friedrich an. »Was meinst du damit? Sie haben euch in einen Tierkäfig gesperrt?«

Johannes schüttelte den Kopf. Dann sprach er schneller: »Nein. Kein echter Käfig. Unter der Treppe … Und dann: Wir sehen uns in ein paar Tagen … Immer dunkel. Es war immer dunkel da … Wisst ihr, wie das ist, wenn es keine Zeit mehr gibt? Keinen Tag und keine Nacht? Einer ist aus dem Fenster gesprungen. Der Rudi ist aus dem Fenster gesprungen. Sie haben ihn trotzdem noch verhört. Als er blutend auf dem Boden lag. Und die Wupper war so kalt. Auch mitten im Sommer. Habt ihr eine Ahnung, wie kalt das Wasser im Sommer ist?«

Er sah wieder auf zu seinen Freunden, denen die Tränen in den Augen standen. Johannes zitterte am ganzen Leib. Dann flüsterte er: »Und dann Schläge. Und Tritte. Und Schläge. Obwohl man nichts gemacht hat. Und Schüsse. Und Tritte …« Dann konnte Johannes nicht mehr und weinte nur noch.

»Mein Gott, welcher Teufel denkt sich das aus?«, murmelte Georg vor sich hin.

»Der Teufel, der gerade Deutschland regiert«, antwortete Friedrich.

»Diese Schweine …«, sagte Gerda.

»Wie bist du da rausgekommen?«, wollte Friedrich wissen.

»Im Wäschetransporter … hab mich versteckt … bin dann irgendwann rausgesprungen … Plane geöffnet und rausgesprungen … sofort in den Straßengraben gerollt … mein Gott, ich bin frei …«, sagte Johannes fassungslos und strich sich mit der Hand über die Wangen, als müsste er fühlen, dass er nicht träumte.

»Was machen wir jetzt?«, fragte Friedrich schließlich.

Johannes atmete plötzlich panisch ein und aus, als wäre ihm gerade klar geworden, dass es noch nicht vorbei ist. »Die dürfen mich auf gar keinen Fall finden! Ich gehe nicht zurück in die Kemna! Eher bringe ich mich um«, wimmerte er.

Gerda streichelte seinen Rücken, Friedrich und Georg kamen dazu und legten auch ihre Hände auf Johannes.

»Wir lassen nicht zu, dass du zurückgebracht wirst!«, sagte Gerda. »Das verspreche ich dir!«

»Ich verspreche es dir auch!«, stimmte Friedrich mit ein, und Georg nickte. »Ja, versprochen! Wir sind deine Freunde, und Freunde lassen sich nicht im Stich.«

Eine Weile blieben sie bei Johannes stehen. Dann sagte Georg: »Übers Wochenende kannst du auf jeden Fall hierbleiben. Hier kommt vor Montag keiner rein. Wir sollten zusehen, dass mindestens einer von uns immer bei ihm ist, kriegen wir das hin?«

Gerda und Friedrich nickten.

»Und bis der Betrieb hier Montag wieder losgeht, überlegen wir uns ein neues Versteck«, schlug Friedrich vor.

»Aber du wirst dich nicht ewig verstecken können«, gab Georg zu bedenken. »Mir fällt schon was ein«, sagte Johannes.

»Willst du als Einsiedler in einer Höhle leben, bis die Nazi-Herrschaft vorbei ist? Das kann in einem Jahr sein, vielleicht auch erst in zwanzig Jahren.«

»So lange wird sich der Hitler schon nicht halten können«, sagte Gerda.

»Hast du eine bessere Idee, als in der Höhle zu leben?«, fragte Friedrich.

Georg zündete sich eine Zigarette an und ließ sie dann kreisen. »Du solltest darüber nachdenken, Deutschland zu verlassen«, sagte Georg zu Johannes.

Gerda stockte der Atem.

»Pfarrer Streese aus meiner Gemeinde hat schon einigen geholfen, aus Deutschland zu verschwinden, auch einige Juden waren dabei. Er hat Kontakte ins Ausland und kann Pässe besorgen«, sagte Georg.

»Der hat es ja faustdick hinter den Ohren, euer Pfarrer«, grinste Friedrich.

»Das ist wahre Nächstenliebe«, sagte Georg. »Denk mal darüber nach, Johannes!«

Johannes sah Gerda an.

»Dann komme ich mit dir!«, sagte Gerda entschlossen.

»Du bist fünfzehn!«, sagte Georg.

»Danke, dass du mich daran erinnerst«, entgegnete Gerda schnippisch.

»Fangt jetzt nicht an zu streiten«, beschwichtigte Friedrich. »Ich denke, wir sollten Johannes jetzt ein bisschen schlafen lassen. Ich halte draußen Wache.«

»In Ordnung, ich gehe noch mal ins Haus und schau nach, ob meine Eltern noch friedlich schlafen. Dann bringe ich dir gleich auch eine Decke mit«, sagte Georg.

Johannes nickte. »Lasst nicht zu, dass sie mich finden!«

»Wir haben es dir gerade versprochen«, sagte Gerda. »Und jetzt ruh dich aus!«

27. Kapitel

13. Juni 1993

Martin gefror das Blut in den Adern, als Gerda von der Flucht seines Vaters aus dem Konzentrationslager erzählte. Gerda erzählte diese Geschichte mit fester Stimme, doch trotz ihrer Selbstbeherrschung liefen ihr während des Erzählens immer wieder Tränen über das Gesicht. Trotzdem stockte sie nicht ein einziges Mal. Martin hatte in diesem Moment keinen Zweifel daran, dass sie ihm die Wahrheit erzählte.

Aber warum hatte ihm sein Vater nie von seiner Erfahrung im Konzentrationslager berichtet? Es wäre doch gerade im Sinne seiner humanistischen Erziehung gewesen, dass er andere am Schrecken der Nazi-Zeit teilhaben ließ, damit die nachfolgende Generation es besser machte. Aber anscheinend hatte sein Vater diese Erinnerung tief in seinem Inneren vergraben. Diese Erlebnisse hatten ihn offenbar so schwer traumatisiert, dass er sie nur seinem Tagebuch anvertrauen konnte und es selbst hier bei vagen Andeutungen beließ. Was hatte sein Vater noch mal ins Tagebuch geschrieben? *Es ist kaum vorstellbar, dass man fast 19 Jahre jung ist und das Schlimmste, was einem im Leben passieren kann, schon hinter sich hat.* Jetzt ergaben diese Zeilen plötzlich Sinn.

»Jetzt weiß ich, warum mein Vater nie mit mir in Wuppertal war. Er wollte mit dieser Stadt nichts mehr zu tun haben, nach allem, was er hier erlebt hat«, sagte Martin.

»Das kann man doch gut verstehen, oder?«

»Aber ich verstehe nicht, warum er mir nie von seiner Haft im KZ erzählt hat.«

»Wissen Sie, Martin, viele, die während der Nazi-Diktatur im KZ waren, haben später ihren Kindern nichts davon erzählt.«

»Aber Ihnen hat er doch auch davon erzählt«, wandte Martin ein.

»Ja, aber bei Friedrich, Georg und mir hat er Zuflucht gesucht. Außerdem waren wir ja unmittelbar betroffen: Ich habe nach ihm gesucht, als er inhaftiert war. Mir hat er das Konzentrationslager vorher gezeigt. Und wir haben seine äußeren Narben gesehen, als er bei uns auftauchte. Wir waren ganz anders in seine Geschichte involviert. Seine inneren Narben konnte er ein ganzes Leben lang verstecken. Ich kann mir gut vorstellen, dass es nicht leicht ist, seinen Nachkommen von so einem Trauma zu erzählen. Man lebt seinen Alltag, und da ist dann vielleicht einfach kein Platz für diese schreckliche Vergangenheit. Viele aus meiner Generation haben nach dem Zweiten Weltkrieg so weitergelebt, als wäre das alles nicht geschehen.«

»Ich verstehe ja, dass die Täter nicht darüber gesprochen haben. Aber mein Vater war schließlich ein Opfer ...«

»Auch viele Opfer haben über das geschwiegen, was ihnen angetan wurde. Ich habe mal in einem Zeitungsartikel gelesen, dass auch viele Holocaust-Überlebende nicht über das Erlebte sprechen konnten. Aus Scham. Was für uns Außenstehende schwer nachvollziehbar sein mag, weil es sich bei diesen Menschen ja ganz eindeutig um Opfer handelt, denen großes Unrecht angetan wurde. Und dennoch ist es so.«

Davon hatte Martin auch schon gehört. Aber dass sein Vater auch zu denen gehörte, die solche schrecklichen Erlebnisse einfach verdrängten und ihren Kindern nicht davon erzählten, kränkte ihn. Für seine Generation war es immer noch so unfassbar, was in den Dreißiger- und Vierzigerjahren in Deutschland passiert war. Er hatte jahrelang mit einem Zeitzeugen unter einem Dach gelebt, der Unglaubliches erlebt und überlebt hatte – und Martin musste nun von einer ihm fremden Frau davon erfahren.

Bei all den Gedanken an die Erlebnisse seines Vaters im KZ Kemna hatte Martin fast vergessen, warum er eigentlich hier war. Er saß ja nicht nur mit Gerda Steinjans zusammen, um über dieses schreckliche Konzentrationslager zu sprechen, von dem sein Vater ihm nie erzählt hatte. Womöglich gab es ja noch einen anderen Grund, wieso sein Vater immer über diese Zeit geschwiegen hatte. Martin spürte, dass er nun nah an der Wahrheit dran war, ganz nah. Wollte er sie wirklich wissen?

Er atmete tief ein und aus, dann fragte er: »Was ist dann passiert?«

28. Kapitel

4. September 1933

Johannes war irgendwann in der Nacht in einen tiefen, traumlosen Schlaf gefallen. Am späten Vormittag erwachte er und fühlte sich besser. Georg hatte ihm zwei weiche Bettdecken besorgt, eine als Unterlage und eine zum Zudecken. Das war allemal besser als sein Schlafplatz in Saal IV. Als er die Augen öffnete, lächelte ihn Gerda an. Er war im Himmel.

»Wo sind die anderen?«, fragte er.

»Friedrich musste nach Hause, weil seine Eltern nicht wussten, wo er war. Georg hat in seinem Bett geschlafen.« Dann umarmte sie ihn fest. »Ich bin so froh, dass du wieder da bist!«

Er lächelte zurück. Als er sich aufrichtete, spürte er die gebrochene Rippe. Plötzlich packte ihn die pure Angst. Wie sollte es weitergehen? Wenn sie ihn aufspürten, würden sie ihn zu Tode foltern. »Montag wird hier wieder gearbeitet«, sagte er.

»Denk jetzt nicht daran.«

»Doch, ich muss. Ich habe nicht viel Zeit, Gerda. Mein Leben wird bedroht. Ich fürchte mich so davor. Weißt du, was mir am meisten Angst macht? Es ist nicht nur eine Person, vor der ich mich verstecken muss, sondern unser Staat ist hinter mir her. Verstehst du? Der ganze Staat ist zu einer Bedrohung für mich geworden. Ich bin hier nicht mehr sicher. Für ein paar Tage kann ich noch untertauchen, vielleicht auch für ein paar Wochen. Aber die Gefahr wird bleiben. Sie werden immer hinter mir her sein. Ich kann mich nicht nächsten Monat einfach wieder unter die Menschen mischen. Georg hat recht: Ich muss Deutschland verlassen.«

In diesem Moment kam Georg und brachte Frühstück. »Ich habe frisches Brot und Honig von zu Hause geholt«, sagte er fröhlich. »Vergesst nicht, den ganzen Tag leise zu sein. Heute Nachmittag entspannt sich die Lage sicher. Meine Eltern fahren dann zu Verwandten.«

Kurz darauf kam auch Friedrich. Johannes aß sein Honigbrot. Frisches, weiches Brot, süßer Honig auf seiner Zunge – es war so einzigartig. Alles, was früher selbstverständlich gewesen war, war nun einzigartig. Die Freunde sprachen wenig, um keinen Lärm zu machen. Am Nachmittag verließen Friedrich und Georg die Bandwirkerei, um Lesestoff für Johannes zu besorgen.

Doch plötzlich kam Friedrich zurück. »Verdammter Mist, Henri ist da!«, sagte er aufgeregt.

»Wo?«, fragte Gerda.

»Wir haben ihn von Weitem kommen sehen. Georg hält ihn gerade auf und versucht, ihn abzuwimmeln.«

»Was will er?«, fragte Johannes.

»Weiß ich nicht«, sagte Friedrich.

»Er wird mich schon nicht verraten«, sagte Johannes.

»Doch! Er hat sich sehr verändert. Er hat doch auch Friedrichs geheimen Buchhandel auffliegen lassen«, sagte Gerda. »Er darf dich hier nicht finden!«

* * *

Georg versuchte, sich nichts anmerken zu lassen, als Henri ihm zuwinkte. »Was machst du denn hier?«, fragte er so neutral wie möglich.

»Ich wollte zu dir. Wie geht es dir denn so?«

»Ganz gut. Aber ich habe keine Zeit.«

»Was machst du denn an diesem Wochenende noch?«, fragte Henri betont aufdringlich. Irgendetwas führte er im Schilde. »Wir könnten ja mal wieder wandern gehen.«

»Du hast doch nun neue Freunde. Wandern die nicht auch?«, fragte Georg.

»Ach, nehmt ihr mir das immer noch übel?«, wollte Henri wissen.

»Henri, du kannst dich nicht so einfach von uns abwenden und dann so tun, als wäre nichts gewesen.«

»Ihr habt euch doch von mir abgewendet«, schrie Henri ihn plötzlich an.

Georg sah ihn verdattert an.

»Natürlich«, sagte Henri. »Guck nicht so dumm! Als ich mit Gerda was angefangen habe, da habe ich doch gemerkt, dass euch das nicht passt. Und als Johannes mir Gerda ausgespannt hat, habt ihr mich doch alle ausgelacht, stimmt's? Mit dem Henri kann man es ja machen!«

Glaubte Henri das wirklich, fragte sich Georg. »Henri, so war es nicht. Die Sache mit Gerda und dir und

Johannes geht Friedrich und mich im Grunde nichts an. Es tut mir leid, dass dich das verletzt hat, aber wir können nicht alle was dafür. Aber was *du* mit Friedrich gemacht hast, war eine ganz miese Nummer von dir. Ist dir klar, was das für Auswirkungen hat? Seine Eltern können sich wahrscheinlich die alte Wohnung nicht mehr leisten und müssen umziehen, weil du ihnen das Geschäft kaputt gemacht hast. Du solltest dich zumindest mal bei ihm dafür entschuldigen. Vielleicht wäre das ein erster Schritt, um auch wieder gemeinsam etwas zu unternehmen. Aber heute habe ich auch wirklich keine Zeit für dich. Ich muss Griechisch lernen. Für mein geplantes Theologiestudium. Also, mach's gut.« Georg drehte sich um und wollte nach Hause gehen, da sagte Henri hinter ihm: »Einen Moment noch!«

Georg sah ihn fragend an.

»Wir brauchen in der HJ für dieses Wochenende dringend ein Kletterseil. Die Geschäfte haben schon zu. Aber ihr stellt doch in der Bandwirkerei so was her. Ihr habt doch sicher ein paar Seile auf Lager, oder?«

»Tut mir leid, Henri. Die Bandwirkerei ist am Wochenende geschlossen. Meine Eltern haben den Schlüssel, aber die sind den ganzen Tag nicht da.«

Kaum hatte Georg ausgesprochen, da sprintete Henri zum Eingangstor.

»Es ist offen!«, sagte er. »Da hat wohl jemand vergessen abzuschließen.«

»Komm sofort zurück!«, schrie Georg.

»Ich brauche doch nur ein Seil. Ich bezahle es natürlich auch«, sagte Henri und trat ein.

Georg rannte in Panik hinterher.

Als er Henri eingeholt hatte und das Gebäude betrat, stand Henri mitten im Raum und sah sich um. Gerda und Johannes waren nicht da. Auch alle Spuren, die auf Johannes' Nachtlager hinwiesen, waren beseitigt.

»Die Seile sind hier«, sagte Georg und ging zu einer Kiste.

Henri ignorierte ihn und sah sich in der Halle um.

»Henri, hier ist dein Seil, du hast hier sonst nichts zu suchen!«

»Wer weiß, wer weiß«, sagte Henri. »Hast du eigentlich schon gehört, dass Johannes aus der Haft geflohen ist?«

»Tatsächlich?«, fragte Georg.

»Du wusstest doch, dass er in der Kemna ist, oder?«

»Mein Cousin hat es mir erzählt. Und so, wie er von der Kemna erzählt, kann Johannes froh sein, dass er da raus ist.«

»Hat Johannes sich bei dir schon sehen lassen?«

»Ich habe doch gesagt, ich wusste noch nicht, dass er geflohen ist.«

»Tatsächlich? Sagtest du das?«

»Was willst du?«

Henri ließ seinen Blick noch einmal durch den Raum gleiten. »Wenn er flieht, muss er doch irgendwo hin. Am besten zu seinen Freunden, oder? Und das hier wäre doch ein gutes Versteck, nicht wahr? Zumindest am Wochenende, wenn hier niemand arbeitet.«

»Hast du diese geniale Idee auch schon deinen Nazi-Freunden verraten? Laufen die heute auch noch hier auf?«

»Noch nicht, mein Lieber, noch nicht. Aber wenn ihr Johannes heute noch seht, schickt ihn doch erst mal zu mir. Er und ich, wir haben noch eine Rechnung offen. Vielleicht können wir diese ja begleichen, ohne dass die SA informiert wird. Aber garantieren kann ich für nichts. Schließlich ist Johannes nun ein gesuchter Verbrecher, und wir haben die Pflicht, mit der Polizei zusammenzuarbeiten.«

»Er ist nicht hier, Henri, das siehst du doch!«

»Was ich sehe, ist, dass er nicht hier ist. Aber kann es vielleicht auch sein, dass er hier ist und ich ihn einfach nicht sehen kann?«

Henri sah ihn fragend an. Dann ging er nach hinten in eine Ecke, in der ein großer Holzschrank stand.

»Was ist denn hier drin?«, fragte Henri.

»Alle möglichen Werkzeuge und Materialien. Was genau, weiß ich nicht.«

Henri rüttelte am Schrank. »Oh, abgeschlossen. Gibst du mir den Schlüssel, oder soll ich den Schrank aufbrechen?«

»Ich habe keinen Schlüssel dafür! Du siehst, er ist nicht hier. Du hast dein Seil. Also verschwinde jetzt.«

Henri rüttelte noch wilder am Schrank.

»Oder muss ich dich wegen Hausfriedensbruch anzeigen?«, fragte Georg schließlich.

Henri ließ vom Schrank ab, ging auf Georg zu und legte das Seil, das er mitnehmen wollte, um Georgs Hals. Dann zog er eine Schlinge zu. »Sei vorsichtig, mein alter Freund«, sagte Henri. »Wenn ihr Johannes hier versteckt habt und das rauskommt, ist nicht nur Johannes dran. Ihr macht euch dann mitschuldig.«

»Nimm das Seil von meinem Hals«, forderte Georg ihn ruhig auf. »Sieh dich mal an, Henri: Du hast dich ja kaum noch unter Kontrolle. Merkst du nicht, wie zerrissen du bist? Du kannst nicht mit der HJ und mit uns befreundet sein. Noch ist es nicht zu spät umzukehren. Du bist bei uns immer noch willkommen, wenn du es ernst meinst.«

Henri löste das Seil und rollte es auf. »Was bekommst du dafür?«, fragte er.

»Ich frage meinen Vater, dann kannst du das Geld in den nächsten Tagen vorbeibringen. Und jetzt geh bitte!«

Henri drehte sich um und verschwand. Georg folgte ihm unauffällig bis zum Ende der Straße. Als Henri weit genug weg war, kam er zurück. Friedrich kam aus seinem Versteck zwischen Kartons hervor und schloss den Schrank auf. Johannes konnte nicht schnell genug aus dem Schrank klettern, er zitterte am ganzen Leib. Gerda kletterte ebenfalls aus dem Schrank, und Johannes übergab sich vor ihren Füßen. Er war nass geschwitzt. Beschämt sah er auf das Erbrochene.

»Entschuldige«, sagte er. »Ich hab es kaum ausgehalten da drin. Das war wie im Zwinger!«

»Es hat dir gerade das Leben gerettet«, sagte Gerda sanft.

»Ich dachte, ich schaffe es nicht, mich darin zu verstecken. Diese Enge, diese Dunkelheit, diese stickige Luft«, sagte Johannes, der immer noch zitterte.

»Es ist alles gut gegangen, Johannes«, sagte Gerda. »Es ist gut. Wir passen auf dich auf. «

Georg schloss das Tor von innen ab.

»Ich hoffe, dass er nicht wiederkommt«, sagte Georg.

»So ein Schweinehund«, sagte Friedrich.

Gerda beruhigte Johannes, und als er schließlich wieder gleichmäßiger atmete, sagte Georg: »Du bist hier nicht mehr sicher!«

* * *

Die Hardthöhlen lagen an einer Grünanlage, die an einen kleinen Wald grenzte und die des Öfteren Ausflugsziel des Wandervogels gewesen war. Johannes waren diese Großhöhlen eingefallen, als sie nach einem neuen Versteck suchten. Gerda hatte zwar Bedenken, ob Johannes in seinem Zustand den Fußweg von fast vier Kilometern schaffen konnte, aber Johannes hatte bekräftigt, dass er dazu durchaus in der Lage sei – und außerdem keine andere Wahl habe, weil man mit Henris Rückkehr zur Bandwirkerei rechnete.

Sie hatten gewartet, bis es dunkel wurde, Georg hatte für Regen gebetet, und seine Gebete waren erhört worden – ein plötzlicher Platzregen fiel vom Himmel, so konnte sich Johannes wieder unter einer Kapuze verstecken, ohne aufzufallen. Für heute Nacht hatten sie beschlossen, alle mit Johannes in den Hardthöhlen zu übernachten und einen Plan für seine Flucht ins Ausland zu schmieden.

Jeder trug eine Decke unterm Arm, dazu eine Tasche mit Essensvorräten und einen Spaten, um Essensreste und Notdurft zu vergraben. Sie wollten keine Spuren hinterlassen.

Die Kalksteinhöhlen unter der Hardt waren ein riesiges Labyrinth. Der Eingang war eng, der Boden in der Höhle uneben, die Wände mit faszinierenden, wellenförmigen Mustern versehen. Die Freunde liefen ein ganzes Stück durch den engen Tunnel hinter dem Eingang, bis sie das Gefühl hatten, tief genug in der Höhle zu sein, sodass ihre Stimmen und das Licht der Taschenlampen nicht nach außen drangen. Sie schlugen kreisförmig ihr Lager auf, dann krochen alle schnell unter die Decken, um sich zu wärmen.

Gerda versuchte, nicht mehr daran zu denken, dass Johannes bald im Ausland leben würde – vorausgesetzt, die Flucht würde ihm gelingen. Sie genoss den Moment, den sie gerade noch mit ihm erleben konnte. Sie war in diesem Moment einfach glücklich, dass Johannes wieder da war. In seinen Armen schlief sie ein.

* * *

Mitten in der Nacht wurde Gerda wach und merkte, dass sie am ganzen Leib zitterte. Wie lange hatte sie geschlafen? Eine Stunde? Fünf Stunden? Ihre Zähne klapperten. Es war furchtbar kühl in der Höhle. Sie streckte die Hand nach Johannes aus, um sich an ihm zu wärmen. Doch sie fühlte nur den kalten Steinboden. Wo war Johannes?

Panisch sprang sie auf und rannte zum Ausgang. Draußen war alles still. Keine Soldaten, keine Stimmen.

Plötzlich packte sie jemand von hinten. Erschrocken drehte Gerda sich um. Es war Johannes.

Sie warf sich in seine Arme. »Wo warst du, Geliebter?«, fragte sie.

»Du zitterst ja«, sagte Johannes. »Was hast du?«

»Wo warst du?«, wiederholte Gerda.

»Ich musste nur mal ganz dringend.«

»Lass mich nicht allein, Liebster, lass mich nicht allein. Ich dachte, die SA hätte dich geholt!«

»Ganz ruhig, meine Gerda. Wir sind hier in Sicherheit. Hier tut mir niemand mehr etwas. Komm, wir legen uns wieder hin.«

Sie folgte Johannes, doch nach der ersten Erleichterung überkam sie die schreckliche Gewissheit, dass nichts wieder gut werden würde. Nicht, solange Hitler dieses Land mit Furcht und Schrecken regierte.

* * *

Als Georg aufwachte, packte ihn das kalte Grauen. Er hatte schlecht geträumt. Es hatte irgendwas mit dem zu tun, was Johannes von der Kemna erzählt hatte. Irgendwie ging es darum, dass Johannes von den Nazis entdeckt worden war, und nun sollten sie alle lebenslänglich mit einem Gefängniswagen ins KZ gebracht werden.

Im Moment des Aufwachens fühlte sich Georg völlig verloren. Er spürte seine pure Existenz, und es war zum Fürchten, weil ihm die Welt, in die er hineingeworfen war, so völlig sinnlos und bedrohlich erschien. Er fühlte die beißende Kälte in der Höhle, er fühlte die Angst um Johannes, er fühlte die Angst um sich selbst. Indem er Johannes half, handelte er menschlich. Und doch hatte er sich damit schuldig gemacht. Denn wenn sie Johannes finden würden, würde die SA auch Georg in die Mangel nehmen, wenn herauskam, dass auch er geholfen hatte, Johannes zu verstecken. Was war das für eine Zeit, in der das Richtige auf einmal das Falsche war?

Mein Gott, mein Gott, warum hast du mich verlassen?

Georg stand auf und taumelte durch die Dunkelheit. Langsam tastete er sich an der kalten, rauen Höhlenwand entlang. Als er aus dem Höhlenausgang trat und frische Luft einatmete, fühlte er sich schon besser. Es war immer noch dunkle Nacht, aber es war nicht still, er hörte die Stimmen des Waldes. Zuerst war da das Zirpen von Heuschrecken, dann das Rufen einer Eule, kurz darauf ein Rascheln in den Büschen, vielleicht ein Igel oder ein Gartenschläfer. Und als er dastand und die lebendige Natur um sich herum hörte, spürte er, dass es etwas Größeres auf der Welt gab – etwas, das größer war als er selbst, als Deutschland, als Hitler, als seine Furcht. Sein Gottvertrauen kam langsam zurück. Er ging tiefer in den Wald, um sich einen Platz zu suchen, von wo aus er in den Sternenhimmel sehen und beten wollte. Das würde ihm Kraft geben für den kommenden Tag und für diese schweren Stunden. Eine Taschenlampe brauchte er dafür nicht, Mond und Sterne ließen die Konturen der Bäume erkennen.

Als er über das Hindernis stolperte und hinfiel, dachte er, er wäre gegen einen großen Ast gelaufen. Aber als er sich umdrehte, konnte er sehen, dass seine Füße an einem Menschenkörper hängen geblieben waren. Er sah Stiefel, weiße Strümpfe an nackten, leicht eingeknickten Beinen, eine kurze Hose und ein Hemd. Regungslos lag der Körper auf dem Bauch, das Gesicht in der schlammigen Erde. Mehr konnte Georg in der Dunkelheit zuerst nicht erkennen. Schnell zog er seine Beine ein, um den Körper nicht länger zu berühren. Dann nahm er einen Ast, um den Leib anzustupsen, und schließlich traute er sich, mit der Hand an dem Menschen zu rütteln, der da lag. Der leblose Körper bewegte sich in die Richtungen, in die Georg ihn drückte, aber er nahm keine selbstständige Regung des Körpers wahr. Georg sandte ein Stoßgebet zum Himmel, und als er seinen Mut zusammennahm und den Puls des Menschen fühlen wollte, sah er, dass die Augen des im Dreck Liegenden weit offen waren und starr in den Matsch blickten. Außerdem glitzerte am Hinterkopf eine Flüssigkeit. Vorsichtig fühlte Georg danach. Es war feucht und glitschig. Blut.

Viel Blut!

Der Kopf war nicht mehr rund, sondern hatte einige Eindellungen. Der Schädel war ihm zertrümmert worden. Und dann, als er sich die Gesichtshälfte, die nicht im Dreck lag, ansah, hatte er einen schlimmen Verdacht. Schnell drehte er den Körper um und nahm ein Feuerzeug aus der Tasche, um mehr Licht zu bekommen. Die kleine Flamme leuchtete auf das tote Gesicht von Henri.

Henri Adams.

Rasch rannte er zurück zur Höhle und weckte die anderen unsanft auf.

»Aufwachen! Aufwachen! Johannes! Gerda! Friedrich! Aufwachen! Henri ist tot! Henri ist tot!«

Dann schnappte er sich eine Taschenlampe und rannte zurück zum Leichenfundort. Friedrich war als Zweiter dort, gefolgt von Gerda und Johannes. Georg leuchtete auf das Gesicht von Henri, und alle schwiegen.

Zuerst sahen alle entsetzt auf den toten Körper. Dann blickten sie sich gegenseitig an.

»Was ist passiert?«, fragte Johannes, der noch völlig außer Atem war.

»Keine Ahnung«, antwortete Georg. »Ich bin vor einer halben Stunde mit einer inneren Unruhe aufgewacht und wollte zum Gebet rausgehen. Und dann habe ich Henri hier gefunden.«

»Was hat er hier gemacht?«, fragte Friedrich.

»Ja, was hat er hier wohl gemacht?«, wiederholte Johannes. »Was meinst du denn? Er ist uns gefolgt!«

Georg hockte sich hin und hob einen ziegelgroßen Stein auf, den er mit der Taschenlampe anleuchtete. »Der ist voller Blut«, sagte er.

»Jemand muss ihn damit erschlagen haben«, ergänzte Friedrich.

»Jemand?«, sagte Georg bestimmend und sah sich in der Runde um.

»Jemand?«, wiederholte er. »Warst du es, Johannes?«

»Ich?«, fragte Johannes. »Nein!«

»Er wollte dich verraten und wieder an die Nazis ausliefern«, sagte Georg. »Es würde dir hier keiner übelnehmen, wenn du es verhindern wolltest.«

»Ich habe die ganze Nacht in seinem Arm gelegen«, verteidigte Gerda ihn.

»Ich habe mitbekommen, wie du vorhin kurz rausgegangen bist, Johannes!«, warf ihm Georg vor.

»Ich habe die ganze Nacht in seinen Armen gelegen«, wiederholte Gerda.

»Und du, Gerda?«, fuhr Georg fort. »Wolltest du damit vielleicht Johannes beschützen?«

»Ich sagte doch: Ich habe die ganze Nacht bei Johannes gelegen.«

»Dann du, Friedrich? Hast du Henri den Schädel zertrümmert? Du hast doch eine Scheißwut auf ihn. Immerhin hat er eure ganze Geschäftsgrundlage zerstört. Wegen Henri müsst ihr nun in eine kleinere Wohnung ziehen.«

»Spinnst du? Deswegen bringe ich Henri doch nicht um, so schwachsinnig er auch geworden sein mag. Aber was ist denn mit dir, Georg? Du hast die Leiche doch gefunden. Du warst als Erster am Tatort ...«

»Das ist doch absurd«, entgegnete Georg.

»Hören wir auf zu streiten!«, rief Johannes dazwischen.

»Aber klar ist doch: Einer von euch ist es gewesen!«, sagte Georg.

»Dich eingeschlossen!«, beharrte Friedrich.

»Schluss jetzt!«, rief Johannes, und jetzt erst kamen alle wieder zur Besinnung.

Schließlich sagte Friedrich: »Wir müssen die Leiche beseitigen.«

»Was?«, fragte Georg.

»Was sollen wir sonst machen? Die Polizei verständigen?«, sagte Friedrich.

Johannes stimmte ihm zu. »Friedrich hat recht. Wenn jemand seine Leiche hier findet, wird man auch Spuren von uns hier finden. Dann bin ich geliefert. Und ihr auch.«

Eine ganze Weile sahen sie stumm Henris Leiche an. Henri, der vor einigen Monaten ihr enger Freund gewesen war, lag da nun leblos vor ihnen – in seiner verschmutzten HJ-Uniform, die ihn so fremd gemacht hatte.

»Du hast doch den Spaten mitgenommen«, sagte Johannes schließlich zu Georg. »Hol ihn!«

»Was?«

»Der Boden ist noch weich vom vielen Regen. Es dürfte nicht schwer sein, ein Loch auszuheben. Gleich hier, wo die ganzen Spuren sind, die auf einen Mord hindeuten könnten.«

»Er hat recht«, sagte Gerda. »Wir können ihn nicht mehr lebendig machen. Aber wir können seinen Leichnam verschwinden lassen. Wo es keine Leiche gibt, ist es nicht leicht, uns einen Mord nachzuweisen. Wenn er vom Erdboden verschwunden ist, wird man bald aufhören, Fragen zu stellen. Und wir gewinnen Zeit, um Johannes noch eine Weile zu verstecken und seine Flucht zu ermöglichen.«

Georg rannte los und holte den Spaten. Dann wechselten sie sich im Zehn-Minuten-Takt mit dem Graben ab, und sie hörten erst auf, als sie ein großes Loch geschaufelt hatten, das gut und gerne eineinhalb Meter tief war. Dann rollten sie Henri hinein, und er fiel hinunter wie ein Sack Kartoffeln. Mit einem unnatürlich verdrehten Körper und dem Gesicht nach oben blieb er dort liegen. Als sie in die offenen, toten Augen ihres Freundes blickten, den einer von ihnen umgebracht haben musste, schrie Gerda auf und brach in Tränen aus. Johannes nahm sie in den Arm, während Friedrich den blutigen Stein ins Grab warf und damit begann, Erde auf Henri zu schaufeln. Er bedeckte ihn an den Beinen, am Bauch, schließlich fiel die schwarze Walderde auf seine offenen Augen. Es war ein grausiger Anblick. Dann übernahm Georg den Spaten, gab ihn dann an Johannes weiter, und zuletzt schaufelte Gerda das Grab zu. Am Ende klopften sie alle gemeinsam die Erde, unter der Henri nun lag, fest und schoben Blätter über die Stelle.

»Auf diese Weise wurden auch viele Soldaten im Krieg begraben«, sagte Georg nachdenklich.

»Sei einfach still«, entgegnete Friedrich.

Dann bildeten sie alle einen Kreis um das Grab und nahmen sich schließlich in den Arm. Georg sprach ein lautes Gebet, das er mit den Worten »Vater, vergib uns« beendete.

Sie gingen zurück zur Höhle und sprachen bis zum Anbruch des Morgens kein einziges Wort mehr miteinander.

29. Kapitel

13. Juni 1993

Und das ist die Geschichte?«, fragte Martin.

Ihm war nun einiges klarer geworden. Die Tagebücher seines Vaters waren nun keine zusammenhanglosen, rätselhaften Eintragungen mehr. Das war also wirklich passiert. Sein Vater hatte mitgeholfen, einen ermordeten Jugendlichen, der mal sein Freund gewesen war, zu vergraben, um die Leiche verschwinden zu lassen. Es gab eine Geschichte hinter diesem Ereignis. Aber es fiel ihm immer noch schwer zu fassen, dass sein Vater so etwas getan hatte.

»Ja, das ist die Geschichte«, antwortete Gerda. »So haben wir Henri verschwinden lassen.« Sie gönnte sich eine Atempause, dann fragte sie ihn: »Glauben Sie, dass wir etwas Unrechtes getan haben?«

Martin dachte kurz nach. »Nein, das glaube ich nicht. Sie mussten meinen Vater beschützen.«

»Ja, das mussten wir.«

»Aber«, fragte Martin dann, »fiel der Verdacht denn gar nicht mehr auf Sie und Ihre Freunde?«

»Nein. Henri galt einfach als verschwunden. Sie wissen ja: Henris Familie ging davon aus, dass ihn die Hitlerjugend auf dem Gewissen hatte. Und die Behörden vermuteten, dass er irgendwo verunglückt sei, wo man keine Leiche findet. In einem Gewässer, in einer tiefen Schlucht … Natürlich gab es am Anfang Ermittlungen. Georg, Friedrich und ich wurden gefragt, wo wir Henri zuletzt gesehen hatten. Aber wir gehörten ja nicht mehr zu seinem engsten Freundeskreis. Es gab kein Motiv, es gab keine Leiche – also liefen die Ermittlungen ganz schnell aus. Und dass die Familie Adams die Hitlerjugend mit dem Verschwinden Henris in Zusammenhang bringen wollte, führte umso mehr dazu, dass man die Ermittlungen schnell beenden wollte. Henri galt also einfach als verschollen.« Dann lachte sie freudlos. »Und meine Eltern haben nie bemerkt, dass ihnen zwei Schallplatten der *Comedian Harmonists* fehlten, die ich Henri geliehen und nie wieder zurückbekommen habe.«

»Und meinem Vater gelang zur gleichen Zeit die Flucht?«

»Ja. Georg nahm, einen Tag nachdem wir Henri begraben hatten, Kontakt zu seinem Pfarrer auf. Zwei Wochen lebte Johannes noch in der Höhle, wo wir drei ihn abwechselnd mit Lebensmitteln und frischer Wäsche versorgten. Dann hatte der Pfarrer ihm die falschen Papiere besorgt und eine Familie in Dänemark kontaktiert, die Flüchtlinge aus Deutschland aufnahm. Nach diesen zwei Wochen waren auch die schlimmsten

Blessuren in Johannes' Gesicht verheilt, sodass er nicht mehr auffiel. Außerdem ließ er sich einen Bart wachsen, um nicht gleich erkannt zu werden. In der Nacht zum 14. September nahm er, getarnt mit gefärbten Haaren und einer Brille, durch die er kaum sehen konnte, den Zug in Richtung Kiel und dann das Schiff nach Kopenhagen. Ich verabschiedete mich in der Höhle von ihm und sah ihn nie wieder.«

Die Erinnerung überwältigte sie plötzlich, und sie begann zu schluchzen wie ein kleines Mädchen.

Nachdem sie sich wieder beruhigt hatte, sagte sie: »Er war wirklich ein ganz besonderer Mensch, und ich war mir damals sicher, dass ich mein Leben mit ihm verbringen wollte. Aber es war schwer genug, für eine Person die Flucht zu ermöglichen, und mit fünfzehn verlässt man nicht einfach seine Eltern, wenn man es nicht unbedingt muss. Wäre Johannes nicht eingesperrt und gefoltert worden, hätte unser Leben einen ganz anderen Verlauf nehmen können, und unsere junge Liebe hätte vielleicht eine Chance gehabt. Aber die furchtbare Erfahrung im KZ hat unsere Pläne und Wünsche mit voller Wucht zerstört. Für Johannes ging es nur noch um das nackte Überleben. Er wollte unbedingt verhindern, noch mal in ein KZ zu kommen. Das war das Einzige, was zählte, und dafür mussten wir unsere Liebe opfern.«

Martin sah sie verständnisvoll an und lächelte. »Wenn alles anders gekommen wäre, dann wären Sie vielleicht meine Mutter geworden.«

Gerda lachte. »Ja, wer weiß. Sie sind ein guter Junge.«

Dann schaute Martin sie plötzlich ernst an. »Aber Sie wissen auch, dass ich noch etwas wissen möchte.«

»Ja, das weiß ich.«

Martin holte tief Luft, dann stellte er die alles entscheidende Frage: »Wer von Ihnen war es, der Henri ermordet hat?«

Gerda hielt kurz inne. Dann sagte sie: »Eigentlich spielt es keine Rolle, wer es war. Jeder von uns hätte es sein können. Wir waren alle in jener Nacht davon überzeugt, dass wir Johannes unbedingt vor weiterem nationalsozialistischen Terror schützen müssen. Wir haben ihn vor Henri versteckt, weil wir alle befürchtet haben, dass Henri ihn verraten würde. Also hatte jeder von uns ein Motiv, um Henri umzubringen.«

»War es mein Vater?«, fragte Martin.

»Nein, er war es nicht. Er hat die ganze Nacht neben mir gelegen, und ich war fast die ganze Zeit wach. Nur einmal bin ich kurz eingenickt, aber das war, bevor Henri vor der Höhle aufgetaucht ist. Ich hatte so einen leichten Schlaf, dass ich es bemerkt hätte, wenn Johannes aufgestanden wäre.«

»Waren Sie es, Frau Steinjans?«

»Nein. Ich weiß nicht, wer es war. Wir haben alle nicht mehr darüber gesprochen. Ich weiß auch nicht, wem ich es eher zutrauen würde – Georg oder Friedrich.«

»Hätten Sie es denn getan?«

Gerda hielt kurz inne, dann antwortete sie: »Ja, wir hätten es alle getan. Ich weiß, für Sie ist es schwer nachvollziehbar, wie man einen Menschen töten kann. Aber es waren andere Zeiten. Die Moral war nicht mehr dieselbe.«

»Ich verstehe, was Sie meinen«, sagte Martin. »Ich verstehe das wirklich. Trotzdem … Sie haben die Leiche verschwinden lassen und Henris Familie all die Jahre im Ungewissen gelassen, was mit ihrem Sohn passiert ist.«

»Dass wir ihn begraben haben, hatte ja damit zu tun, dass es kein Recht gab, das uns schützen konnte. Wenn wir heutzutage Henri aus Notwehr erschlagen würden oder seine Leiche finden würden, dann würden wir selbstverständlich die Polizei rufen, weil wir wüssten, dass es Anwälte und Gerichte gäbe, die uns entlasten würden. Aber damals ... damals war die Polizei gegen uns, es gab kein Recht, um Bürger zu schützen, der Staat war unser Feind. Was hätten wir denn tun sollen?«

»Ich weiß es ja auch nicht«, gab Martin zu.

»Glauben Sie nicht, dass es leicht war, unseren Freund Henri zu vergraben«, sagte Gerda. »Unsere Freundschaft ist daran zerbrochen. Als wir am nächsten Morgen aufwachten, sahen wir uns alle an, als hätten wir uns gegenseitig vorzuwerfen, was wir getan haben. Wir sprachen kaum noch miteinander. Ich glaube, wir alle hatten nach jener Nacht endgültig begriffen, wie ernst die Lage in Deutschland war und dass man sich, egal wie man sich entscheidet, in Schuld verstricken kann. Auch zwischen Johannes und mir hatte sich etwas verändert. Wir spürten, dass wir uns immer noch liebten, und suchten gegenseitig Nähe. Aber wir sprachen nicht über Henri, sondern nur über Johannes' anstehende Ausreise, unsere Zukunftspläne und über Kindheitserlebnisse. Als Johannes dann weg war, trafen wir uns nicht mehr, wir liefen uns nur hin und wieder zufällig über den Weg und suchten uns andere Freunde. Ich versuchte, so lange wie möglich dem BDM zu entkommen, fühlte mich aber irgendwann doch gezwungen einzutreten und flüchtete mich in die innere Emigration. Ich glaube, vor allem Georg nahm es Johannes übel, dass er sich nie aus seinem Exil meldete. Dann brach der Krieg aus, Friedrich und Georg wurden an die Ostfront geschickt, von der Friedrich nicht wiederkam. Er fiel 1942. Georg und ich blieben nach dem Krieg in Wuppertal, aber wir mieden uns weiterhin. Vielleicht war es der einzige Weg, um mit dem schrecklichen Ereignis von 1933 fertigzuwerden.«

Martin sah sie starr an, während er ihr zuhörte. Er brauchte einen Moment, um das alles zu schlucken. Dann lächelte er sie verlegen an. »Ich danke Ihnen. Ich habe in den letzten Monaten Erlebnisse meines Vaters kennengelernt, von denen ich nichts geahnt habe. Ich bin erleichtert, dass ich nun den Zusammenhang seiner Tagebuchaufzeichnungen verstehe. Und ich bin erleichtert, dass ich weiß, dass er keinen Menschen umgebracht hat.«

»Es war nicht leicht für mich, Ihnen das alles zu erzählen. Manche Erinnerungen wollen lieber im Verborgenen bleiben.«

Martin nahm einen Stadtplan von Wuppertal aus der Tasche und hielt ihn ihr hin. »Können Sie mir zeigen, wo er ungefähr begraben ist?«

Gerda sah sich den Plan genau an. Schnell fand sie die Stelle und zeigte mit dem Finger drauf. Martin kreiste die Stelle mit Kugelschreiber ein.

»Sehen wir uns wieder, Frau Steinjans?«

»Was gibt es denn jetzt noch zu besprechen? Es war schön, Sie kennengelernt zu haben. Aber jetzt sollten wir beide wieder unser eigenes Leben weiterleben, meinen Sie nicht?«

»Ja«, stimmte Martin ihr zu. »Ich wünsche Ihnen alles Gute!«

Sie verabschiedete sich von Martin, und er verließ ihr Haus.

* * *

In der kommenden Nacht schlief Martin erholsam wie lange nicht mehr. Am Morgen wachte er zufrieden auf, auch wenn kurz darauf wieder ein leichtes Unbehagen zurückkam.

Er machte sich einen Kaffee und nahm Stift und Papier zur Hand, um einen Brief zu schreiben. Dann plante er, noch einmal ins Bergische Land zu fahren. Es gab drei Dinge, die noch zu erledigen waren. Alles musste heute sein, an seinem arbeitsfreien Montag.

Seine erste Station war Solingen. Martin nahm einen großen Umschlag aus seiner Jackentasche und warf ihn bei Helene Adams, deren Adresse er im Telefonbuch gefunden hatte, in den Briefkasten. Er traute sich nicht, ihr dabei in die Augen zu sehen, wenn er ihr die Wahrheit über ihren Bruder erzählte. Aber er war es ihr schuldig, zumindest Teile der Wahrheit mitzuteilen.

Liebe Helene Adams,

sicherlich erinnern Sie sich noch an mich. Mein Name ist Martin Tesche, wir haben uns vor einigen Wochen in Solingen getroffen und über Ihren verschollenen Bruder Henri gesprochen. Ich habe in der Zwischenzeit weitere Nachforschungen angestellt und möchte Ihnen mitteilen, dass ich weiß, was mit Henri 1933 geschehen ist. Er war nicht der Junge, der beim Ausflug mit der HJ ertrunken ist. Henri starb in der Nacht zum 5.9.1933 im Wald an der Wuppertaler Hardt. Er wurde in dieser Nacht erschlagen und dann am Tatort vergraben. Die Leiche müsste sich in der Nähe der Hardthöhlen befinden. Auf der beigefügten Karte habe ich markiert, wo Henri ungefähr begraben worden sein soll. Ich weiß nicht, wer ihn getötet hat, das lässt sich nun, sechzig Jahre später, auch nicht mehr herausfinden. Zu den Hintergründen weiß ich, dass er erschlagen wurde, um jemanden zu schützen, der bereits massiv unter dem nationalsozialistischen Terror gelitten hat und schwer traumatisiert war. Henri hat sich zu dieser Zeit bereits so sehr mit der Hitlerjugend und der nationalsozialistischen Bewegung identifiziert, dass er einen Regime-Gegner der SA ausliefern wollte, was für diese Person möglicherweise den Tod, ganz sicher aber schlimmste Folter bedeutet hätte.

Es steht mir nicht zu, das, was sich damals mit Ihrem Bruder ereignet hat, zu beurteilen, weil ich selbst zu jung bin, um miterlebt zu haben, wie man damals in Schuld verstrickt werden konnte und sich die Grenzen zwischen Gut und Böse verwischen konnten. Bitte fragen Sie mich nicht, von wem ich diese Informationen über Ihren Bruder habe. Ich sehe mich gezwungen, meine Informanten zu schützen. Ich erwarte nicht, dass Sie das verstehen, und weiß, dass es nicht fair ist, Ihnen die ganze Wahrheit, die ich kenne, vorzuenthalten. Aber ich bin es Ihnen schuldig, dass Sie nun zumindest wissen, wo Ihr Bruder begraben wurde – seine Leiche musste damals versteckt werden, um keinen Verdacht auf den Täter und seine Mitwisser zu lenken, die dem deutschen Unrechtsstaat sonst hilflos ausgeliefert gewesen wären. Aber ich hoffe, dass Ihnen diese Information ein bisschen innere Ruhe schenken kann, wenn Sie nun wissen, an welchem Tag Henri gestorben ist und sein Leichnam nun noch gefunden werden kann.

Ich bitte Sie, mir zu verzeihen – und auch dem Täter. Ich weiß, dass er damals keine andere Wahl hatte …

Ich wünsche Ihnen alles Gute!

Ihr Martin Tesche

Als der Brief in den Kasten fiel, drehte sich Martin schnell um und stieg ins Auto. Dann machte er sich auf den Weg nach Wuppertal.

Eine halbe Stunde später betrat er das Pflegeheim. Die gleiche Pflegerin, die ihn beim letzten Mal empfangen hatte, begrüßte ihn freundlich. Ob er noch einmal Georg Abel besuchen dürfe, fragte Martin. Die Pflegerin lächelte und führte ihn in Abels Zimmer. Abel saß in einem Stuhl und starrte ins Zimmer. Er wirkte abgemagerter als beim letzten Besuch.

»Herr Abel, Sie haben einen Überraschungsbesuch«, sagte die Pflegerin. »Das wird ihm bestimmt guttun«, flüsterte sie zu Martin und verschwand.

Abel sah Martin an, ohne eine Regung zu zeigen.

Martin setzte sich auf einen freien Sessel und begann: »Sie erinnern sich vielleicht an mich. Ich bin der Sohn von Johannes Tesche.«

Abels Gesicht regte sich nicht, aber Martin glaubte in seinen Augen zu sehen, dass er ihn wiedererkannte.

»Jedenfalls – wie soll ich anfangen … Also, ich habe nun erfahren, dass mein Vater damals in diesem Konzentrationslager in Kemna gefoltert worden ist. Und ich weiß von seinem Ausbruch aus diesem furchtbaren Lager. Ich kenne nun die ganze Geschichte. Sie haben meinem Vater damals geholfen, ins Ausland zu fliehen, und dafür möchte ich mich bei Ihnen von ganzem Herzen bedanken. Sie haben ihm damit vermutlich das Leben gerettet.«

Martin glaubte, in Abels Augen den Glanz zu sehen, den Menschen haben, wenn sie sich freuen.

»Ich weiß auch, was mit Henri Adams passiert ist. Mein Vater und seine Freunde haben seine Leiche, die Sie gefunden haben, begraben. Ich weiß, dass Sie alle vor einem schweren Dilemma gestanden haben. Sie wollten meinen Vater davor schützen, von Henri verraten zu werden. Aber ich frage mich die ganze Zeit, wer den Mord begangen hat. Gerda Steinjans sagt, dass mein Vater es nicht gewesen sein kann, aber ich kann nicht einschätzen, wie zuverlässig ihre Aussage ist. Ich muss es aber wissen. Ich muss wissen, ob mein Vater unschuldig an dem Mord ist. Bitte, Herr Abel, können Sie mir weiterhelfen? Können Sie bestätigen, dass mein Vater nicht der Mörder von Henri Adams ist?«

Georg Abel sah ihn schweigend an.

»Bitte, Herr Abel. Sind Sie auch sicher, dass mein Vater ihn nicht umgebracht hat?«

Georg Abel schwieg.

Martin versuchte, geduldig zu sein, und sah Georg lange an, wartend auf eine Antwort. Schließlich platzte es aus Martin heraus: »Einer von Ihnen muss es doch gewesen sein! Bitte, antworten Sie mir!«

In diesem Moment kam die Pflegerin herein. »Was tun Sie da?«, fragte sie ihn.

»Ich …«, stammelte Martin, aber dann fiel sie ihm ins Wort: »Er kann nicht mehr sprechen, wussten Sie das nicht?«

»Was?«

»Er hatte letzte Woche einen weiteren Schlaganfall. Er kann nicht mehr sprechen und wird es wohl auch nicht mehr können. Und es ist zu bezweifeln, dass er noch viel mitbekommt.«

Martin legte die Hand auf seine Stirn, atmete tief durch und sagte dann zu Georg: »Waren Sie es?«

Er sah ihn eine Minute lang an, aber es kam keine erkennbare Reaktion.

Dann stand er auf, bedankte sich bei der Pflegerin, die ihn irritiert ansah, und machte sich auf den Weg zu seiner nächsten Station.

* * *

Der Ort des Grauens führte über eine unscheinbare Landstraße in Richtung Beyenburg. Zur linken Seite sah Martin malerisch schöne Waldhügel, auf der rechten Seite standen verschiedene Firmengebäude. Ganz unvermittelt näherte er sich plötzlich der alten Putzwollfabrik, nach der er suchte. Martin sah in den Rückspiegel, bremste scharf ab und fuhr auf den Parkplatz vor dem Fabrikgebäude. Mehrere Mittelklasseautos standen dort in Reih und Glied. Er stieg aus und blickte zu dem Gebäude auf, das sich vor ihm erhob. Dann ging er zum Eingang, öffnete die Tür und begegnete einem fremden Mann im Foyer. Offenbar war das Gebäude nun ein gewöhnlicher Firmensitz und keine Gedenkstätte, wie Martin eigentlich vermutet hatte. Martin erklärte dem Mann sein Anliegen, aber der Fremde schüttelte sofort den Kopf und forderte Martin auf, die Firma zu verlassen. Keine Besichtigung, keine Fotos, keine Interviews. Die Mitarbeiter wollten bei ihrer Arbeit nicht gestört werden.

Martin ließ seinen Wagen stehen und überquerte die Straße. Auf der anderen Seite führte ein kleiner Weg in den Wald hoch. Von dort aus hatte Martin einen besseren Blick auf die Fabrik, die einmal das Konzentrationslager gewesen war, in dem sein Vater unvorstellbare Qualen erleiden musste. Und Martin hatte von alldem nichts gewusst, als sein Vater noch lebte.

Was ihm am meisten auffiel, war die Stille. Es war so unglaublich ruhig auf dem Gelände der Fabrik. Martin versuchte, sich die Schreie vorzustellen, von denen Gerda Steinjans erzählt hatte. Hinter dem Fabrikgebäude, das viel zu gewöhnlich aussah, sah er die Wupper entlangfließen, das Wasser rann durch das Flussbett, als wäre hier nie etwas passiert. In Martins Kopf entstand plötzlich das Bild, wie sein Vater in der Wupper stand, um sinnlos nach Steinen zu tauchen. Dann hörte Martin

Stimmen. Befehle von Wachmännern. Er hörte Schüsse und sah die Gewehrkugeln im Wasser einschlagen, während sein Vater vor Todesangst zusammenzuckte. Sein Vater, der ihm immer ein sicheres Zuhause geboten hatte und selbst hier an diesem Ort so hilflos ausgeliefert war. Und dann verschwanden die Bilder in Martins Vorstellung wieder wie ein Nebel, der sich plötzlich auflöste – weil er sich diese Bilder so schwer vorstellen konnte, blieben sie nicht lange vor seinem inneren Auge.

Hier, wo er jetzt stand, musste der Waldrand gewesen sein, von dem aus sein Vater Gerda das KZ gezeigt hatte. Und hier, unmittelbar am Waldrand, stand nun ein Mahnmal. Es bestand aus einer kleinen Mauer mit roten Fabrikziegeln, auf denen drei Bronzeplatten angebracht waren. Zwei der Platten informierten über das KZ. Aus der Mitte der dritten Bronzeplatte ragte eine Hand. Es war ein beklemmender Anblick. Als würde die Hand jemandem gehören, der verzweifelt Hilfe suchte. An den Rändern der Bronzeplatte sah man krumme Bahngleise, Hügel und eine zerbröckelnde Mauer. Mit erschreckender Schlichtheit symbolisierten diese verschiedenen Elemente den Tatort Kemna und erinnerten daran, dass dies hier kein so gewöhnlicher Ort war, wie er auf den ersten Blick erschien – kein einfaches Ausflugsziel für Wanderer, keine gewöhnliche Arbeitsstelle für Firmenmitarbeiter, sondern ein Ort, an dem zu Beginn der nationalsozialistischen Herrschaft Angst und Schrecken verbreitet wurde, – mitten zwischen zwei idyllischen Wuppertaler Stadtteilen. Und erst hier und jetzt, wo Martin an der Stelle stand, wo sein Vater vermutlich mit Gerda gehockt hatte und sich aus der Distanz das unglaubliche Geschehen im KZ angesehen hatte, ohne zu ahnen, dass er selbst bald dort misshandelt werden würde, erst jetzt wurde ihm bewusst, dass das alles real war, was Gerda ihm erzählt hatte, obwohl sein Vater nie von diesem Ereignis berichtet hatte. Und wenn er nun seine Eindrücke von diesem Ort mit den Erzählungen von Gerda Steinjans verband, dann wurde ihm die innere Notwendigkeit bewusst, mit der der Mord begangen worden war.

* * *

Martin war nun fertig mit der Geschichte seines Vaters. Sie hatte ihn viel Kraft und Nerven gekostet. Auf dem Rückweg versuchte er, nicht mehr daran zu denken. Die letzte Frage, wer Henri Adams am Ende getötet hatte, würde wohl für immer unbeantwortet bleiben. Martin musste darauf vertrauen, was Gerda ihm gesagt hatte – dass sie das Alibi für seinen Vater war.

Schluss damit, dachte Martin und befahl sich, an andere Dinge zu denken. Heute Abend würde er seine Frau zum Essen einladen. Er schaltete das Radio ein. Gerade hatte ein alter Song von Neil Diamond begonnen:

Girl, you'll be a woman soon …

Martin drehte das Radio lauter.

Please, come take my hand
Girl, you'll be a woman soon
Soon, you'll need a man …

Martin sang den Refrain leise mit. Worum ging es in dem Song eigentlich? Vermutlich um einen älteren

Mann, der eine Minderjährige zur Frau machen will: *Girl, you'll be a woman.* Und schon musste Martin wieder an seinen Vater denken. Es amüsierte ihn irgendwie, dass sein Vater damals die minderjährige Gerda zur Frau gemacht hatte. So ganz koscher war das ja nicht, aber mit fünfzehn Jahren war Gerda Steinjans wohl ganz offensichtlich kein Kind mehr gewesen, nach allem, was er jetzt von ihr wusste.

Girl, you'll be a woman soon …

Martin atmete tief ein, schaltete das Radio aus und wusste nicht, ob er in diesem Moment wütend oder erleichtert sein sollte.

Gerade war ihm etwas klar geworden.

Die nächste Abfahrt war Burscheid, eine kleine Stadt zwischen Leverkusen und dem Bergischen Land. Martin fuhr von der Autobahn runter, wendete bei der nächsten Gelegenheit und nahm die A1 zurück in Richtung Wuppertal.

In Ronsdorf fuhr er ab, passierte den Ronsdorfer Ortskern und folgte der Straße hoch zum Hügel, wo Gerda Steinjans wohnte. Sie war zu Hause und sah ihn sprachlos an, als er erneut vor ihrer Türe stand.

»Sie waren es, nicht wahr?«, fragte Martin unvermittelt, aber ruhig und freundlich, ohne jeden Vorwurf in seiner Stimme.

Traurig und müde sah Gerda Steinjans ihn an, offenbar ohne Kraft, noch Widerstand zu leisten. Sie drehte sich um, ging ins Wohnzimmer, und ohne eingeladen worden zu sein, folgte Martin ihr.

»Kennen Sie den Song von Neil Diamond: *You'll be a woman soon*?«, fragte Martin. »Es geht darum, dass ein

Mädchen bald seine Unschuld verlieren wird. Der Oldie lief vorhin im Radio, und plötzlich musste ich daran denken, was zwischen Ihnen und meinem Vater war. Wissen Sie: In seinem Tagebuch hat mein Vater diesen Satz geschrieben: *… als du in jener Nacht in der Höhle deine Unschuld verloren hast.* Als ich den Satz zum ersten Mal gelesen habe, habe ich ihn falsch verstanden. Ich hatte die ganze Zeit die Vorstellung, dass Sie … Sie wissen schon, dass Sie in der Höhle, in der Sie meinen Vater versteckten in jener Nacht, in der der Mord geschah, mit meinem Vater das erste Mal geschlafen haben – und dabei Ihre Unschuld verloren haben, wie man so schön sagt. Aber das passt nicht mit den anderen Berichten von Ihnen zusammen: Sie haben mir erzählt, dass Sie schon mit meinem Vater geschlafen hatten, bevor er nach Kemna kam. Sie sagten, Sie haben so verzweifelt nach ihm gesucht, weil Sie sich so mit ihm verbunden fühlten, nachdem Sie Ihr erstes Mal mit ihm erlebt hatten. Diese Unschuld haben Sie also bereits vorher verloren, nämlich im Wald an dem Tag, als mein Vater Ihnen das KZ Kemna gezeigt hat. Also muss mein Vater in seinem Tagebuch mit der Unschuld etwas anderes gemeint haben: Sie haben in jener Nacht in der Höhle Ihre Unschuld verloren, weil Sie einen Menschen getötet haben.«

Gerda sah ihn beschämt an. »Ja, so ist es«, sagte sie. »So ist es gewesen.«

Sie drehte sich von ihm weg, dann erzählte sie: »Wir versuchten in jener Nacht, in der Höhle zu schlafen. Ich bin wach geworden und musste an die frische Luft. Draußen begegnete ich Henri. Er hatte die ganze Zeit den Verdacht gehabt, dass wir Johannes nach seiner Flucht aus Kemna verstecken. Er war uns von Abels Bandwirkerei aus heimlich gefolgt. Henri schien wie besessen davon zu sein, Johannes zurück ins KZ zu bringen. Schließlich hat er eine Bedingung gestellt, um ihn nicht zu verraten: Ich sollte zu Henri zurückkommen. Natürlich gab ich ihm eine Abfuhr, und er drehte sich um und lief weg. Ich bin hinter ihm her und habe ihn angefleht, er solle uns in Ruhe lassen, einfach nur in Ruhe lassen, Johannes um Gottes willen nicht verraten. Aber er sah mich hasserfüllt an, und da verstand ich: Ich hatte sein Herz gebrochen, und er gab Johannes die Schuld dafür. Er wollte es mir heimzahlen, er wollte es Johannes heimzahlen. Ich weiß nicht, was ihn letztendlich mehr zum Verrat treiben sollte, die brennende Eifersucht oder die tiefe Überzeugung vom Nationalsozialismus, die in ihm gewachsen war, seit er sich von der HJ hatte einlullen lassen. Jedenfalls war er entschlossen, Johannes auszuliefern, drehte sich um und wollte weitergehen, und da habe ich den nächstbesten Stein aufgehoben, der auf dem Boden lag, es war ein großer Stein, groß und schwer wie ein Ziegelstein. Vier Mal habe ich damit auf seinen Hinterkopf geschlagen, davon zwei Mal, als er schon bewusstlos am Boden lag. Ich hörte die Knochen seines Schädels brechen und wusste: Er würde Johannes jetzt nicht mehr verraten, und das war in dem Moment alles, was zählte. Als er am Boden lag in seinem Blut, habe ich zuerst gar nichts gefühlt. Ich wusste nur: Ich habe gerade Schlimmeres verhindert. Ich ging zurück in die Höhle und war erleichtert, dass Henri nun ausgeschaltet war und Johannes nicht mehr an die Nazis ausliefern konnte.

Erst als Georg die Leiche fand, als wir alle vor dem toten Henri standen und uns alle gegenseitig beschuldigten, den Mord begangen zu haben, fing ich an zu weinen und begriff, was ich getan hatte. Ich hatte Johannes gerettet, indem ich dafür ein Leben ausgelöscht hatte. Und damit hatte ich mein Leben lang zu kämpfen, wie Sie sich vorstellen können.«

»Das kann ich«, antwortete Martin und spürte, wie eine Last von ihm abfiel. Endlich, nach vielen Wochen des Zweifels, hatte er die Gewissheit, dass sein Vater kein Mörder war. Dann fuhr er fort: »Wusste mein Vater es?«

»Ja. Ich habe es ihm gesagt, als wir später wieder nur unter uns im Versteck waren. Er hat es ruhig aufgenommen. Als ich wieder weinte, tröstete er mich und sagte, dass das in Ordnung sei. Aber Friedrich und Georg haben es nie erfahren. Ich habe es einfach nicht geschafft, es ihnen zu sagen, ich stand ihnen nie so nah wie Johannes – oder Henri. Außerdem war ich doch erst fünfzehn und wusste selbst nicht, wie ich damit umgehen sollte. Für Friedrich und Georg war das auch alles zu viel, sie waren vom Misstrauen getrieben, wer von den anderen die Tat begangen hatte, und sie fühlten sich mitschuldig, weil wir alle zusammen die Leiche begraben haben – das habe ich gespürt. Um ihn zu vergraben, mussten wir alle die Leiche von Henri, der doch trotz allem unser Freund gewesen war, anfassen. Es war für alle entsetzlich zu sehen, wie sein toter Körper in die Grube fiel, die wir gerade ausgehoben hatten. Und dieses Erlebnis hat uns alle dann auseinandergebracht. Dann war auch noch Johannes weg, und ich war jahrelang der einsamste Mensch auf dieser Welt. Es gab niemanden, mit dem ich über den Mord reden konnte, es gab niemanden, der mir die Nähe ersetzen konnte, die mir Johannes geboten hatte.«

Sie wischte sich die Tränen aus dem Gesicht, dann sagte sie: »Johannes hat mir noch oft geschrieben. Er wollte auf mich warten. Aber am Ende war ich es, die den Kontakt abgebrochen hat, weil ich nicht wusste, wie ich eine Zukunft mit einem Mann haben könnte, für den ich gemordet hatte. Denn trotz der besonderen Umstände bleibt es doch Mord, nicht wahr? Irgendwann fing ich an, es zu verdrängen, und seit einigen Jahren dachte ich wirklich nicht mehr jeden Tag daran. Bis Sie gekommen sind …«

Martin nahm Gerda in den Arm und streichelte ihr Haar. Dann dachte er noch mal an die Goethe-Worte, die sein Vater mal zitiert hatte: *Was wir verstehn, das können wir nicht tadeln.*

»Nicht jeder Mord ist zu verurteilen«, sagte er schließlich. »Sie haben Gutes getan und Böses abgewendet, indem Sie Henri Adams erschlagen haben. Mein Vater durfte dadurch weiterleben. Und ich kann Ihnen eigentlich nichts anderes sagen als: Danke!«

Gerda sah ihn gerührt an.

»Danke, dass Sie meinem Vater das Weiterleben ermöglicht haben. Das kann ich Ihnen nicht hoch genug anrechnen.«

Als er ging, lächelte er sie an. Dann ging er durch die Tür und spürte die Nachmittagssonne auf seinem Körper. Es roch nach Sommer. Und es war wunderbar, ihn erleben zu dürfen. Es war wunderbar, frei zu sein.

NACHWORT

Alle Personen des Romans sind frei erfunden. Nicht erfunden ist jedoch das KZ Kemna, das von Juli 1933 bis Januar 1934 in der Beyenburger Straße zwischen Oberbarmen und Beyenburg im Wuppertaler Ortsteil Kemna von der SA-Untergruppe Düsseldorf und dem Wuppertaler Polizeipräsidenten Willi Veller betrieben wurde. Zwischen 2500 und 3000 Gefangene – vor allem politische Gegner des NS-Regimes – wurden in den sieben Monaten, in denen die ehemalige Putzwollfabrik als KZ fungierte, unter katastrophalen hygienischen Bedingungen und mit täglicher Gewalt und psychischer Folter misshandelt. Einige von ihnen überlebten die Zustände dort nicht, andere trugen lebenslange körperliche und seelische Schäden davon. »Die Kemna«, wie man das Konzentrationslager im Volksmund bezeichnete, war noch kein Vernichtungslager wie Auschwitz, aber es zeigte, wie die nationalsozialistische Bewegung von Anfang an mit unvorstellbarer Gewalt und Grausamkeit gegen alle vorging, die sich dem NS-Regime widersetzten.

Tiefe Einblicke in die Zustände des Kemnaer Konzentrationslagers geben die Erfahrungsberichte der ehemaligen Häftlinge Karl Ibach und Willi Weiler, die in ihren Büchern schonungslos erzählen, was sie dort erlebt haben. Einen umfassenden Blick auf die historischen Umstände, unter denen aus einer Putzwollfabrik ein Gefangenenlager wurde, gibt außerdem die Dissertation von David Magnus Mintert. Diese drei Bücher waren für diesen Roman eine wesentliche Grundlage – aus den realen Erfahrungsberichten und der nüchternen historischen Darstellung habe ich eine fiktionale Geschichte gemacht.

Einen Krimi über ein Konzentrationslager zu schreiben, ist dabei kein leichtes Unterfangen. Es sollte keinesfalls der Eindruck entstehen, dass das KZ Kemna nur als Kulisse für eine typische Kriminalhandlung dienen sollte. Vielmehr sollte die Kriminalhandlung den Rahmen bilden, um die Geschichte des Kemnaer Konzentrationslagers zu erzählen. Leitend war für mich zunächst die Frage, wie ein Mord zu bewerten ist, der in einem Unrechtsstaat geschieht, um noch größeres Unrecht zu verhindern. Und es sollte die Geschichte von ahnungslosen jungen Menschen erzählt werden, die gerade den politischen Umbruch 1933 erleben und noch keine Vorstellung davon haben können, welche Schreckensherrschaft in der nächsten Zeit auf sie zukommt.

Bei der Entstehung dieses Romans haben mir einige Menschen mit wertvollen Ratschlägen und Auskünften geholfen. Mein besonderer Dank gilt Dirk Mahnke vom »Wandervogel Bergischer Kreis«, dem Abteilungsleiter des Stadtarchivs Wuppertal Thorsten Dette und dem Historiker Wilfried Eckhoff.

KBV KRIMINALROMAN

Ralf Kramp

EIN GRAB FÜR ZWEI

Taschenbuch, 344 Seiten
ISBN 978-3-95441-524-3
13,00 EURO

In der Eifel muss man nur tief genug graben …

Eine uralte Tankstelle an einer Straße, die ins Nichts führt, mit verbeulten Zapfsäulen, einer kaputten Waschanlage, mit abgelaufenen Schokoriegeln und vergilbten Zeitungen. Rost-Horst, der Tankstellenpächter, liegt im Krankenhaus, und ausgerechnet Herbie Feldmann soll für ein paar Tage den Laden schmeißen. Er und sein allgegenwärtiger Begleiter Julius fragen sich, wie Horst sich all die Jahre über Wasser halten konnte. Mit dem Verkauf von Sprit jedenfalls nicht, das steht außer Frage.

Als auf dem Brachland nebenan ein menschliches Skelett ausgegraben wird, kommt plötzlich Leben in die Einöde. Der Bauer Hepp Kaltwasser ist stolz, weil er seine langgehegten Vermutungen endlich bestätigt sieht: Hier schlummert eine Römervilla in der Eifelerde! Und auch Herbie macht einen haarsträubenden Fund, aber den muss er unbedingt vor den Leuten verbergen, die mit einem Mal tagein, tagaus seine Tanke belagern …

KBV KRIMINALROMAN

Sabine Gronover

DIE ROTTE

Taschenbuch, ca. 300 Seiten
ISBN 978-3-95441-584-7
13,00 EURO

Mord im Münsterland: Killer, Keiler, Klatenberge
Schmitt & Kemper unter Borstentieren ...

Drei Schüsse hat Jäger Lutz Fröhlich im Naturschutzgebiet Klatenberge bei Telgte auf eine große Wildschweinrotte abgesetzt. Doch nun liegen da im Unterholz zwei erlegte Wildschweine und eine tote Frau.

Die Leiche weist eine verblüffende Ähnlichkeit mit einer anderen, gerade erst verschwundenen Frau auf: Heidi Klostermann. Auf der Suche nach der Vermissten stoßen Kommissar Schmitt und sein Kollege Kemper auf Frau Klostermanns dubiose DDR-Vergangenheit. War sie eines der unglücklichen Kinder, die während des SED-Regimes zwangsadoptiert wurden? Die Kripobeamten ermitteln in alle Richtungen, doch irgendjemand scheint ihnen immer einen Schritt voraus zu sein. Die Tote im Wald bleibt nicht die einzige Leiche ...

Zum Entsetzen des tierphobischen Kommissars stellt sich heraus, dass auch Wildschweine nicht ganz so unschuldig sind, wie sie manchmal scheinen. Denn die Rotte betrachtet die Klatenberge offenbar als ihr alleiniges Revier und duldet keine Einmischungen.

»Ein heiterer Krimi, der zum Lachen bringt und gleichzeitig unheimlich spannend ist. Die Autorin weiß genau, wie sie den Spannungsbogen aufrecht erhält.«
(Westfälische Nachrichten zu »Wölfe im Münsterland«)

KBV KRIMINALROMAN

Christoph Güsken

DER DUNKLE LORD VON MÜNSTER

Taschenbuch, 392 Seiten
ISBN 978-3-95441-580-9
13,00 EURO

Können böse Gedanken töten?

An einem münsterländischen Elite-Kolleg gibt eine Reihe von Selbstmorden Rätsel auf: Ein gewisser Armin Waldemar behauptet, die Taten mithilfe *dunkler Energie* herbeigeführt zu haben. Was bezweckt der undurchsichtige Waldemar, der sich der sogenannten Parakosmologie verschrieben hat, mit seinem absurden Geständnis? Will er die Werbetrommel für sein seltsames Institut rühren, das er in Amelsbüren leitet?

Als sich ein weiterer Suizid ereignet, macht sich Ex-Kommissar Niklas de Jong gemeinsam mit seinem ehemaligen Kollegen Achim Bühlow daran, die Wahrheit herauszufinden. Dabei hat der Privatermittler eigentlich alle Hände voll zu tun: Sein aktueller Klient, der Schönling Ulf Meckelbeck, baggert ausgerechnet Giulia an, seine Verflossene, und als wäre das alles noch nicht genug, meldet sich sein hochbegabter Bruder Janwillem und bittet de Jong um Mithilfe in einem Kidnapping-Fall, den er vergeigt hat.

»Christoph Güsken kennt sich aus. (...) Wer Krimis liebt, wer Münster liebt, der kommt um diese packende Story mit Gänsehaut-Effekt nicht drum herum.«
(alles münster – Onlinemagazin zu »Kopflos am Aasee«)

KBV KRIMINALROMAN

Andrea Revers

KOMM GUT HEIM

Taschenbuch, 312 Seiten
ISBN 978-3-95441-578-6
13,00 EURO

**Der Tod geht durchs Dorf –
Ein neuer Fall für die Eifeler Miss Marple**

»Ich fresse einen Besen, wenn das ein natürlicher Tod ist!« – Während Doktor Hoffmann bei der toten Martha Bethmann auf Herzinfarkt tippt, ist sich Frederike Suttner sofort sicher: Hier hat irgendjemand nachgeholfen.

Mit ihrem Mordverdacht sorgt die pensionierte Kriminalkommissarin in dem beschaulichen Eifeldorf für erhebliche Aufregung. Eigentlich wollte sie gemeinsam mit Kater Hannelore in Ruhe ihre Rente genießen, doch plötzlich stolpert sie über mehrere »natürliche« Todesfälle. Ihr Misstrauen ist geweckt.

Geht es hier wirklich mit rechten Dingen zu? Wer hat Martha auf dem Gewissen? Und was ist mit den anderen Toten? Unterstützt von ihrer Freundin Klara versucht Frederike, dem Mörder auf die Spur zu kommen. Und das hat für sie fatale Folgen ...

»... dass das Lesen von ›Schlaf schön‹ den ein oder anderen Einblick in die Psychologie verschafft, für spannende Unterhaltung sorgt und gute Laune macht (...) Garantiert!«
(Trierischer Volksfreund zu »Schlaf schön«)